°luftschacht

Melanie Laibl ist Frau Wort, geboren 1973 in Linz an der Donau. Trotz ihrer geschmacklichen Vorliebe für Bitteres und Saures spielt sie nur ganz selten die Giftspritze. Mit Herrn Grimm teilt sie allerhöchstens die erklärte Passion für Rollkragenpullover (wenn auch nicht in der Ganzkörpervariante).

Frau Wort zerkugelt sich täglich, am liebsten über kuriose Beobachtungen. Um sie so richtig zum Grimmen und Grollen zu bringen, muss man ihr schon einsilbig auf der Zunge herumfaulenzen oder aber panisch vor einem harmlosen Blatt Papier scheuen.

Impressum:
© Luftschacht Verlag – Wien 2010
Alle Rechte vorbehalten

*www.luftschacht.com*

Satz: Pia Scharler
Druck und Herstellung: CPI Moravia
Die Wahl der angewendeten Rechtschreibung obliegt dem/der jeweiligen AutorIn

ISBN 978-3-902373-63-2

# Herr Grimm und Frau Groll zerkugeln sich

Eine Geschichte von zwei Seiten

Melanie Laibl
Alexander Strohmaier

Das ist Herr Grimm.

Lang und dünn.

Die Augen eng.

Die Nase spitz.

Die Lippen schmal.

Wie ein Bleistiftstrich.

Diese Lippen können murmeln.
Ganz leise, in Herrn Grimm hinein.

Diese Lippen können verwünschen.
Alles um Herrn Grimm herum.

Nur lachen können diese Lippen nicht.

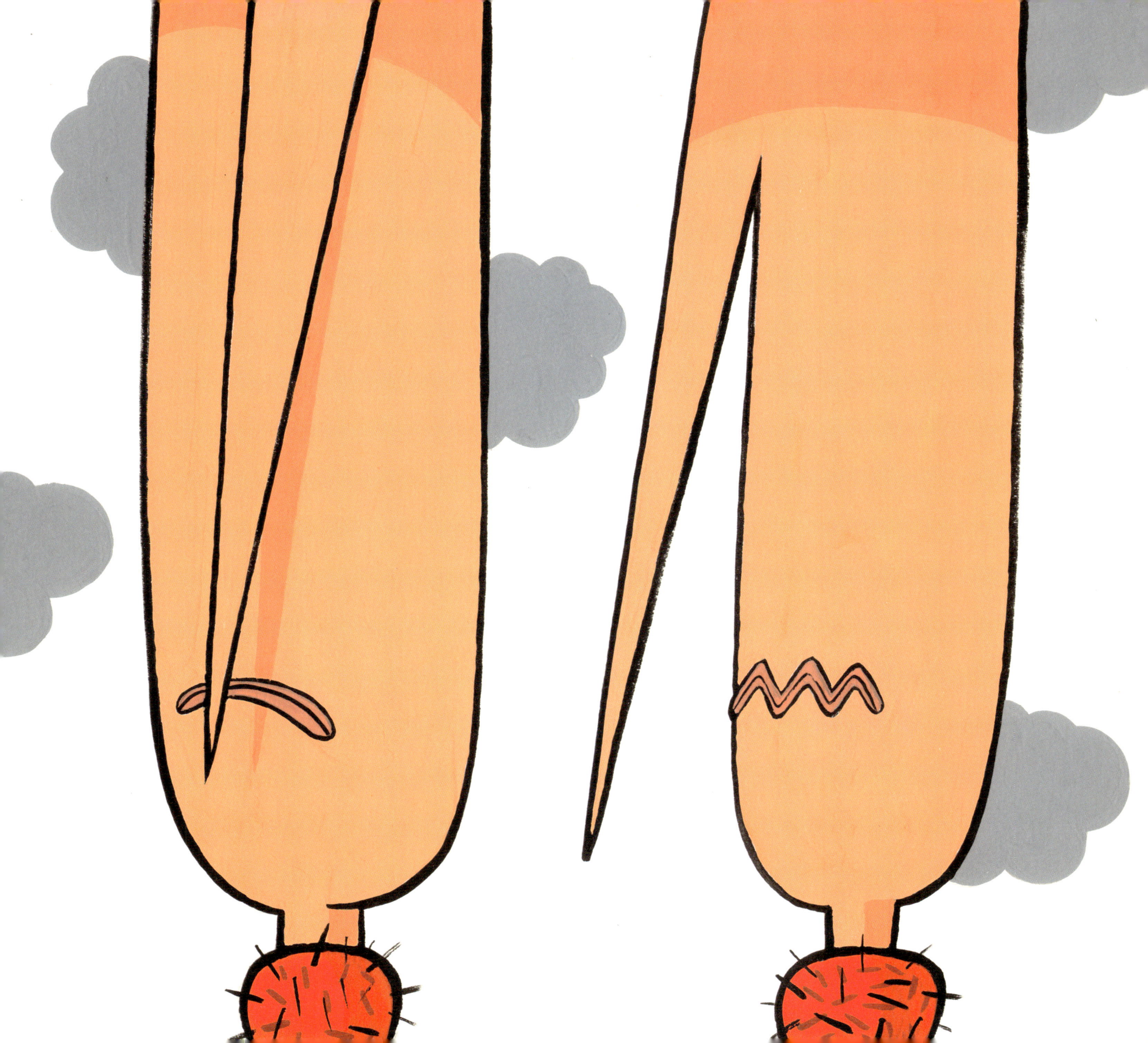

Herr Grimm ist überzeugt:

## Die ganze Welt ist gegen ihn.

Und genau deshalb ist ihm die ganze Welt zuwider.


Der kriegt noch mal ein Magengeschwür, sagen die Leute.

Griesgrämig, wie der ist.


## Herrn Grimm ist das egal.

Sollen die anderen doch reden.

Nichts macht Herrn Grimm Freude.

Nicht der Schmetterling auf der Blüte.

Nicht der Schein der Sonne in seinem Gesicht.

Noch nicht einmal die verlockende Schokoladentorte, dort im Schaufenster.

Bis ihm eines Tages auf der Straße
eine kleine, runde Gestalt entgegenkommt.

Die Backen rot.
Die Fäuste geballt.
Die Lippen dick.

## Wie zwei Schnecken.

Herr Grimm trifft die ewig bärbeißige Frau Groll.

Und die ist gerade mal wieder kurz vor dem Explodieren.

## Herr Grimm sieht ihr mitten ins Gesicht.

In ihr Gesicht mit den zwei Schnecken.

Das grollendste Gesicht, das er je gesehen hat.

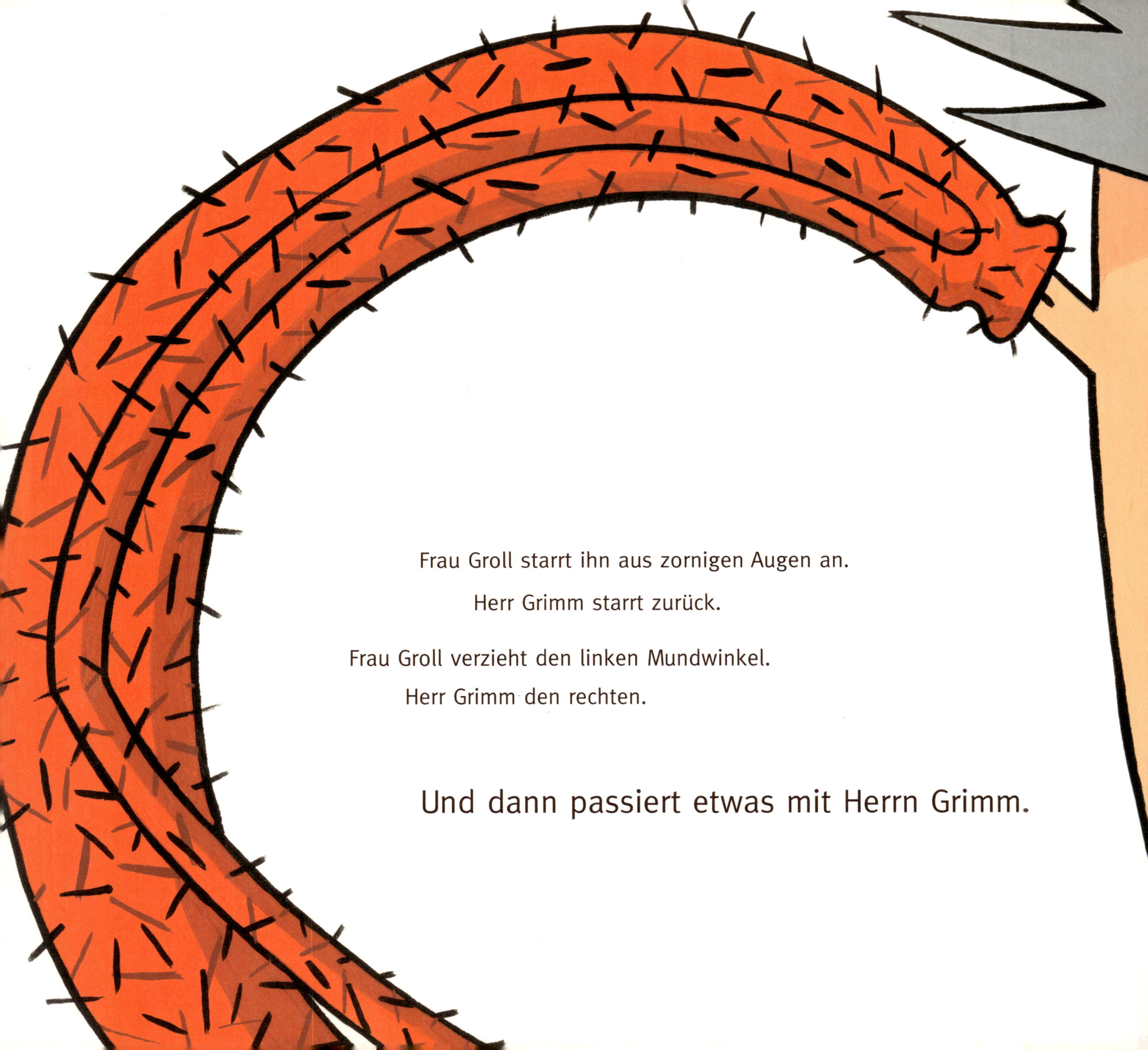

Frau Groll starrt ihn aus zornigen Augen an.

Herr Grimm starrt zurück.

Frau Groll verzieht den linken Mundwinkel.

Herr Grimm den rechten.

**Und dann passiert etwas mit Herrn Grimm.**

Es gurgelt.

Es sprudelt.

Es will aus ihm heraus.

Das ganze versäumte Lachen der letzten Jahrzehnte.

Was ist mit ihm, rufen die Leute.

## Holt einen Arzt, Herr Grimm ist krank.

Ein heimtückischer Virus, eine Seuche.

Da muss Herr Grimm gleich noch mehr lachen.

Du bist zum Zerkugeln, japst Herr Grimm.

Und genau das machen die beiden dann auch.

# Es rüttelt sie.

## Es schüttelt sie.

Es fühlt sich an, als müsse sie platzen.

## Du bist zum Zerkugeln, japst Frau Groll.

Und genau das machen die beiden dann auch.

Was ist mit ihr, rufen die Leute.

# Holt einen Arzt, Frau Groll ist krank.

Ein heimtückischer Virus, eine Seuche.

Da muss Frau Groll gleich noch mehr lachen.

Es gurgelt.

Es sprudelt.

Es will aus ihr heraus.

Das ganze versäumte Lachen der letzten Jahrzehnte.

Herr Grimm starrt sie aus giftigen Augen an.

Frau Groll starrt zurück.

Herr Grimm verzieht den rechten Mundwinkel.

Frau Groll den linken.

Und dann passiert etwas mit Frau Groll.

Frau Groll trifft den ewig griesgrämigen Herrn Grimm.

Und der frisst gerade mal wieder etwas in sich hinein.

Frau Groll sieht ihm mitten ins Gesicht.

In sein Gesicht mit dem Bleistiftstrich.

Das grimmigste Gesicht, das sie je gesehen hat.

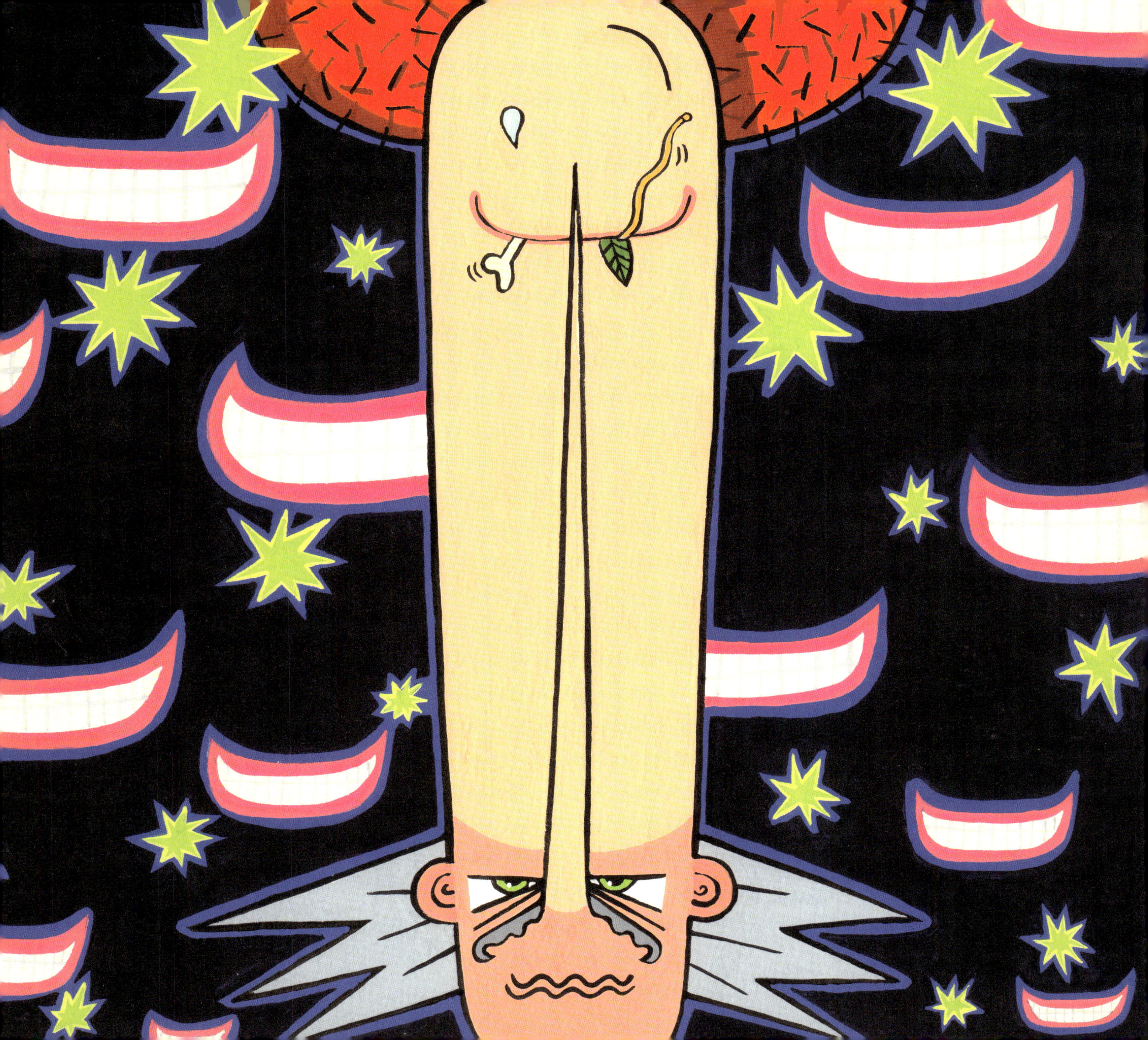

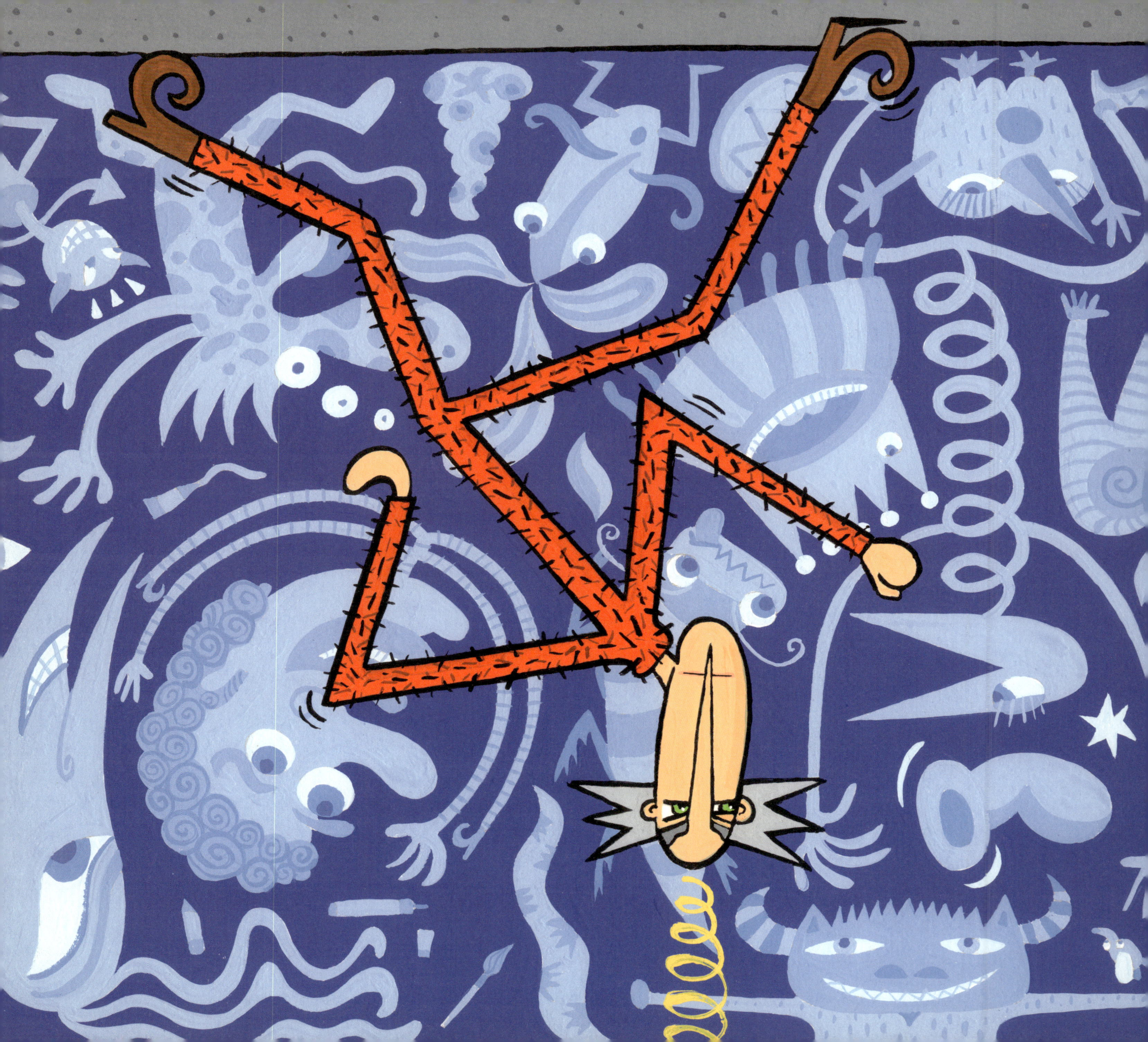

Bis ihr eines Tages auf der Straße
eine lange, dünne Gestalt entgegenkommt.

Die Augen eng.

Die Nase spitz.

Die Lippen schmal.

Wie ein Bleistiftstrich.

# Nichts macht Frau Groll Freude.

Nicht die Kinder im Park.

Nicht die Katze auf ihrem Schoß.

Noch nicht einmal das reizende Karokleid, dort im Schaufenster.

VILLA MELANIE

Die kriegt noch mal einen Herzinfarkt, sagen die Leute.

Bärbeißig wie die ist.

Frau Groll ist das egal.

Sollen die anderen doch reden.

Frau Groll ist überzeugt:

Die ganze Welt ist gegen sie.

Und genau deshalb ist ihr die ganze Welt zuwider.

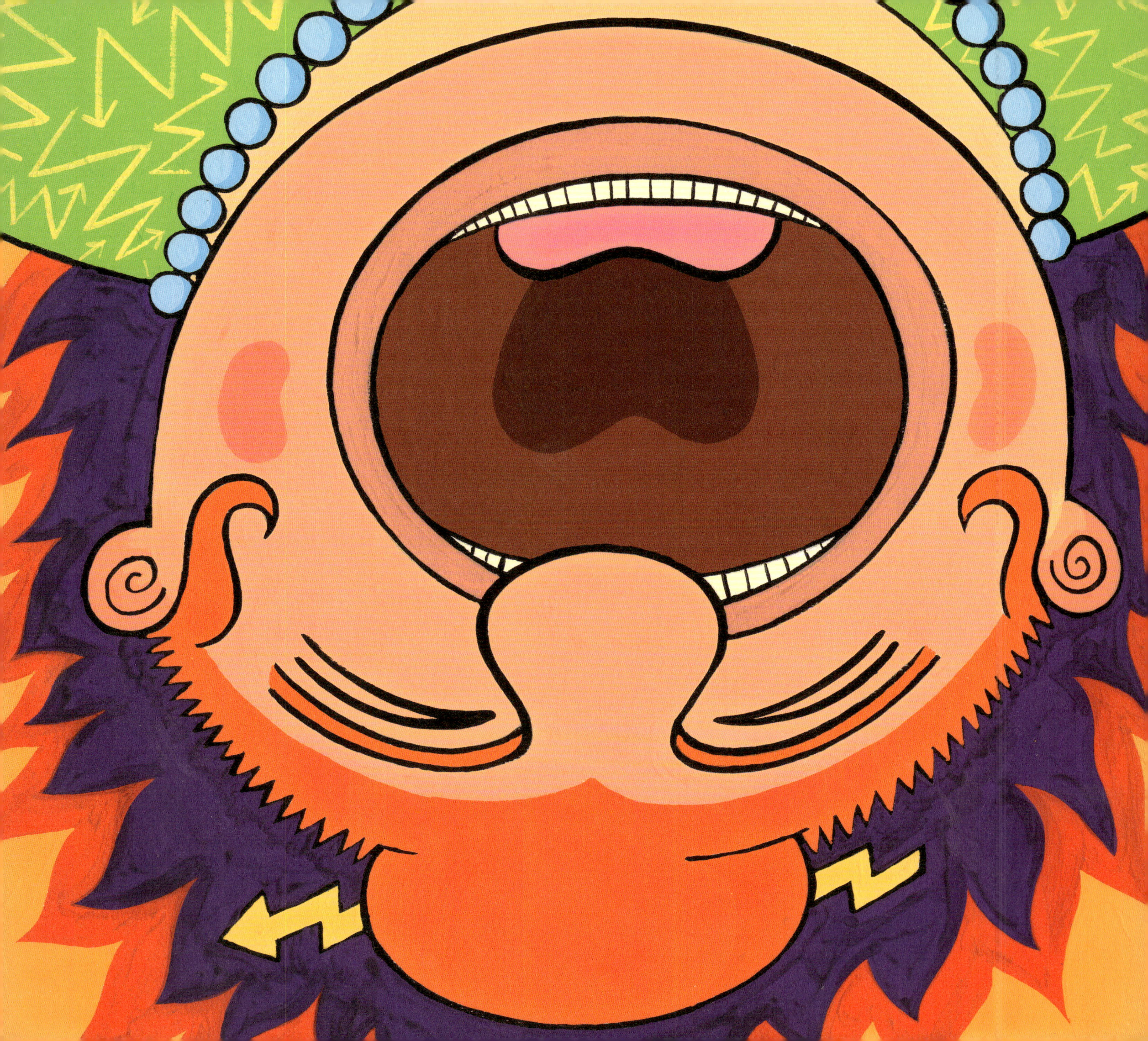

Diese Lippen können schreien.

Ganz laut, aus Frau Groll heraus.


Diese Lippen können verteufeln.

Alles um Frau Groll herum.

# Nur lachen können diese Lippen nicht.

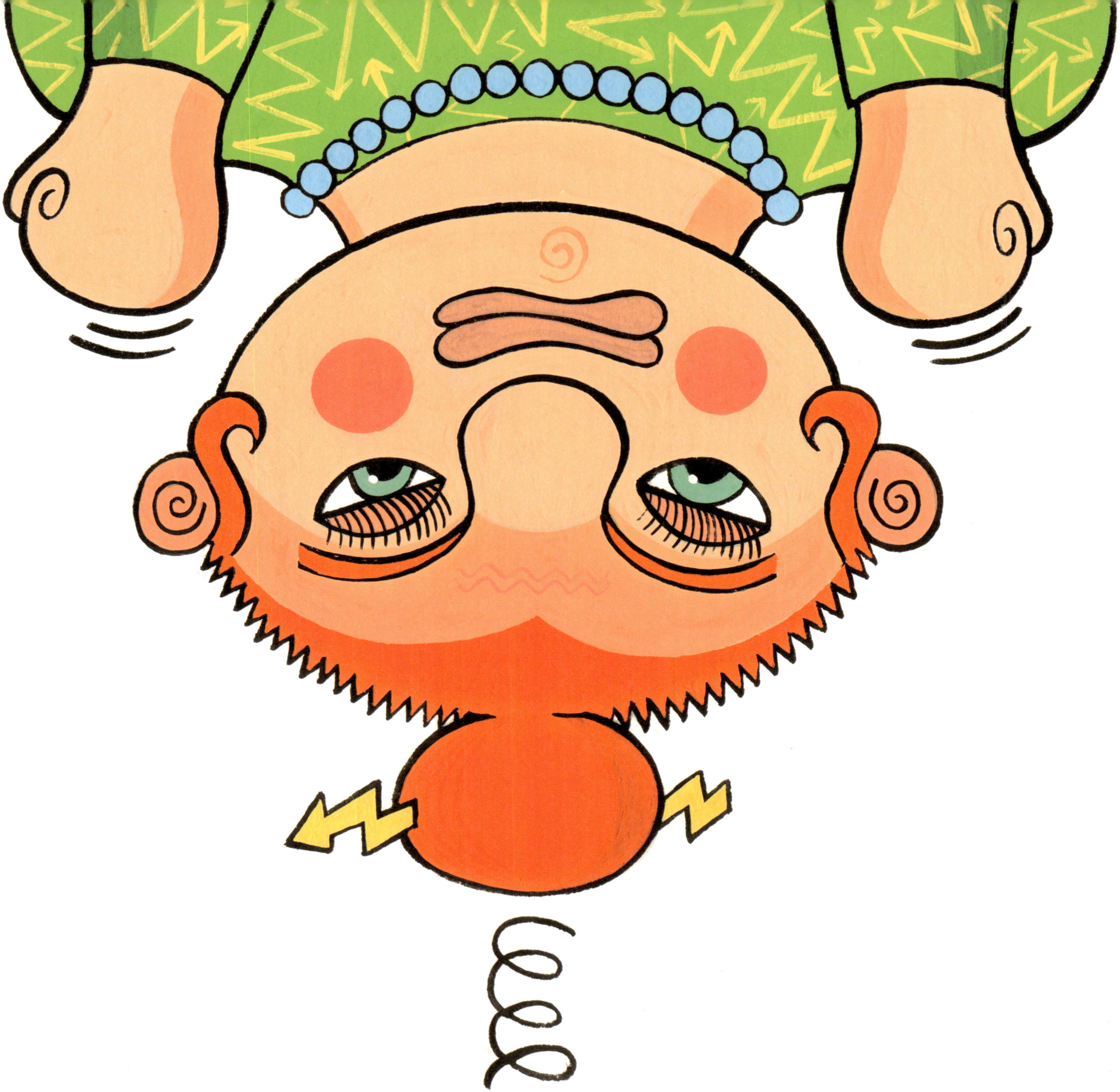

Das ist Frau Groll.

Klein und rund.

Die Backen rot.

Die Fäuste geballt.

Die Lippen dick.

Wie zwei Schnecken.

# Frau Groll und Herr Grimm zerkugeln sich

Eine Geschichte von zwei Seiten

Melanie Laibl
Alexander Strohmaier

Alexander Strohmaier ist Herr Bild, geboren 1964 in Wien. Trotz seiner geschmacklichen Vorliebe für Scharfes und sehr Scharfes spielt er nur ganz selten den Zornpinkel. Mit Frau Groll teilt er allerhöchstens die auffallend üppige Haartracht (wenn auch ohne blitzende Accessoires).

Herr Bild zerkugelt sich täglich, am liebsten über listig-lustige Animationsfilme. Um ihn so richtig zum Grimmen und Grollen zu bringen, muss man schon zu hysterischem Haarausfall neigen oder aber in kollektiven Klump-Streik treten.

Im Namen von Herrn Grimm und Frau Groll sei für so manche philanthropische Unterstützung gedankt: dem Bundesministerium für Unterricht, Kunst und Kultur (Arbeitsstipendium Illustration), Marietta Huber, Günther Hummer, Michael Langoth, Georg Thun – und natürlich Stefan Buchberger und Jürgen Lagger.

°luftschacht

# Einleitung
*Johannes Cramer*

Dächer in Thüringen – ist zu diesem Thema nicht längst alles gesagt? Ein Dach ist da – natürlich. Sonst würde es ja in die Kirche, das Rathaus oder das Bürgerhaus hineinregnen. Das hat es lange genug getan. In den letzten Jahren hat sich vieles zum Besseren gewendet. Und dennoch: über die Dächer in Thüringen weiß man vergleichsweise wenig. Wie wurde zu welcher Zeit gebaut und woher kamen die technischen Vorgaben? Welches Bauholz hat man verwendet und wie wurde es beschafft? Wie waren die Dächer gedeckt? Welche Nutzung muß man sich für den Dachraum vorstellen? Diese und andere Fragen sind nicht oder nur in Ausschnitten beantwortet. Auch nicht in den Überblickswerken, die sich schon seit dem Beginn dieses Jahrhunderts mit dem Thema Dach befassen. Ostendorf behandelt in seinem umfassenden Werk von 1908 vor allem die Dächer über den Großbauten. Kirchen und Rathäuser stehen im Vordergrund, Bürgerhäuser spielen fast keine Rolle. Ostendorfs Interesse galt fast ausschließlich der Zimmermannskonstruktion. Die von ihm entwickelte Systematik der Dachwerktypologie hat bis heute Bestand. Binding hat zuletzt 1992 den zwischenzeitlich erfreulich erweiterten Kenntnisstand für die Kirchendächer zusammengefaßt. Natürlich behandelt auch er zahlreiche thüringische Bauten. Allerdings standen ihm nur im Ausnahmefall verläßliche Datierungen für die Holzkonstruktionen zur Verfügung. Zuverlässige Datierungen sind in aller Regel nur durch die dendrochronologische Datierung, die Altersbestimmung des verwendeten Bauholzes, möglich. Diese naturwissenschaftlich exakte und nachprüfbare Methode konnte vor der politischen Wende 1989 in Thüringen nur im Einzelfall angewendet werden.

Die Universität Bamberg führt seit 1993 mit der Unterstützung der Deutschen Forschungsgemeinschaft und der Förderung durch das Thüringische Landesamt für Denkmalpflege ein Forschungsprojekt durch, das hier ein breiteres Fundament schafft. Durch die Zusammenarbeit von Denkmalamt und Hochschule ist ein fruchtbarer Dialog entstanden, der wissenschaftliche Grundlagenforschung ganz unmittelbar mit den Fragen und Aufgaben der praktischen Denkmalpflege verbindet. Die Auswahl der in dem Vorhaben bearbeiteten und hier nur in einem Ausschnitt vorgestellten Objekte erfolgte stets zugleich unter dem Gesichtspunkt der baugeschichtlichen Bedeutung wie auch des aktuellen Kenntnisbedarfs im Vollzug des Denkmalschutzgesetzes. Die umfangreichen bauarchäologischen Erkenntnisse, die stets die Grundlage der Dokumentation und Bewertung des Baubestands im Dachwerk sind, konnten oft auch in anstehende Reparaturmaßnahmen einfließen.

Ziel des Forschungsvorhabens ist es, durch die systematische und flächenhafte Erfassung von historischen Dachwerken und Holzkonstruktionen die Kenntnis der Zimmermannskunst in Thüringen im Mittelalter und der frühen Neuzeit besser kennenzulernen. Am Ende der noch bis 1998 fortgesetzten Arbeiten sollen Aussagen stehen, die es durch systematische Betrachtung von Gefügemerkmalen dem Denkmalfreund und Denkmalpfleger erlauben, alte Holzkonstruktionen auch ohne umfangreiche Untersuchungen anhand konstruktiver Eigenheiten sicher datieren zu können. Eine solche Möglichkeit ist nicht zuletzt deswegen wichtig, weil das Dach fast immer der einzige Bereich des Hauses ist, in dem sich Alter und Baugeschichte des Gebäudes einfach und ohne eingreifende Untersuchungen ablesen lassen. Zugleich ist diese Kenntnis eine verläßliche Basis für sachgerechte Entscheidungen, wie sie bei der Veränderung von Baudenkmalen immer wieder notwendig werden.

Grundlage der hier vorgestellten Untersuchungen ist regelmäßig die exakte zeichnerische Dokumentation des Baubestands. Dabei werden nicht nur die Lage und Querschnitte der Balken erfaßt, sondern auch technische Eigenheiten der Holzverbindungen ebenso wie Spuren der Bauholzbeschaffung und des Abbundvorgangs. Eine bauteilgenaue Analyse der Konstruktion führt zur Beschreibung des ursprünglichen Dachwerks und dessen Veränderungen im Laufe der Zeit. Gerade diese Analyse ist wichtig, weil im Laufe der Jahrhunderte kaum ein Dach ohne Eingriffe und Reparaturen blieb. Es ist dabei interessant zu beobachten, wie durchdacht und sparsam solche Reparaturen bis zum Ende des 19. Jahrhunderts ausgeführt wurden. Mit einfachen Mitteln wurden die Qualitäten der historischen Konstruktion genutzt und der brauchbare Bestand ganz selbstverständlich weiter verwendet. Solche intelligenten Reparaturkonzepte stehen nicht selten sehr im Widerspruch zu der bisweilen planlosen Behandlung alter und bedeutsamer Dachwerke in unseren Tagen.

Erst wenn alle Fragen zur Bau- und Reparaturgeschichte beantwortet sind, werden die einzelnen Bauphasen durch die Entnahme von Bohrproben dendrochronologisch datiert. Und erst auf dieser Grundlage ist dann auch die Systematisierung der vielen Einzelinformationen möglich.

Freilich: Mit der Antwort auf die Fragen nach Alter und Baugeschichte allein ist das Thema nicht erschöpft. Dächer sind zwar selbstverständlich und zuerst notwendiger Teil eines Gebäudes. Ganz besonders in unseren regenreichen Regionen. Ohne Dach hat ein Haus keine Chance, mehr als ein oder höchstens zwei Jahrzehnte zu überdauern. Diese Feststellung soll aber den Blick auf andere Aspekte des Themas nicht verstellen. Wer einmal den Dachraum einer mittelalterlichen Hallenkirche mit einem Wald aus scheinbar systemlos eingebauten Hölzern betreten hat, wer nach und nach die strenge, fast asketische Ordnung der exakten und geraden Zimmer-

1 Auf dem Dachboden liegt nicht selten die nicht mehr genutzte Ausstattung der Kirche.

2 Im Dachraum in zweiter Verwendung eingebaute, bemalte Tür der Barockzeit

mannskonstruktion über den Rundungen der Kirchengewölbe gesehen hat, der wird dieser Situation schwerlich einen rein ästhetischen Reiz absprechen wollen.

Wichtiger als solche Eindrücke ist aber die Möglichkeit, vom Dachraum aus die Baugeschichte eines Bauwerks zu erschließen. Ein von außen einheitlich wirkendes Dach muß in seiner Konstruktion noch lange nicht einheitlich sein. Bau- und Umbauphasen, die im Innenraum einer Kirche oder eines Bürgerhauses nicht oder nur schwer zu erkennen sind, erschließen sich im Dachraum oft auf einen Blick. Die Zimmermeister arbeiteten immer modern. Und wenn zwischen zwei Bauphasen 50 oder 100 Jahre liegen, dann unterscheiden sich die Dachwerkkonstruktionen bei gleichem Dachprofil dennoch beträchtlich. Die Predigerkirche in Erfurt, wo man im Dachraum den allmählichen Baufortschritt über mehr als einhundert Jahre bis zur Vollendung der Kirche bald nach 1380 verfolgen kann, oder die Michaelskirche in Rohr, für die sich im Dach sogar noch das in seiner materiellen Substanz verlorene Querhaus nachweisen läßt, sind Beispiele für solche Befunde. In der Georgskirche in Schmalkalden kann man im Dachraum sehen, wie die ältere Kirche mit basilikalem Querschnitt durch eine neue, dem alten Bestand gleichsam übergestülpte Dachhaut zu einer Hallenkirche umgebaut wurde. Das ältere Dach ist als Unterkonstruktion des Neubauprojekts aus dem Jahr 1495 noch fast vollständig erhalten. Nicht selten haben sich im Dachraum auch Reste älterer Bauzustände erhalten, die weit über die Holzkonstruktion hinausgehen. So ist beispielsweise in einem Wohnhaus in Erfurt der mittelalterliche Stufengiebel, der schon im 14. Jahrhundert aufgegeben und überbaut wurde, noch fast unversehrt erhalten. Die Betrachtung des Dachraumes wird damit nicht selten zu einer schnell lesbaren Kurzfassung der Baugeschichte des Hauses, die sowohl der Denkmalpfleger wie der für den Bau verantwortliche Planer kennen sollten.

Als besonderes, vielleicht sogar sensationelles Ergebnis der Untersuchung ist die weite Verbreitung von Holztonnendächern in Thüringen herauszustellen. Die systematische Analyse aller mittelalterlichen Kirchendächer in Thüringen hat erwiesen, daß fast ein Drittel dieser Bauten ursprünglich nicht gewölbt und auch nicht mit einer flachen Decke geschlossen war, sondern Holztonnengewölbe aufwies. Solche Tonnengewölbe sind im französischen und flämischen Raum bekannt und nicht ungewöhnlich. Für den deutschen Raum hat man sie bisher als wenig bedeutende Sonderform betrachtet. Unsere Untersuchung zeigt jetzt, daß ganz im Gegenteil im späten Mittelalter Holztonnen völlig gleichberechtigt neben den beiden auch heute noch geläufigen Möglichkeiten verwendet wurden. Ob diese Entwicklung in Thüringen einen Sonderweg darstellt oder auch für andere Regionen nachzuweisen ist, bleibt einstweilen offen. Die Frage muß auch offenbleiben, weil mit dem hier vorgestellten Projekt erstmals in der kunst- und baugeschichtlichen Forschung der Versuch unternommen wird, die Dachkonstruktionen einer ganzen Kulturlandschaft im Zusammenhang zu erfassen und zu beschreiben. Die vorliegende Literatur hat sich stets auf einzelne Bautypen oder wichtige Bauwerke beschränkt. Einzig Mennemann hat mit seiner Arbeit über Kirchendachwerke in Westfalen einen ähnlich flächenbezogenen Ansatz verfolgt. Janse hat für die Niederlande umfangreiches Material zusammengetragen. Erst die ganzheitliche Betrachtung einer Landschaft mit allen Bautypen vermag aber darzustellen, wie sich beispielsweise Konstruktionsentwicklungen im Bereich der Bürgerhäuser auch über öffentlichen Bauten oder Kirchen fortsetzen oder gar das Vorbild für die bedeutenderen Bauaufgaben sind. So ist es beispielsweise interessant zu sehen, daß die Holztonnen nicht nur im Bereich des Sakralbaus, sondern ebenso im Klausurbereich der Klöster und auch in Rathäusern eingebaut werden. Hier eröffnet sich noch ein weites Feld von Fragestellungen, die in dieser Publikation nicht behandelt werden können.

Ganz beiläufig liefert das Forschungsvorhaben mit der Analyse und Datierung der Dachwerke auch wissenschaftliche Grundlagen für die derzeit laufende Inventarisierung der Baudenkmale in Thüringen. Ebenso entsteht häufig eine differenziertere Beschreibung der Baugeschichte gerade der wichtigen Bauten, die dann auch in das Handbuch der Kunstdenkmale von Georg Dehio eingehen kann. Diesen Beitrag zu den Aufgaben des Thüringischen Landesamtes für Denkmalpflege leisten wir gerne, weil dadurch ein unmittelbarer Transfer wissenschaftlicher Grundlagenforschung in die Erarbeitung der wissenschaftlichen Grundlagen der Denkmalpflege möglich ist.

Die vielfältigen Aspekte, die das Thema Dach dem Denkmalpfleger bietet, wäre nicht ausreichend behandelt, wenn man nicht auch die Frage nach der Nutzung des Dachraumes mit in die Betrachtung einbezöge. Nicht zuletzt deswegen ist den Fragen des historischen Dachausbaus ein eigenes Kapitel gewidmet. Es soll dazu anregen, ähnliche Beobachtungen zu diesem bisher nicht ausreichend beachteten Thema zu sammeln. Zur gegenwärtigen Dachraumnutzung gehört auch die Tatsache, daß ein Dachboden fast zwangsläufig immer auch zu einem Abstellraum für Trödel und Gerümpel wird. Unsere Vorfahren haben hier alte Möbel, ausgediente Bauteile und nicht selten auch Dokumente abgelegt. Abgelegt nicht mit der ausgesprochenen Absicht, diese Dinge unbedingt wieder zu verwenden, sondern zunächst aus der Achtung vor gut gearbeiteten und noch gebrauchsfähigen Dingen. So findet man auf den Dachböden der Kirchen nicht selten die abgebaute historische Ausstattung des Kirchenraumes, in den Bürgerhäusern die alten Haustüren und Fenster und in den Rathäusern bisweilen sogar die Gefängniszellen des 19. Jahrhunderts. Insgesamt ein reicher Schatz an kulturgeschichtlichen Zeugnissen. Diese dürfen keinesfalls achtlos entrümpelt und auf den Sperrmüll geworfen werden. Ein interessierter Hausbesitzer wird zunächst selbst nachsehen, welche Schätze dort lagern. Wer sich dazu nicht verstehen will, sollte wenigstens dem Stadtarchiv, dem Museum und der Unteren Denkmalschutzbehörde Gelegenheit geben, Wichtiges und Interessantes von Belanglosem zu scheiden.

3  Erfurt, Haus Fischmarkt 27. Romanischer Stufengiebel; durch spätere Überbauung überformt und in dieser Form nur noch für den Fachmann erkennbar.

4  Erfurt, Haus Fischmarkt 27. Reste der romanischen Dachlatten

5 Das Treppengeländer der frühen Neuzeit hat im Dachraum die Zeiten überdauert; in den darunterliegenden Geschossen wurde längst alles ersetzt.

6 Altes Fenster, auf dem Dachboden gelagert

Eine umfangreiche Forschungsleistung, wie sie hier in Ausschnitten vorgestellt wird, ist ohne die Hilfe vieler undenkbar. Unser Dank für Hilfe und Unterstützung gilt zunächst der Deutschen Forschungsgemeinschaft, die das Projekt in großzügiger Weise fördert. Herr Prof. Rudolf Zießler und seine Mitarbeiter im Thüringischen Landesamt für Denkmalpflege haben uns zu jeder Zeit mit fachlichem Rat, Hinweisen auf wichtige Bauten und der Bewältigung organisatorischer Fragen unterstützt. Das Thüringische Denkmalamt hat außerdem die Bearbeitung vieler Bauten in Thüringen über das im Rahmen des DFG-Projekts Mögliche hinaus unterstützt. Die Unteren Denkmalschutzbehörden und die Mitarbeiter der Städte und Gemeinde haben viele Wege geebnet und den Zugang zu den Objekten erleichtert.

Ihnen allen danken wir für die jederzeit freundliche und entgegenkommende Unterstützung. Unser Dank gilt auch den Hauseigentümern, Pfarrern und Architekten, die unsere Feldarbeit stets bereitwillig unterstützt und geduldet haben. Gerade diesen Förderern ist die Publikation in besonderer Weise gewidmet. Denn alle wissenschaftliche Erkenntnis bleibt im Bereich der Denkmalpflege fruchtlos, wenn sie nicht einen konstruktiven Beitrag zur Erhaltung der Gegenstände und Bauten, der materiellen Substanz liefern kann. Auf diese kenntnisreiche Erhaltung und intelligente Reparatur hoffen und rechnen wir.

Prof. Dr.-Ing. habil. Johannes Cramer
Bamberg, im November 1995

7 Bemalte Bretter einer Renaissancedecke

# Grundlagen der Dendrochronologie

*Thomas Eißing*

*Die dendrochronologische Datierung ist eines der Fundamente dieser Arbeit. Ohne die zuverlässige Datierung der Holzkonstruktionen müßten viele Fragen der Baugeschichte, nicht nur in Thüringen, unbeantwortet bleiben. Durch die dendrochronologischen Datierungen konnten schon jetzt manche Irrtümer in der Beurteilung besonders von Kirchenbauten ausgeräumt werden. In dem hier vorgestellten Projekt wurde im Labor für Dendrochronologie der Universität Bamberg für Thüringen eine eigene, nach Regionen gegliederte Standardkurve aufgebaut. Die wissenschaftliche Arbeit zum Aufbau der Regionalkurven lag bei Thomas Eißing. Die Aufarbeitung der Holzproben wurde weitgehend von Jan Burmester und Justine Bungenstab durchgeführt. Die seitherigen Arbeiten machen es jetzt möglich, auch unter den schwierigen Bedingungen der Nadelholzdatierung im mitteldeutschen Raum eine hohe Datierungsausbeute zu gewährleisten.*

*J. C.*

## Die Bohrkernentnahme

Es gibt verschiedene Methoden, die Jahrringbreiten zu ermitteln, die später im Labor ausgemessen werden sollen. Die einfachste Methode besteht darin, von einem Balken mit der Säge eine mehrere Zentimeter dicke Scheibe abzutrennen. Im denkmalgeschützten Bestand kann diese Vorgehensweise in aller Regel nicht akzeptiert werden, denn der Verlust historischer Substanz ist dabei zu groß. In diesem Sinn wäre die Lupenmessung vor Ort die ideale Methode, denn hier werden die Jahrringbreiten direkt am Objekt gemessen. Für eine solche Messung müßten die Hölzer jedoch radial aufgetrennt werden und vor allem von der Querschnittsseite her zugänglich sein. Dieses ist aber bei Bauholz gewöhnlich nicht der Fall. Die Lupenmessung kann deswegen normalerweise nur bei der Datierung von Bohlentüren, Schränken oder bei hölzernen Bildträgern erfolgreich angewandt werden. In der Regel werden daher zur Datierung von Dach- und Fachwerkkonstruktionen Bohrkerne mit Hilfe von Kernholzbohrern entnommen (Abb. 1). Bei der Entnahme ist darauf zu achten, daß die Bohrkernentnahme möglichst radial bis zum Mark und mit einer maximalen Anzahl von Jahrringen erfolgt. Nach dem Glätten der Holzoberfläche können die Jahrringbreiten dann im Labor unter dem Auflichtmikroskop ausgemessen werden. Der Bohrlochdurchmesser sollte so klein wie möglich gewählt werden. Die Bohrkernentnahme stellt zunächst keine gravierende Schwächung des statischen Gefüges dar. Dies liegt vor allem daran, daß das Bauholz in früheren Zeiten fast immer überdimensioniert wurde und daher trotz der Bohrkernentnahme eine genügend hohe statische Festigkeit erhalten bleibt. Allerdings muß der vorhandene Querschnitt in Beziehung zur Schwächung gestellt werden. So ist aus einem Balken mit den üblichen Dimensionen von 17/20 cm eine Bohrkernentnahme (Ø = 2,5 cm) unbedenklich, bei einem Querschnitt von 10/10 cm würde dieser Bohrkerndurchmesser allerdings doch eine erhebliche statische Schwächung bedeuten. Ferner ist darauf zu achten, daß die Bohrkernentnahme möglichst an statisch weniger beanspruchten Stellen erfolgt. So ist zum Beispiel eine Bohrkernentnahme im Zugbereich eines auf Biegung beanspruchten Balkens zu vermeiden.

Bei einer sorgfältigen und überlegten Vorgehensweise stellt die dendrochronologische Bohrkernentnahme grundsätzlich keine Gefahr für die Standfestigkeit einer Dach- und Fachwerkkonstruktion dar.

Die Bohrkernentnahme sollte aus denkmalschutzrechtlichen Gründen auf ein Minimum reduziert werden. So sollte auch abgewogen werden, ob zu jeder Umbau- und Reparaturphase eine eigene dendrochronologische Datierung zwingend erforderlich ist, oder ob die Datierung nicht auch über andere Methoden zu erzielen ist. Wenn der zu erwartende Erkenntnisgewinn gegenüber dem Eingiff in die Originalsubstanz hoch eingeschätzt wird, ist die dendrochronologische Bohrkernentnahme und die Datierung aber ein wichtiger Beitrag zur Bewertung von denkmalpflegerischen Problemen.

1  Gewinnung von Bohrkernen aus historischen Gebäuden. Kernholzbohrer mit verschiedenen Durchmessern zur optimalen Anpassung an die Holzdimension.

## Vom Bohrkern zur Jahrringkurve

Die dendrochronologische Methode bestimmt durch das Ausmessen und den Vergleich der Jahrringbreiten das Fälljahr der Bäume. Sie macht sich dabei zunutze, daß die Jahrringbreiten in Abhängigkeit von den klimatischen Bedingungen schwanken. Die Jahrringbreiten werden gemessen und Jahr für Jahr in ein Diagramm eingetragen. Durch das Verbinden der Jahrringbreitenwerte erhält man eine Jahrringkurve, die eine charakteristische Abfolge von schmalen und breiten Jahrringen zeigt. Vergleicht man die Jahrringkurven unterschiedlicher Bäume miteinander, so müssen diese – sofern sie zur gleichen Zeit gewachsen sind – ein gleichartiges Muster der Jahrringbreitenschwankungen aufweisen. Die Entscheidung, ob die Kurven ähnlich oder – wie der Fachmann sagt – »synchron« sind, hängt von verschiedenen Faktoren ab. Denn selbst wenn man die Jahrringkurven von Bäumen vergleicht, die im gleichen, genau bekannten Jahr gefällt wurden, so wird man feststellen, daß diese Kurven nicht exakt identisch sind. Dies gilt sogar für die Jahrringkurven von zwei Bohrkernen, die an verschiedenen Stellen des gleichen Baumes entnommen wurden. Weil die Datierung einer Jahrringkurve aber durch den Vergleich mit einer Standardkurve erfolgt, ist die Bewertung der Ähnlichkeit der Synchronlagen entscheidend. Die Frage lautet demnach, bei welchem Grad der Übereinstimmung eine Synchronlage als gesichert gelten kann und ab welcher Stufe keine Ähnlichkeit zwischen den Kurven mehr festgestellt werden kann. Zunächst ist die Länge der Jahrringkurven entscheidend. Je länger das überlappende Zeitintervall von zwei Kurven ist, desto sicherer kann die Entscheidung über eine Synchronlage gefällt werden.

Die Jahrringkurven sollten deswegen für eine gesicherte Datierung nicht weniger als 50 Jahrringe aufweisen. Die bessere Vergleichbarkeit längerer Jahrringkurven hängt vor allem damit zusammen, daß partiell weniger gut übereinstimmende Kurvenabschnitte mit sehr gut übereinstimmenden Kurvenabschnitten abwechseln. Die Bereiche der guten Übereinstimmung werden als Weiserjahre bezeichnet, weil die Jahrringbreitenschwankung bei der Mehrzahl der Bäume (80-90%) eine außergewöhnlich große Ähnlichkeit aufweisen. Wie kann man sich diesen Sachverhalt erklären? Zwei Bäume werden identische Jahrringbreiten ausbilden, wenn die Einflüsse, die den jährlichen Zuwachs bestimmen, gleich sind. Für diese Bäume sind aber zunächst nur die klimatischen Faktoren Niederschlag und Temperatur gleich. Diese exogenen Einflüsse auf die Jahrringbildung werden von endogenen Einflüssen überlagert. Zunächst sind das genetische Potential der Bäume und ihr Wuchsverhalten, ebenso wie die Ereignisse, die ein Baum während seiner Lebenszeit erfährt, verschieden. So beeinflussen Verbiß, Schädlingsbefall oder Windbruch die Zuwachsleistung. Ebenso entscheidend sind die Standortfaktoren. Erreichen die Wurzeln eines Baumes zum Beispiel das Grundwasser oder stehen sie in Flußnähe, wird die Abhängigkeit von den Niederschlägen jedenfalls teilweise aufgehoben. Wenn der Einfluß der zuletzt genannten Faktoren auf die Jahr-

2   Mittelkurvenbildung. Aus den einzelnen Jahrringkurven wird eine Mittelkurve (rot) gebildet.

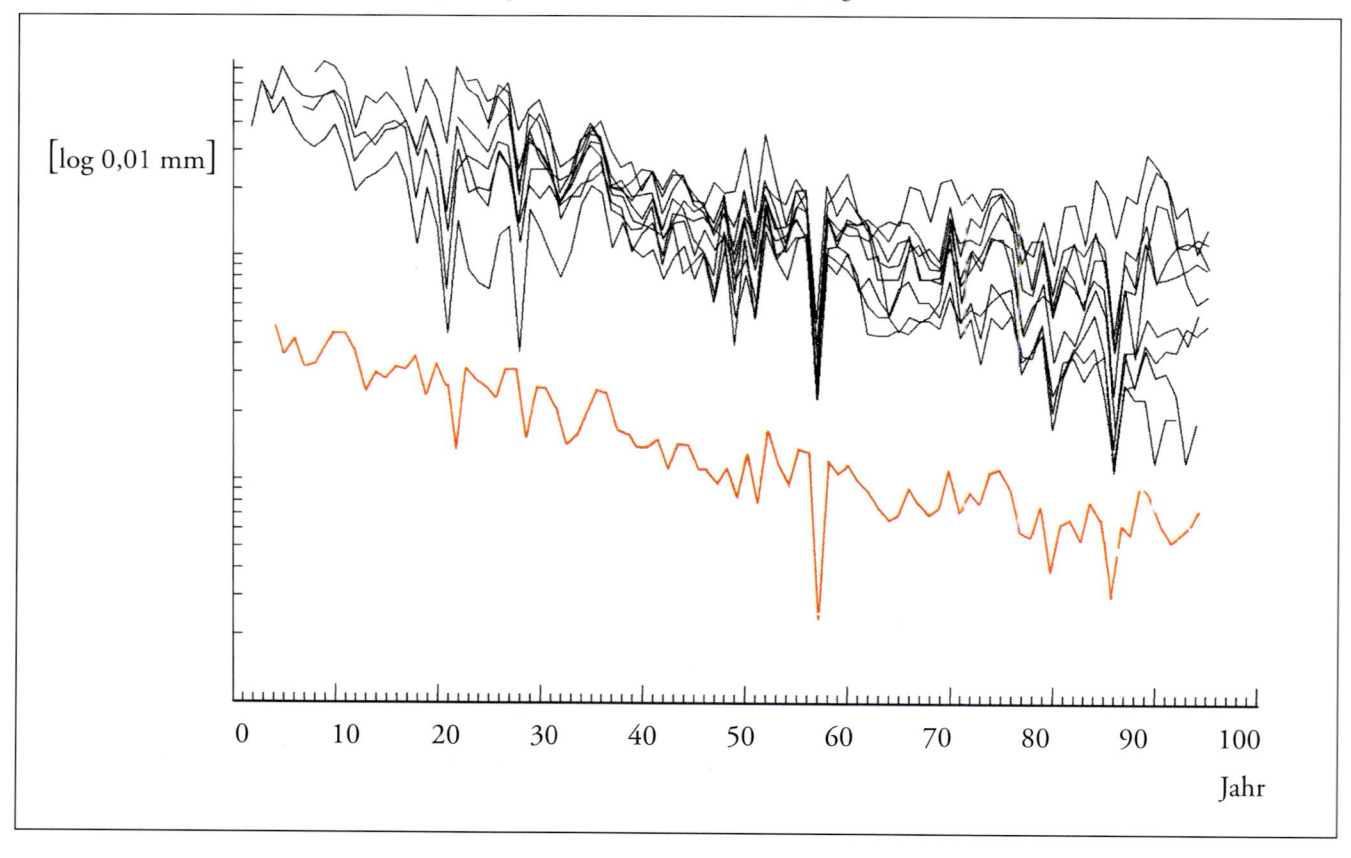

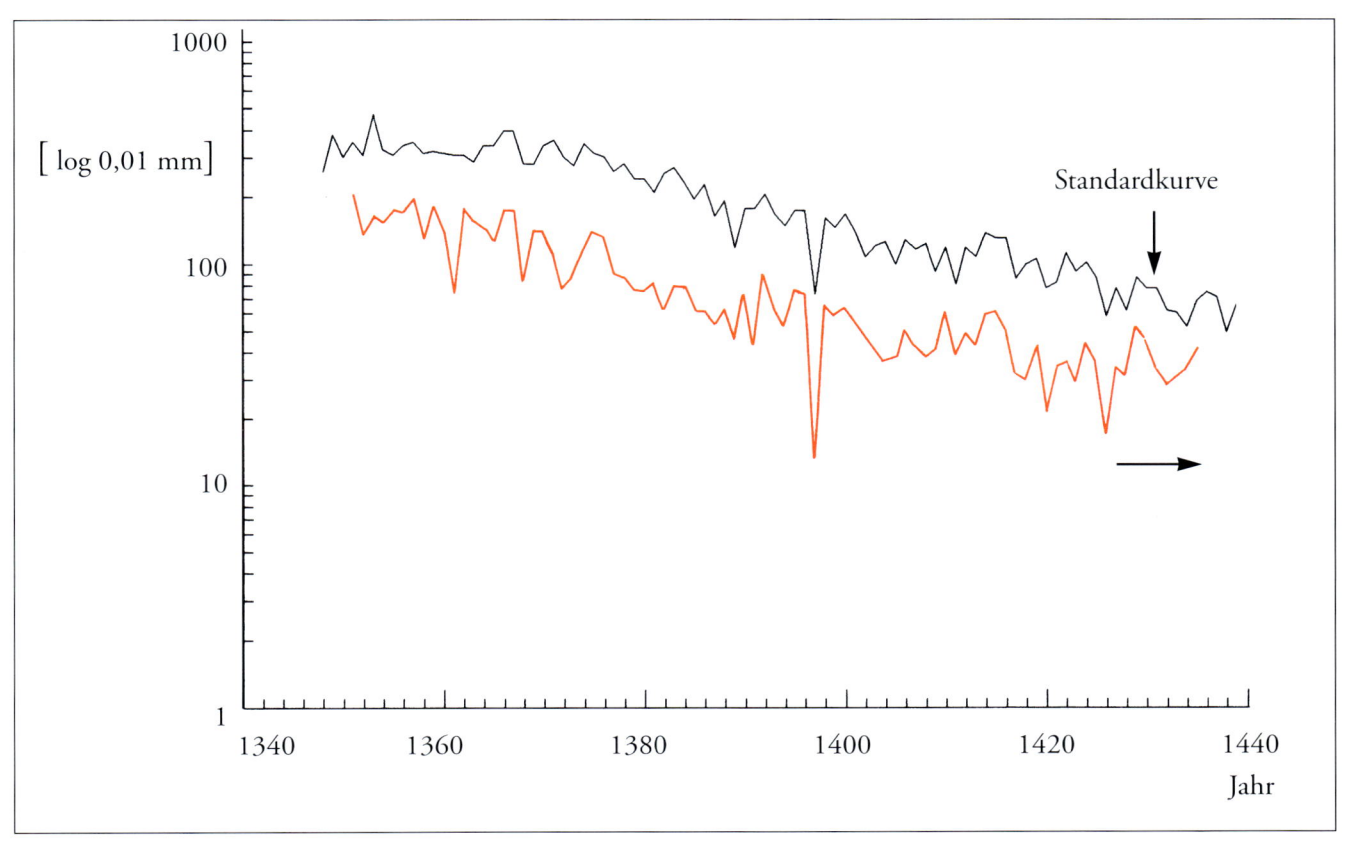

3  Die undatierte Jahrringkurve wird Jahr für Jahr mit der Standardkurve verglichen.

ringbildung stärker als der Klimaeinfluß wird, sind die Jahrringbreitenschwankungen vor allem individuell bedingt. In diesem Fall läßt sich die Jahrringkurve nicht mehr mit einer Standardkurve synchronisieren. Aus diesem Grunde können im Durchschnitt nur zwei Drittel aller Proben datiert werden. Eine Methode zur Dämpfung der individuellen Einflüsse ist die Mittelkurvenbildung. Dazu wird die Synchronlage der Jahrringkurven bestimmt und das arithmetische Mittel aus den Jahrringbreiten der Kurven errechnet (Abb. 2). Die durch klimatische Einflüsse bedingten Jahrringbreitenschwankungen werden betont, die vom Wuchsverhalten des Einzelbaumes abhängigen und daher zufälligen Jahrringbreitenschwankungen gedämpft. Aus diesem Grund sollten immer mehrere Proben pro Bauphase entnommen werden. Einzelkurvendatierungen sind als kritisch zu bewerten. Die Jahrringkurven sollten in diesen Fällen mindestens zwischen 70 und 100 Jahrringe aufweisen und durch eine besonders hohe Ähnlichkeit zur Standardkurve ausgewiesen sein.

**Von der Jahrringkurve zur Datierung**

Mit dem Ausmessen der Jahrringbreiten und der Erstellung der Jahrringkurve ist noch keine Datierung verbunden. Diese erhält man erst im Vergleich mit Standardchronologien. Diese Standardchronologien müssen für die verschiedenen Holzarten und für einzelne Klimaregionen getrennt aufgebaut werden. So können zum Beispiel Eichenproben nicht mit Nadelholzstandardkurven synchronisiert werden. Auch unter den Nadelhölzern gibt es Unterschiede. Tannen- und Fichtenkurven sind in der Regel noch gut untereinander vergleichbar. Im Gegensatz dazu muß für Kiefernhölzer eine spezielle Standardkurve erstellt werden. Der Aufbau der Standardkurve erfolgt nach dem Prinzip des Cross-datings. Dazu werden zunächst die Jahrringkurven lebender Bäume ermittelt. In einem nächsten Schritt müssen Jahrringkurven von Bauteilen historischer Konstruktionen gewonnen werden, die eine minimale Überlappung von etwa dreißig bis vierzig Jahren mit der Jahrringkurven der rezenten Bäume aufweisen. Setzt man eine durchschnittliche Kurvenlänge von einhundert Jahren voraus, so hat man die »Standardchronologie« mit diesen Proben um fünfzig Jahre in die Vergangenheit verlängert. Nach diesem Prinzip sind in den letzten vierzig Jahren überall in Europa Standardkurven aufgebaut worden, die bis zu zehntausend Jahre in die Vergangenheit zurückreichen. Galt das frühere Interesse der Dendrochronologen vor allem der Länge und einer hohen Belegungsdichte – das ist ein Maß für die Anzahl der eingemittelten Jahrringe pro Kalenderjahr – der Standardkurven, so ist man heute bemüht, möglichst kleinräumige Chronologien zu erstellen, die das Standortklima besser repräsentieren. Dadurch kann der Datierungsquotient angehoben werden und die Datierungssicherheit bei kurzen Jahrringkurven nimmt zu.

Hat man auf diese Weise die Standardchronologien erstellt, können die Objektmittelkurven oder auch ein-

4  Tabellarische Darstellung der Datierbarkeit verschiedener Holzarten, nach Jahrhunderten geordnet. Stand Juni 1996

| Zeit | Proben [Σ] | Abies Alba Tanne | | Picea Abies Fichte | | Pinus Kiefer | | Quercus Eiche | |
|---|---|---|---|---|---|---|---|---|---|
| | | Anteil Holzart | Datierungsquotient | Anteil Holzart | Datierungsquotient | Anteil Holzart | Datierungsquotient | Anteil Holzart | Datierungsquotient |
| 13./14. Jh. | 156 | 80 % | 67 % | 13 % | 52 % | 2 % | 30 % | 5 % | 30 % |
| 15. Jh. | 258 | 71 % | 91 % | 23 % | 54 % | 1 % | – | 5 % | 41 % |
| 16. Jh. | 425 | 61 % | 84 % | 29 % | 59 % | 7 % | 37 % | 3 % | 66 % |
| 17. Jh. | 62 | 43 % | 81 % | 50 % | 61 % | – | – | 7 % | 50 % |
| | 901 | Ø 63 % | Ø 81 % | Ø 29 % | Ø 57 % | Ø 3 % | Ø 34 % | Ø 5 % | Ø 47 % |

zelne Jahrringkurven mit der Standardkurve verglichen werden. Dazu wird systematisch die Jahrringkurve der zu datierenden Probe Jahr für Jahr über die Standardchronologie geschoben und die Ähnlichkeit zwischen den beiden Kurven verglichen (Abb. 3). Diese Arbeit erfolgte früher am Leuchttisch, auf dem die Kurvenausdrucke bewertet wurden. Heute wird das Auffinden der Synchronlagen durch den Einsatz von Computern und entsprechender Software erleichtert. Der Rechner ermittelt dabei einzig und allein aufgrund statistischer Ähnlichkeitsbeziehungen mögliche Synchronlagen mehrerer Kurven. Die Ähnlichkeit zwischen zwei Kurven wird hierbei durch zwei statistische Parameter, den T-Wert und den Gleichläufigkeitswert (Gl-Wert) bestimmt. Der T-Wert ist zum einen aus dem Korrelationskoeffizienten, der die Kurvenähnlichkeit angibt, und einer statistischen Berechnung der Aussagesicherheit des Korrelationskoeffizienten zusammengesetzt. Für eine gesicherte Synchronlage ist ein T-Wert größer als 3,5 zu fordern. Der Gleichläufigkeitswert beschreibt die Ähnlichkeit zweier Kurven anhand der prozentualen Übereinstimmung von fallenden und steigenden Kurvenverläufen. Die Gleichläufigkeit ist wie der T-Wert stark von der Kurvenlänge abhängig. Dabei gilt: Je weniger Jahrringe auf der Jahrringkurve vorhanden sind, desto höher sollte der Gleichläufigkeitswert sein. Bei einer Überlappungslänge von 50 Jahrringen sollte er größer als 68% sein. Neben diesen international wohl gebräuchlichsten Parametern werden noch weitere statistische Tests durchgeführt, die in dem einen oder anderen Fall eine Entscheidungshilfe darstellen. Die Computerauswertung sollte nicht vergessen lassen, daß die statistisch ermittelten Synchronlagen zwischen Einzelkurve oder Mittelkurve mit der Standardkurve von »Hand« am Leuchttisch überprüft werden müssen. Hier setzt das dendrochronologische Handwerk ein, das eine gewisse Erfahrung in der Interpretation von Synchronlagen erfordert[1]. Die dendrochronologische Datierung muß eindeutig sein. Wenn mehrere Datierungen angeboten werden, sollte man dem Rat des irischen Dendrochronologen Baillie folgen und den Dendrochronologen wechseln[2].

**Holzarten und Datierbarkeit**

Historische Holzkonstruktionen können aus Stämmen ganz unterschiedlicher Holzart abgezimmert werden. Die Tabelle oben zeigt die verwendeten Holzarten und ihre unterschiedliche Datierbarkeit, die nach Jahrhunderten aufgeschlüsselt ist.

Zunächst ist die Feststellung interessant, daß in Thüringen vor allem Tannen- und Fichtenholz verbaut wurde. Nur im Raum Eisenach wurden hauptsächlich Eichenhölzer für Bauzwecke eingesetzt[3]. Der Grund für die regional unterschiedliche Nutzung der Holzarten ist zunächst von dem natürlichen Verbreitungsgebiet der Holzarten in historischer Zeit abhängig. Selbst dort aber, wo Eichenwälder natürlicherweise wachsen, wie zum Beispiel um Erfurt oder Mühlhausen, ist in den Dachwerken dieser Städte vom 13. bis zum 17. Jahrhundert vornehmlich Nadelholz verbaut worden. Die Ursachen für diese Beobachtungen müssen vor allem in dem anthropogenen Einfluß auf die Wälder, vor allem im Umfeld der Städte, gesehen werden. So sind die stadtnahen Wälder in der Regel für den Brennholzbedarf genutzt worden. Sie wurden nach dem für Bauholz weniger geeigneten Niederwaldprinzip bewirtschaftet. Die konkurrierende Nutzung der Eichenwälder für die Schweinemast, aber auch zur Gewinnung der Rinde für die Gerber, hatte einen unregelmäßigen oder verkümmerten Wuchs der Eichenbäume zur Folge. So wurden in den Mühlhauser Kirchendachwerken nur die statisch besonders belasteten Bauteile, wie die Kaiserstiele der Marienkirche oder der Petrikirche aus stark verwachsenem Eichenholz hergestellt, während Sparren und Kehlbalken aus Nadelhölzern, nahezu ausschließlich Tannenholz, gearbeitet sind. Anscheinend konnten die für die Sparren benötigten Dimensionen und der für die Sparren unabdingbar gerade Wuchs insbesondere für die steilen und hohen Dächer der Gotik in dieser Region nicht durch Eichenhölzer abgedeckt werden.

Die Verwendung der Holzarten ist über die Jahrhunderte nicht konstant. Im 13. und 14. Jahrhundert wurden zu etwa 80% Tannenhölzer eingesetzt, deren Anteil

5   Saalfeld, Franziskanerkirche 1293/94d; 1313/14d. Der Trockenriß läuft durch das Abbundzeichen und legt die relative zeitliche Abfolge von Bearbeitung und Trocknung fest. Zuerst wurde das Holz bearbeitet und mit Abbundzeichen markiert, dann trocknete das Holz im verbauten Zustand.

im 17. Jahrhundert auf ungefähr 50% sinkt. Der Trend für die Verwendung von Fichtenhölzern ist entgegengesetzt: Im 13. und 14. Jahrhundert sind lediglich ein Achtel, im 17. Jahrhundert aber zwei Drittel der untersuchten Bauteile aus Fichtenholz erstellt worden.

Die Holzart ist für den Datierungserfolg entscheidend. So können bisher 81% der Tannenhölzer datiert werden, aber nur etwas mehr als die Hälfte der Fichtenhölzer. Besonders schwierig ist die Datierung von Kiefernhölzern. Lediglich ein Drittel der Proben konnte datiert werden.

Diese Zahlen haben für die Datierung historischer Bauten einen sehr praktischen Wert. Mit ihrer Hilfe können dendrochronologische Probenentnahmen gezielter projektiert werden. Sind vor allem Tannenhölzer verbaut worden, kann die Probenentnahme ebenso wie bei Eichenholz auf etwa fünf Proben beschränkt werden, bei Kiefernhölzern sollte die Probenmenge nicht weniger als acht bis zehn Proben pro Bauphase umfassen[4].

## Die Interpretation des dendrochronologisch ermittelten Fälljahres

Die Methode der Dendrochronologie stellt – sofern alle Jahrringe bis zur Borke erhalten sind – das Fälljahr des betreffenden Baumes fest. Sind alle Jahrringe bis zur Borke erhalten, so spricht man von der Waldkante. Bei der Feststellung der Waldkante vor Ort kann nicht allein aufgrund einer gerundeten Kante zwingend auf eine Waldkante geschlossen werden[5]. Einen sicheren Hinweis liefern Bastfasern oder Borkenreste. Selbst kleine Bastfaserreste, die mit bloßem Auge nicht zu erkennen sind, können vom Fachmann aufgrund des Zellaufbaus mikroskopisch gut von Holzzellen unterschieden werden.

Bei Eichenhölzern sind die äußeren Jahrringe, der sogenannte Splint, aufgrund der geringeren Resistenz gegen Schädlingsbefall häufig zerstört. In den meisten Fällen läßt sich hier aber noch der erste Splintring feststellen. Dies ist für die Ermittlung des Fälljahres von entscheidender Bedeutung, denn die Anzahl der Splintjahrringe ist bei Eichen vergleichsweise konstant. Sie variiert zwischen 10 und 30 Splintjahrringen. Die Zahl der Splintjahrringe ist sowohl von der Region, als auch vom Alter und der Wüchsigkeit abhängig. Mit dem Alter des Baumes steigt die Splintjahrringanzahl, bei jungen Bäumen mit einer überdurchschnittlichen Zuwachsleistung sinkt sie. Für den Thüringischen Raum sind spezielle Splintstatistiken aufgebaut worden. Im Durchschnitt bilden die thüringischen Eichen 16 Splintjahrringe aus, bei einer Streubreite von +10 und -7 Splintjahrringen. Die durchschnittliche Splintjahrringanzahl ist bei weitringigem Eichenholz[6] geringer: sie beträgt lediglich 14 Splintjahrringe mit einem Streubereich von +/- 5 Splintjahrringen[7].

Zwischen Fälljahr und Einbauzeitpunkt des Holzes ist nach herrschender Meinung ein direkter Zusammenhang gegeben. Das Holz wurde in der Regel frisch verbaut, d.h. ohne vorherige Trocknung abgezimmert. Dies kann im günstigsten Fall sowohl anhand von Archivalien[8], als auch an bauhistorischen Befunden überprüft werden. So verlaufen Trockenrisse häufig durch die Abbundzeichen auf den Bauhölzern. An der Art und Weise, wie der Riß durch das Abbundzeichen läuft, läßt sich feststellen, ob das Abbundzeichen vor oder nach der Entstehung des Trockenrisses an dem Bauteil eingeschlagen worden ist (Abb. 5). Wenn das Holz ohne zeitliche Verzögerung direkt nach dem Einschlag im Wald verbaut wird, spricht man von saftfrischem Holz. Der »saftfrische Einbau« kann nicht nur an dem beschriebenen Befund nachgewiesen, sondern auch indirekt an den Hohlräumen zwischen Putz und Balken abgelesen werden, die durch das Schwinden des Holzes während der Trocknung entstanden sind. Die Gleichsetzung von »saftfrisch« und einem sofortigen Abbund ist bei genauerer Betrachtung aber nicht immer gewährleistest. Wenn das Holz geflößt oder in speziellen Laugteichen aufbewahrt wurde, ist der direkte Zusammenhang zwischen Fällung und Abbund aufgehoben. In diesen Fällen ist das Holz zwar im nassen Zustand, aber nicht mehr »saftfrisch« verbaut worden.

Der Holztransport über die Flüsse und Seen war über das gesamte Mittelalter bis zur Einführung der Eisenbahn im 19. Jahrhundert die einzige Möglichkeit, das Massengut Holz über weite Strecken zu transportieren. Mit dem Nachweis der Flößerei, wie er für Thüringen schon seit einiger Zeit erbracht ist, ist freilich noch keine Aussage über die damit verbundene zeitliche Verzögerung zwischen Fälljahr und Verwendung am Bau zu erhalten. Hier bedarf es eines vergleichsweise großen Probenumfanges und gesicherter archivalischer Datierungen. Eine zeitliche Quantifizierung solcher Verzögerungen kann bei dem derzeitigen Projektstand noch nicht angegeben werden und ist nur im Einzelfall möglich[9]. Der für Thüringen umfangreich belegte weiträumige Holzhandel hat noch eine weitere, nicht weniger entscheidende Konsequenz. Das für ein größeres Bauwerk benötigte Bauholz muß nicht zwingend in einem Wald und in demselben Jahr eingeschlagen worden sein. Das Holz kann ohne weiteres aus verschiedenen Fällkollektiven stammen, die dann während des Kaufes vermischt wurden. Aus diesem Grund können die Fälljahre einzelner Bauhölzer sogar innerhalb eines Bauabschnittes stark streuen. Von etwa 80 bisher untersuchten Gebäuden wurde nur für 57 Bauabschnitte ein einheitliches Fälldatum festgestellt; bei 21 Bauabschnitten wurde das Holz in einem Zeitraum von zwei bis drei Jahren eingeschlagen. Die weiteste Streuung des Einschlags beträgt sogar zwölf Jahre[10]. Die Interpretation des dendrochronologischen Datums kann deswegen nur im Hinblick auf die geographische Lage, insbesondere an flößbaren Flüssen, und die historische Situation erfolgen und muß die möglichen Holzhandelsplätze berücksichtigen. Für Thüringen ist die Flößerei auf der Saale und deren Nebenflüssen seit dem 13. Jahrhundert bekannt. Die Tradition der Holzhandelsplätze in Bad Kösen und Camburg reicht ebenfalls bis in das Mittelalter zurück[11]. Die Herangehensweise, insbesondere bei der Probenauswahl und der Festlegung der Probenmenge, muß aus diesen Gründen für die Städte am Mittellauf der Saale anders gewählt werden als für die südthüringischen Städte.

### Anmerkungen

1 Oft werden statistisch zwei Synchronlagen mit vergleichbar guten Werten ermittelt. Weil aber der Baum nur in einem Jahr gefällt worden sein kann, muß die Dendrochronolgie eindeutig sein. Eine Entscheidung kann oft nur durch die optische Bewertung herbeigeführt werden. Sollte auch in diesem Fall keine eindeutige Entscheidung möglich sein, ist die Kurve nicht datierbar. Um die Unabhängigkeit der Methode zu wahren, sollte auch bei offensichtlich eindeutiger bauhistorischer Präferenz für ein Datum dieses nicht als dendrochronologisch ermitteltes Fälldatum ausgegeben werden.

2 Zitiert nach Leuschner, H.-H.: Jahrringanalysen. In: Herrmann, B. (Hrsg.): Archäometrie, Berlin 1994, S. 128.

3 Weitere Informationen dazu sind veröffentlicht unter: Eckstein, D., Eißing, Th., Klein, P.: Dendrochronologische Datierung der Wartburg. (= 46. Veröffentlichung der Abteilung Architekturgeschichte des Kunsthist. Instituts der Uni Köln). Köln 1992.

4 Dies gilt nur, wenn pro Probe mehr als 50 Jahrringe vorhanden sind. Dies ist aber oft nicht der Fall. Hier kann nur versucht werden, die Jahrringanzahl durch das mehr oder weniger zufällige Auffinden einer Probe mit vielen Jahrringen zu erhöhen.

5 Hier sind immer wieder Fehler zu beobachten. Von der exakten Feststellung der Waldkante ist die Interpretation der Bauphasen abhängig. So konnte Lohrum die Feststellung von verschiedenen Fälljahren für das Konstanzer Münster zwischen 1154 und 1236 korrigieren. Die Hölzer wurden einheitlich im Sommer 1238 und im Winter 1238/39 gefällt. Lohrum, B.: Die mittelalterlichen Dachwerke auf der Kirche und den Klausurbauten des Klosters Maulbronn. In: Südwestdeutsche Beiträge zur historischen Bauforschung, Bd. 2. Arbeitskreis f. Hausforschung Bad.-Württemberg. 1992. S. 123.

6 Der durchschnittliche radiale Zuwachs beträgt bei Eichenholz ca. 1 mm. Die Klassifizierung nach dem Merkmal »weitringig« gilt ab einer durchschnittlichen Jahrringbreite größer als 1,80 mm. Eckstein, D., Eißing, Th., Klein, P.: Dendrochronologische Datierung der Wartburg. (= 46. Veröffentlichung der Abteilung Architekturgeschichte des Kunsthistorischen Instituts der Universität Köln). Köln 1992, S. 37.

7 Um das Fälljahr einzugrenzen, wird methodisch so vorgegangen: Zunächst wird die Jahrringkurve nach dem üblichen Verfahren datiert und das Jahr, in dem die Kern-Splintgrenze gebildet wurde, bestimmt. Zu diesem Jahr wird nun die durchschnittliche Splintjahrringanzahl und der Streubereich errechnet. Dieser Streubereich gibt den Zeitraum an, in dem der Baum mit 90%er Wahrscheinlichkeit gefällt wurde. Die Bedeutung dieser Unterscheidung für bauhistorische Untersuchungen ist offensichtlich. Mit einer differenzierten Splintstatistik können die Fälljahre, die für bauhistorische Interpretationen bedeutsam sind, genauer eingegrenzt werden. Vgl. dazu: Eckstein, D., Eißing, Th., Klein, P.: Dendrochronologische Datierung der Wartburg. (= 46. Veröffentlichung der Abteilung Architekturgeschichte des Kunsthistorischen Instituts der Universität Köln). Köln 1992, S. 37.

8 An dieser Stelle soll nur auf die Publikation von Hollstein, E.: Mitteleuropäische Eichenchronologie. Mainz 1980, S. 35 f. verwiesen werden. Für die Region des ehemaligen Herzogtums Sachsen-Meiningen hat Schneider für den Zeitraum vom 16. bis zum 20. Jahrhundert aufgrund des Vergleiches zwischen archivalischer und inschriftlicher Datierung zeigen können, daß das Bauholz dieser Region ohne größere Verzögerungen abgebunden wurde. Schneider, A.: Vergleichende Baudatierung des 16. bis 20. Jahrhunderts im ehemaligen Herzogtum Sachsen-Meiningen. In: Neue Untersuchungen zu städtischen und ländlichen Bauten. In: Berichte zur Haus- und Bauforschung Bd. 3. Marburg 1994, S. 10-106.

9 Zwischen dem Fälljahr und der 1533 archivalisch belegten Errichtung des östlichen Dachstuhles des Marktkirche in Halle liegen ca. 4-5 Jahre. Die Nachricht der archivalischen Datierung ist entnommen aus: Krüger, H.-J.: Die spätgotischen Neubauten der Moritzkirche und Marktkirche in Halle. In: Denkmale in Sachsen-Anhalt. Weimar 1993, S. 241.

10 So wurde das Dachwerk des Naumburger Domes nach dem Brand von 1532 neu errichtet. Das benötigte Bauholz stammt aus zwei Fälkollektiven, die im Winter 1519/20 und 1531/32 eingeschlagen wurden. Die zwölf Jahre, die zwischen den Einschlagjahren liegen, kann nur durch den Zukauf von Handelsholz erklärt werden. Unterschiedliche Fällkollektive können nur mit einer entsprechenden Ausweitung des Probenumfanges festgestellt werden. In diesen Fällen sind die Bauphasen mit 10-20 Proben untersucht worden.

11 Hier sind vor allem zu nennen: Höll, Th.: Beiträge zur Flößerei auf der Elbe. Diss. Phil. Jena 1922 und Bock, H., Rosenberg, H.: Zur Technik und Terminologie der Langholzflößerei auf der thüringischen Saale. In: Deutsches Jahrbuch f. Volkskunde 14 (1968), S. 84-95.

# Kirchendachwerke in Thüringen
*Thomas Eißing*

Im Rahmen des hier vorgestellten Projektes wurden bisher mehr als dreißig Kirchendachwerke untersucht. Weil, bedingt durch lange Bauzeiten und baugeschichtliche Veränderungen, in der Regel in jedem Kirchendach wenigstens zwei, oft sogar mehrere grundsätzlich verschiedene Dachwerkkonstruktionen zu finden waren, konnten über fünfzig verschiedene Gespärretypen, Längsverbände und Zerrbalkenlagen erfaßt werden. Bis zum Abschluß des Projektes sollen alle großen mittelalterlichen Dachwerke über Stadtpfarrkirchen, Klöstern und Bischhofskirchen bauhistorisch untersucht werden. Hier werden vierzehn Kirchendachwerke eingehender vorgestellt. Die Auswahl beschränkt sich auf wesentliche Gebäude und auffällige Dachkonstruktionen. Zunächst soll jedoch eine Übersicht zu dem bisher erreichten Stand der Arbeit gegeben werden (Abb. 1, folgende Seite).

Alle in Thüringen untersuchten Dachwerkformen können aus dem Kehlbalkendach abgeleitet werden. Lediglich das Bogendach über dem Chorturm von St. Michael in Rohr 1584/85 (d) ist eine Mischkonstruktion aus Kehlbalken- und Pfettendach. Beispiele für das einfache Kehlbalkendach sind die frühen Dachwerke der Kemenate in Arnstadt 1308/9 (d), das Dachwerk des Ständerhauses Kürschnergasse 7 in Erfurt 1385/86 (d) ebenso wie zwei Dachwerke von 1385/86 (d) und 1475 (d) in der Hausgruppe Fischmarkt 27 in Erfurt. Das einfache Kehlbalkendachwerk mit Sattelholz und Fußstreben ist über dem Chor der Predigerkirche in Erfurt 1272/73 (d) und über dem Chor der Pfarrkirche St. Simon und Judas in Neunhofen 1348/49 (d) zu finden. Mit den Veränderungen der architektonischen Ausführung der Gebäude und sich wandelnden Nutzungsansprüchen wachsen auch die konstruktiven Anforderungen an die Dachwerke. Die seit dem 14. Jahrhundert dafür gefundenen Lösungen lassen sich nach sechs Leittypen gliedern, die in sich noch weiter differenziert werden können. Über Kirchenbauten sind vor allem Holztonnen- und Kreuzstrebendachwerke zu finden, über Hallenkirchen auch aufgeständerte Kehlbalkendachwerke. Eine besondere Stellung haben dabei in Thüringen die Holztonnendachwerke. Diese Dachform wurde seit dem späten 13. Jahrhundert in Mitteldeutschland häufig verwendet. Sie ist vor allem in Erfurt und Mühlhausen und über den Kirchen der Mendikantenorden vielfach zu finden. Allein in Erfurt waren elf Sakralgebäude und der alte Rathaussaal mit Holztonnen abgeschlossen, von denen heute noch fünf erhalten sind[1]. Eine ähnliche Situation ist in Mühlhausen anzutreffen. Hier sind über vier Pfarrkirchen ebenso wie über dem Rathaus die originalen Holztonnen entweder erhalten oder doch jedenfalls Bauteile dieser Konstruktionen bei Umbauten wiederverwendet worden. Die ältesten Tonnendächer sind über dem östlichen Klausurflügel des Dominikanerklosters in Erfurt 1278/79 (d) und über dem in zwei Bauphasen entstandenen Dachwerk der Franziskanerkirche in Saalfeld erhalten 1293/94 (d) und 1313/14 (d). Holztonnenkonstruktionen sind aber auch im 14. und 15. Jahrhundert zu finden. Hierzu zählen beispielsweise die Dächer der Kaufmannskirche 1363/64 (d) und der Lorenzkirche 1414/15 (d) in Erfurt und die Tonnenkonstruktion über dem Chor der Bonifatiuskirche in Bad Langensalza 1463/64 (d). Kreuzstrebendachwerke über gewölbten Kirchen sind über dem Chor des Erfurter Domes 1416/17 (d), dem Chor der Marienkirche in Mühlhausen 1343/44 (d) und dem Chor der Nikolaikirche in Mühlhausen 1349/50 (d) errichtet worden[2]. Liegende und stehende Stuhlkonstruktionen sind über Sakral- und Profanbauten gleichermaßen anzutreffen. Der einfach stehende Stuhl mit Mittelstütze und geschwungenen Sattelhölzern kann in seinen frühen Formen aus den zweischiffigen Gebäudegrundrissen abgeleitet werden und ist zunächst unabhängig von der Kehlbalkenkonstruktion abgebunden worden. Zu dieser Gruppe zählen die Dachkonstruktionen des Zinsbodens in Stadtilm 1350/51 (d)[3] und die dreischiffige Anlage des Bürgerhauses Fischmarkt 6 in Erfurt 1344/45 (d). Einfach stehende Stühle oder Stuhlwände sind auch bei Kirchendachwerken zu finden. Eine einfache zweigeschossige Ständerwand mit angeblatteten Kopfbändern unterstützt die Kehlbalkenlage des Spitaldachwerkes in Schmalkalden 1386/87 (d). Im Gegensatz dazu ist die Stuhlwand über dem Chor der Petrikirche in Mühlhausen 1402 (d) geschoßweise abgezimmert worden. Der doppelt und mehrfach stehende Stuhl kommt um die Mitte des 14. Jahrhunderts erstmals in Schmalkalden über der Großen Kemenate 1363/64 (d) vor. Er ist aber auch über saalartigen Kirchenschiffen wie beispielsweise in Rohr, St. Michael 1439/40 (d) zu finden. Stehende Stühle werden vor allem im südthüringischen Raum um Neustadt und Pößneck bis in die 2. Hälfte des 16. Jahrhunderts verwendet.

Unter Mischkonstruktionen werden Kombinationsformen von liegenden und stehenden Stühlen zusammengefaßt. Diesem Typus entspricht das Dachwerk über dem Langhaus von St. Simon und Judas in Neunhofen 1459/60 (d). Hier wurde ein einfacher, zweigeschossiger stehender Stuhl zusammen mit einem liegenden Stuhl abgebunden. Die Kombination von liegenden und stehenden Stühlen wird im 16. und 17. Jahrhundert eine weitverbreitete Konstruktionsart. Das früheste Beispiel ist das Dachwerk des »Lutherhauses« in Neustadt/Orla 1489/90 (d). Besonders häufig ist dieser Typus in Naumburg, aber auch in Erfurt. Beispiele sind das Haus Vaterland 1572/73 (d) in Erfurt und das Deutschritterhaus in Weimar 1564/65 (d). Der doppelt liegende Stuhl mit Druckriegel und Kopfbändern wird seit dem Ende des 15. Jahrhunderts gebräuchlich und ist bis zum 17. Jahrhundert eine der am häufigsten anzutreffenden Dachwerk-

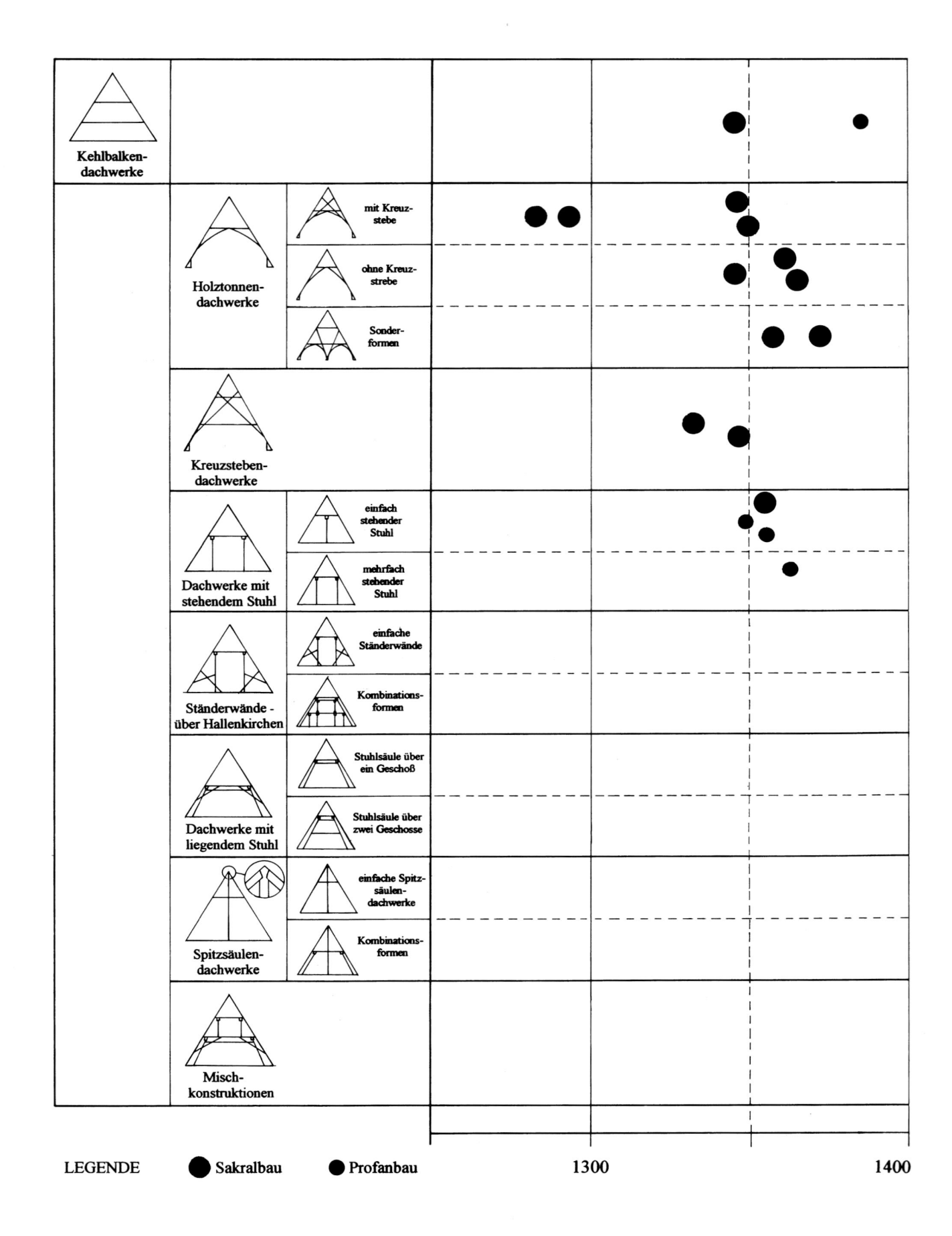

1 Die Tabelle unterscheidet nach Sakralbauten (großer Punkt) und Profanbauten (kleiner Punkt). Die Tabelle ist nach typischen Dachquerschnittskonstruktionen geordnet. Die Streubreite der Punkte gibt Auskunft über das früheste, aber auch späteste Auftreten einer bestimmten Konstruktionsart, die Dichte der Punkte enthält eine Information über die Häufigkeit eines Phänomens in einem bestimmten Zeitraum.

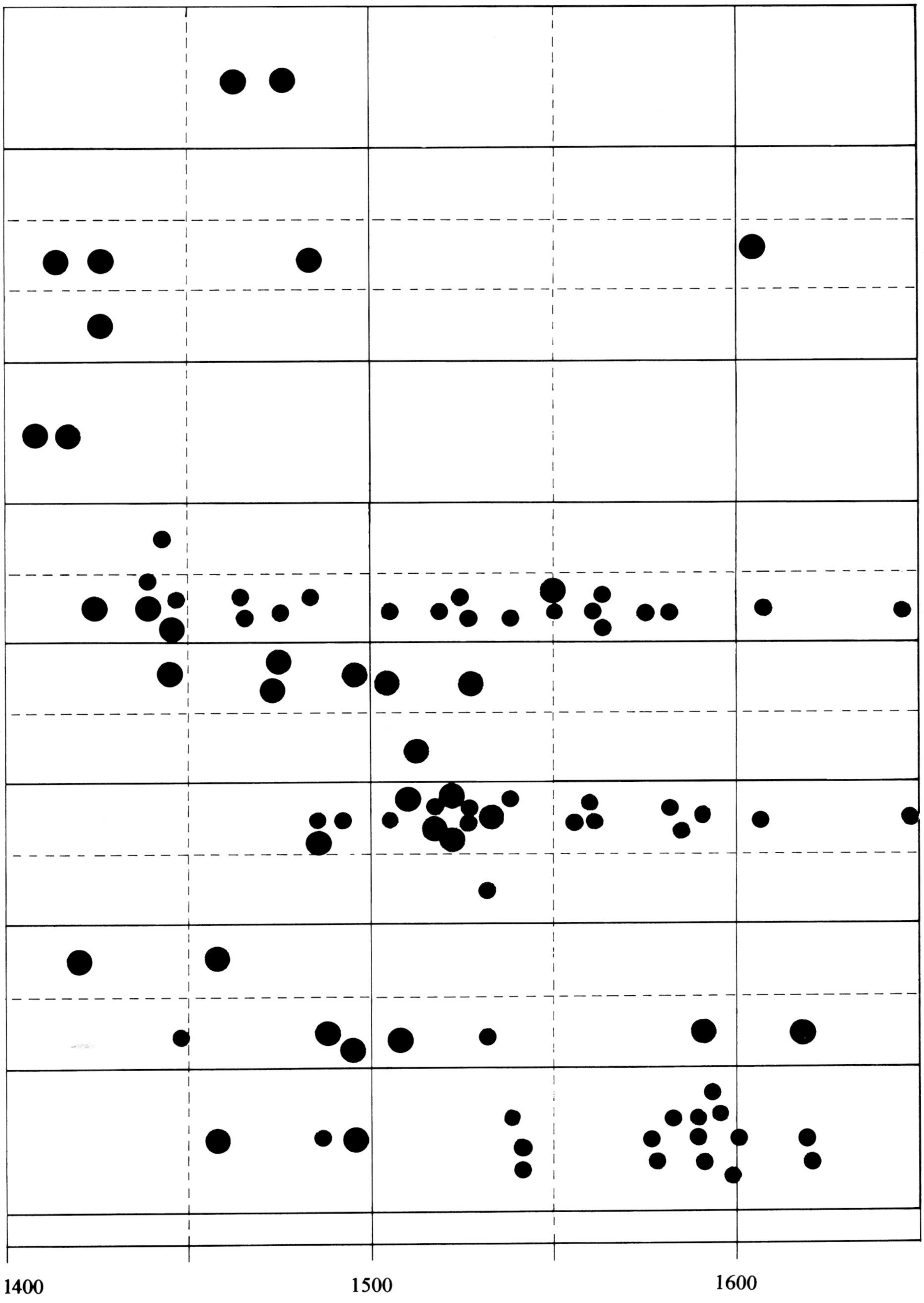

1400
1500
1600

konstruktionen. Frühe Beispiele sind das gotische Haus in Burghessler 1493/94 (d) und das Dachwerk Köditzgasse 1 in Saalfeld 1518/19 (d). Reine Spitzsäulendachwerke mit firstparalleler Windaussteifung sind bisher nur für das Dachwerk des Palas auf der Runneburg/Schloß Weißensee beschrieben worden[4]. Kombinationsformen mit abgestrebten Spitzsäulen und liegenden Stühlen sind dagegen in den Dächern der Rathäuser von Pößneck 1484/85 (d) und Saalfeld 1532/33 (d) sowie über dem Chor der Kaufmannskirche in Erfurt 1591/92 (d) zu finden.

## Ausgewählte Beispiele

In Erfurt gab es zur Reformationszeit zweiundvierzig Kirchen und Kapellen.[5] Viele ihrer mittelalterlichen Dachwerke wurden entweder durch Brand oder durch spätere Umbaumaßnahmen, vor allem im 18. und 19. Jahrhundert vernichtet. Von den großen mittelalterlichen Kirchendächern sind deswegen heute nur noch acht erhalten. Die Reihenfolge, in der diese hier vorgestellt werden, folgt sowohl typologischen als auch chronologischen Kriterien. Die Konzentration auf die Erfurter Dachstühle mag zunächst willkürlich erscheinen, aber gerade in dieser Stadt, die am Ende des Mittelalters flächenmäßig und mit rund 20.000 Einwohnern zu den größten Städten des Deutschen Reiches zählte, sind Dachkonstruktionen erhalten, die nicht nur für den mitteldeutschen Raum bedeutend sind. Die Dachwerke aus anderen Städten werden zum Vergleich hinzugezogen, so zum Beispiel das Dachwerk der Franziskanerkirche in Saalfeld, die Dachkonstruktionen der Bonifatiuskirche in Bad Langensalza und die Dachwerke der Nikolaikirche in Mühlhausen und von St. Michael in Rohr.

### Das einfache Kehlbalkendachwerk

#### Erfurt, Predigerkirche

Zu den bedeutendsten Zeugnissen der hochgotischen Architektur in Deutschland zählt ohne Zweifel die Dominikaner- oder Predigerkirche in Erfurt (Abb. 2). Trotz der großen Homogenität des Kirchenraumes ist die mit ihren hohen Seitenschiffen hallenartig wirkende Basilika das Ergebnis einer langen Baugeschichte (Abb. 4). Schon Scheerer konnte aufgrund stilistischer Vergleiche von Kapitellen und Basen mehrere Bauabschnitte ermitteln. 1279 wurde der Jakobsaltar »vor dem Chor« geweiht[6]. Mit diesem Bauabschnitt sind die östlichen fünf Joche fertiggestellt.

Das Langhaus wird nach den Stifterurkunden erst im 14. Jahrhundert vollendet. Die Stiftungen sind erstmals für das Jahr 1324 belegt und setzen nach 1412 aus. Mit diesem Datum ist nach Scheerer das Langhaus im Westen fertiggestellt[7]. Die Bauabschnitte sind an den Baufugen des Obergadens abzulesen. Der erste umfaßt die Joche 6-9, einen weiteren Bauabschnitt erkennt Scheerer mit

2  Erfurt, Predigerkirche. Chor von Osten

dem 10. Joch[8]. Schon Haetge aber betont den Mangel an eindeutigen, auf den Bau bezogenen Rechnungen und faßt zusammen: »... Das Urkundenmaterial reicht also nicht aus, um die Bauzeit des heute noch stehenden Chores eindeutig zu klären«[9].

Einen Beitrag zur Klärung der Baugeschichte kann nun die dendrochronologische Datierung des Dachwerkes leisten (Abb. 3). Die 67 Gespärre über dem Langhaus sind zum großen Teil mittelalterlich. Obwohl alle Gespärre ähnlich aufgebaut sind, sind sie doch in einigen charakteristischen Details unterschiedlich ausgeführt. Aufgrund dieser Unterschiede lassen sich innerhalb des Dachwerkes die Bauabschnitte nachvollziehen, die durch den Baufortgang des Langhauses vorgegeben wurden (vgl. Tafel 1, Abb. 5). Eine besondere Bedeutung für die Ermittlung der Bauphasen kommt dem Abbundzeichensystem und den originalen Mauerschwellen zu. Anhand der durch additive Kerbtechnik markierten Bauteile läßt sich der jochweise Abbund und die Aufstellungsrichtung der Gespärre nachvollziehen[10]. Auf diese Weise können fünf Bauabschnitte getrennt werden, die im folgenden näher beschrieben werden.

*Der östliche Bauabschnitt Gespärre 1–23 (1.–5. Joch), 1272/73*

Der erste Bauabschnitt umfaßt die ersten fünf Joche von Osten mit dreiundzwanzig Gespärren. Das Dachwerk

*Tafel 1  Erfurt, Predigerkirche*
*5   Grundriß*

3   Erfurt, Predigerkirche.
Chordachwerk, Blick nach Westen

4   Erfurt, Predigerkirche.
Innenraum. Blick nach Osten

über dem Chorpolygon ist im 19. Jahrhundert mit wiederverwendeten Hölzern repariert worden[11]. Das Chordachwerk ist in zwei Abbundeinheiten errichtet worden. Der östliche umfaßt die Gespärre 1–11, der westliche die Gespärre 1–23. Beide Gruppen sind mit derselben Markierungstechnik versehen. Die Reihenfolge der Gespärre wird durch die Anzahl der Kerben, die ein Abbundzeichen ausmachen, festgelegt.

Der Gespärreaufbau ist in beiden Abschnitten identisch (Tafel 1, Abb. 6). Gespärre mit Zerrbalken wechseln mit Gespärren und Sattelhölzern ab. Die Sparren mit auffällig querrechteckigem Querschnitt werden in den Drittelspunkten von Kehlbalken ausgesteift. Diese sind nur zu einem Drittel in die Sparren eingelassen. Der verbleibende Überstand von 2–4 cm ist durch eine Fase betont (Abb. 7). Direkt unterhalb des ersten Kehlbalkens sind über 2 m hohe Sparrenknechte mit den Sparren verblattet. Sie sind mit geraden Blättern an den Sparren und Deckenbalken bzw. Sattelhölzern der einfachen Gespärre angeschlossen. Die Deckenbalken und Sattelhölzer sind mit zwei Mauerlatten verkämmt, die auf der Südseite original erhalten sind; auf der Nordseite wurden die originalen Mauerlatten im 19. Jahrhundert wegen Pilzbefalles abschnittsweise erneuert.

Die Zählung des westlichen Abbundsystems beginnt mit dem 23. Gespärre und zählt nach Osten auf. Die östliche Abbundeinheit ist ebenfalls von Westen nach Osten aufgestellt worden. Die Zählung beginnt mit dem 11. Gespärre. Die Abbundseite dieses Gespärres zeigt wie die Abbundseiten des westlichen Abschnittes nach Westen. Mit dem 10. Gespärre wird die Abbundseite der zweiten Gruppe nach Osten orientiert. Der Wechsel der Abbundseite innerhalb eines Abbundsystems ist ungewöhnlich. In der Regel wechseln Abbundseite und Zählsystem gleichzeitig mit demselben Gespärre. Meistens liegen mit einem solchen Wechsel dann auch zwei Bauabschnitte oder sogar zwei Bauphasen vor. Hier kann ein solcher Schluß

7   Erfurt, Predigerkirche. Detailaufnahme eines typischen Chorgespärres. Gespärre 5 Nordseite, Sparrenknecht und Kehlbalken sind mit einem Überstand von ca. 2–4 cm mit den Sparren verblattet.

8   Erfurt, Predigerkirche. Die inneren Mauerschwellen sind zwischen dem 11. und 12. Gespärre verblattet.

*Tafel 1 Erfurt, Predigerkirche*
*6   Querschnitt, Schnitt A-A, Gespärre 8*

nicht gezogen werden. Die Anordnung und die Stöße der südlichen Mauerlatte schließen diese Möglichkeit aus.

Die innere und äußere Mauerlatte sind zweigeteilt. Die inneren Mauerlatten sind zwischen dem 11. und 12. Gespärre verblattet (Abb. 8). Der Stoß wird mit einem Holznagel gesichert. Die äußeren Mauerlatten sind im Gegensatz dazu zwischen dem 10. und 11. Gespärre gestoßen. Das bedeutet, daß die Mauerlatten über die gesamte Länge des Ostabschnittes auf den Mauerkronen aufgelegen haben, bevor die erste Abbundeinheit aufgerichtet worden ist. Beide Abschnitte des Dachwerks müssen demnach im Zusammenhang errichtet worden sein. Das Dachwerk wurde an der westlichen Chormauer beginnend nach Osten vollendet[12].

Zum Schluß wurden die Gratschifter des Chorpolygons an das nun schon bestehende Dach angelehnt. Heute läßt sich nicht mehr entscheiden, ob das Anfallgespärre mit einem Kaiserstiel oder einer anderen Hilfskonstruktion zum Ableiten der Schubkräfte, die durch die Polygonwalme hervorgerufen werden, verstärkt worden ist.

Bemerkenswert ist auch das Baumaterial. Es wurden fast ausschließlich Kiefernhölzer verbaut. Sie konnten bisher nicht datiert werden. Einzig in den Gespärren 2 und 3 sind drei Tannenhölzer mit Waldkante eingebaut, die übereinstimmend auf das Jahr 1272/73 datiert wurden. Aufgrund der geschilderten Befundlage ist diese Datierung für die ersten fünf Joche insgesamt gültig. Der Chor wird demnach im Sommer 1273 mit dem Dach abgeschlossen worden sein.

Noch ein weiterer Befund ist in bezug auf den westlichen Abschluß des Chordaches bemerkenswert. Auf das Gewölbe wurde am Übergang vom 5. zum 6. Joch eine Mauer aufgesetzt (Abb. 9) und das Dachwerk am 23. Gespärre mit einer Bretterwand nach Westen hin abgeschlossen. Das Traggerüst dieser Bretterwand ist noch an den Sassen des Gespärres abzulesen. In der Höhe des heutigen Kehlbalkens sind an den Sparren Blattsassen

9 Erfurt, Predigerkirche.
Abschlußmauer nach Gespärre 23 vom 5. zum 6. Joch. Die Mauer steht auf dem Gewölbe auf. An dem Deckenbalken ist noch eine Sasse zu erkennen. Hier war ursprünglich ein senkrechtes Holz befestigt, das als Traggerüst für die Bretterschalung diente.

10 Erfurt, Predigerkirche.
Sasse am Sparren Gespärre 23. Hier war das Trägerholz für die Bretterschalung befestigt. Darüber der Kehlbalken mit unten angearbeitetem Falz. Der Riegel, der heute in der Höhe der Sasse angenagelt ist, wurde später hinzugefügt.

angebracht, die mit Blattsassen auf den Zerrbalken korrespondieren. Wenig oberhalb des zweiten Kehlbalkens ist ein Querholz, das an den Enden abgesetzt ist, nur über Holznägel mit den Sparren verbunden. Auf seiner Unterseite ist ein Falz ausgearbeitet worden, der offenkundig zur Aufnahme einer Bretterschalung diente (Abb. 10). An der Unterseite des Ankerbalkens ist ebenfalls ein Falz ausgehoben worden. Alle Befunde zusammengenommen zeigen, daß der Dachraum mit einer vergleichsweise aufwendigen verbretterten Fachwerkwand verschlossen worden ist, die durchaus nicht nur provisorischen Charakter hatte. Der Befund macht deutlich, daß der Bau der Predigerkirche über längere Zeit unterbrochen wurde. Hier befand sich für Jahrzehnte der westliche Abschluß der Kirche.

*Die westlichen Abschnitte Gesp. 24 – 67 (Joche 6-15), um 1360, 1365/66, »um 1380«*
Das Dachwerk über den Langhausjochen ist ein schönes Beispiel dafür, wie durch die Analyse der Dachkonstruktion auch dicht aufeinanderfolgende Bauphasen sicher getrennt werden können. Die entscheidenden Erkenntnisse sind über das Abbundzeichensystem und die konstruktiven Veränderungen des Gefüges zu gewinnen. Insgesamt lassen sich drei Bauabschnitte differenzieren. Der erste umfaßt die Joche 6-9, der zweite beginnt mit dem 10. Joch. Aufgrund der kompletten Erneuerung der Gespärre Nr. 50–56 während der erst in den letzten Jahren durchgeführten Reparaturmaßnahmen läßt sich der Übergang vom zweiten zum dritten Bauabschnitt des Langhausdachwerks nicht mehr exakt bestimmen.

Die Grundkonstruktion des Langhausdachwerkes entspricht der Konstruktion des Chordachwerkes. Auch im 14. Jahrhundert ist ein zweifaches Kehlbalkendach errichtet worden. Die Kehlbalken sind ebenfalls stark querrechteckig bearbeitet (21/15 cm) und mit einfachen schwalbenschwanzförmigen Verblattungen und zwei Eichenholznägeln mit den Sparren verbunden. Der Blattüberstand ist abgefast. Der entscheidende Unterschied zu der älteren Konstruktion ist in der Ausführung der Sparrenknechte zu beobachten. Ihre Länge ist auf etwa 1,50 m reduziert; sie sind jetzt über zweiseitige Schwalbenschwanzverblattungen mit den Sattelhölzern und über einseitige Schwalbenschwanzverblattungen mit den Sparren verbunden. Dieser Gefügeknoten wird im letzten Bauabschnitt vor dem Westgiebel mit einem Hakenblatt variiert (vgl. Tafel 1, Abb. 11/12).

*Gesp. 24 – 41 (Joche 6 – 9), »um 1360«*
Dieser Dachabschnitt ist wie das Chordachwerk in zwei zeitlich nicht differenzierten Abbundeinheiten entstanden. Das erste Zählsystem schließt direkt an das schon bestehende Dach aus dem 13. Jahrhundert an. Im Gegensatz zum Abbundsystem der ersten Bauphase ist die Gestaltung der Zeichen differenzierter und entspricht der im 14. Jahrhundert gebräuchlichen Ausführung. Die Bauteile, die zur nördlichen Traufseite orientiert sind, werden durch Kästchen von der südlichen Traufseite, die mit Kerben markiert ist, getrennt. Vom 32. zum 33. Gespärre ist mit dem Wechsel der Abbundseite auch ein Wechsel des Abbundsystems verbunden. Die Zählrichtung läuft wie bei dem vorherigen System von Osten nach Westen. Die Kerben sind hier aber auf der nördlichen, die Kästchen auf der südlichen Traufseite angebracht. Parallel dazu ist ein Wechsel im konstruktiven Gefüge zu beobachten: In den Gespärren mit Zerrbalken entfallen jetzt die Sparrenknechte. Diese Vereinfachung des Abbundprozesses wurde auch bei den folgenden Bauabschnitten beibehalten. Der Wechsel in der Konstruktionsart ist allerdings nicht mit einer Bauphase gleichzusetzen, obwohl auch die Mauerlatten zwischen dem 32. und 33. Gespärre gestoßen sind. Dies wird durch die dendrochronologische Datierung bestätigt. Vier Hölzer aus den beiden Abschnitten konnten datiert werden[13]. Beide Abbundeinheiten sind mit Hölzern errichtet worden, die »um 1360« eingeschlagen wurden. Die Bezeichnung »um« ergibt sich daraus, daß die waldkantigen Balken an Bohrkernen aus den ersten fünf Jahrringen abgebrochen sind. Aufgrund des starken Insektenbefalls konnte die Bruchstelle nicht eindeutig zusammengefügt werden. Hier kann deswegen maximal ein Jahrring fehlen. Die Bäume werden daher 1360 oder 1361 eingeschlagen worden sein.

*Gesp. 42 – 49 (Joche 10 – 11), 1365/66*
Die Abbundrichtung wechselt in diesem Bauabschnitt wieder nach Osten. Damit wechseln auch die Abbundzeichen ihre Bezugsrichtung. Die Nordseite wird mit Kerben, die Südseite mit Kästchen differenziert. Die dendrochronologische Datierung von zwei Sparren mit Waldkante ergab ein Fälldatum im Winter 1365/66. Dieser Dachabschnitt wird damit wenige Jahre nach der Errichtung der Gespärre 24-41 erfolgt sein.

In den zuletzt behandelten Dachabschnitten sind weitere Befunde bemerkenswert. Auffällig ist zunächst der Einsatz von zweitverwendeten Hölzern in den 1360 bzw. 1365/66 errichteten Bauabschnitten. Sie sind nur hier, nicht aber über dem noch zu besprechenden westlichsten Bauabschnitt zu finden. Sieben Bauteile wurden dendrochronologisch untersucht. Von diesen sind sechs sowohl in einem älteren wie auch wieder im heutigen Dachwerk als Sparren verwendet worden. Sie weisen zum Teil charakteristische Versätze auf, die auf eine Konstruktion mit Sparrenknecht hinweisen. Die Hölzer stammen aus mindestens zwei verschiedenen Fälljahren. Die ältesten Hölzer wurden im Winter 1214/15 gefällt, die jüngeren »um 1234« datiert. Es ist durchaus möglich, daß die um 1234 datierten Hölzer aus dem Vorgängerbau der Predigerkirche stammen. Auf eine solche Verbindung zu einem möglichen Vorgängerbau weist freilich nur die Datierung von 1234 hin. Dieser Vorgängerbau ist archäologisch nachweisbar und ist die erste Kirche des 1229 gegründeten Klosters gewesen[14].

*Gesp. 57 – 67 (Joch 14 – 15), »um 1380«*
Die Baufuge von dem 1365/66 entstandenen Bauabschnitt zur letzten Bauphase läßt sich aufgrund der vollständigen Erneuerung der Gespärre 50–56 im Dachwerk

---

*Tafel 1 Erfurt, Predigerkirche*
*11 Fußpunkt Gespärre 61*
*12 Fußpunkt Gespärre 8*

nicht mehr exakt lokalisieren. Sämtliche Bauteile der alten Konstruktion wurden restlos entfernt. Leider wurde vor Maßnahmebeginn auch keine Voruntersuchung durchgeführt, welche die wesentlichen Befunde erfaßt hätte. Vom 57. bis zum 67. Gespärre ist die mittelalterliche Konstruktion dann wieder erhalten. Weil das 57. Gespärre über dem 13. Joch angeordnet ist, setzt die neue Bauphase entweder mit dem 12. oder dem 13. Joch ein. Die genaue Lage der Baufuge wird jetzt wohl nur durch weitere bauarchäologische Untersuchungen am Mauerwerk zu klären sein.

Die Grundkonstruktion der Gespärre entspricht den vorherigen Bauabschnitten. Der Gefügeknoten zwischen Sparren und Sparrenknecht wird jedoch auf charakteristische Weise variiert. Statt der bisher verwendeten einseitigen Schwalbenschwanzverbindung wird jetzt der Anschluß über ein Hakenblatt ausgeführt. Auch das Abbundzeichensystem wird modifiziert. Die Gespärre sind vom Westgiebel ausgehend gezählt. Die Nordseite ist mit der üblichen gruppierenden Anordnung von Kästchen versehen. Die der Südseite ist in dem fortschrittlichen römischen Zählsystem mit Kerben numeriert. Hier werden die römische 5 (V) und die römische 10 (X) als Ordnungsgrößen verwendet.

*Zusammenfassung*

Das Dachwerk über der Predigerkirche in Erfurt spiegelt in seinen Abbundabschnitten den Baufortschritt und die Bauunterbrechungen der Kirche wider. Die Gliederung in einen Ost- und einen Westabschnitt läßt sich ebenso nachvollziehen wie die schrittweise Erweiterung des Langhauses nach Westen. Das Dachwerk ist über den ersten fünf östlichen Jochen nach dem Winter 1272/73 errichtet und offenbar vorläufig in Gebrauch genommen worden. Dazu wurde der Bau provisorisch im Westen durch eine verbretterte Fachwerkwand verschlossen. Reste der Trennwand und des Bretterverschlages sind noch nachzuweisen. Die Trennwand stand auf dem Gewölbe. Daraus folgt, daß der Aufbau der Dachkonstruktion und die Einwölbung des Chorraumes hier in unmittelbarem zeitlichem Zusammenhang oder mit nur kurzer zeitlicher Verzögerung erfolgten.

Ein Baufortgang ist erst drei Generationen später im 14. Jahrhundert festzustellen. Die Dachkonstruktion wird »um 1360« zunächst über den Jochen 6–9, anschließend über den Jochen 10 und 11 nach 1365/66 fertiggestellt. Der Übergang zum letzten Bauabschnitt kann aufgrund der Reparaturen des 20. Jahrhunderts nicht mehr nachgewiesen werden. Die noch erhaltenen Gespärre über den Jochen 14–15 sind erst nach 1380 errichtet worden.

Die Grundkonstruktion des zweifachen Kehlbalkendaches mit alternierenden Gespärren mit Zerrbalken und Gespärren mit Sattelhölzern ist über die gesamte Bauzeit beibehalten worden. Eine Entwicklung ist lediglich in der Ausführung der Sparrenknechte, die von der älteren langen Version zu der kürzeren Ausführung wechseln, sowie der Ausbildung einiger Knotenpunkten und der sich stärker differenzierenden Ausführungen der Abbundzeichensysteme zu sehen. Bemerkenswert ist das Abbundzeichensystem über dem Chor. Hier wurde bereits mit einem numerischen Sytem gearbeitet. Bei vergleichbaren Bauwerken des 13. Jahrhunderts wurden die Gespärre in der Regel noch mit Symbolen markiert oder nur kurze Abschnitte mit systematischen Zählungen versehen[15].

Die Bauphasen unterscheiden sich nicht nur durch Veränderungen der konstruktiven Merkmale, sondern auch aufgrund des Verteilungsmusters und der Häufigkeit der verbauten Holzarten. So ist im ersten Bauabschnitt vor allem Kiefer und nur wenig Tanne verbaut worden. Diese Beobachtung ist nach den bisherigen Kenntnissen in dieser Region eher singulär. Bisher sind im späten 13. Jahrhundert vor allem Tannenhölzer und wenige Fichten nachgewiesen. Der letzte Bauabschnitt ist durch die anscheinend einheitliche Verwendung von Fichten für die Sparren und von Tannen für die Kehlbalken gekennzeichnet.

In dem Dachabschnitt über den Jochen 6 bis 11 sind viele Hölzer in Zweitverwendung verbaut. Sie werden aus Gebäuden, wahrscheinlich sogar von dem Vorgängerbau der Predigerkirche stammen, die wegen der Erweiterung des Langhauses nach Westen abgerissen werden mußten.

## Die frühen Holztonnendachwerke vom späten 13. bis zur Mitte des 14. Jahrhunderts

### Erfurt, Predigerkirche

*Das Dachwerk über dem östlichen Klausurflügel*
Von den Klausurgebäuden ist heute nur der östliche Flügel mit dem ehemaligen Dormitorium erhalten. Dieser stößt leicht schräg auf die südliche Seitenschiffmauer der Kirche (Abb. 13, Seite 30). Das Erdgeschoß des langgestreckten zweigeschossigen Gebäudes ist durch einen Mittelgang in zwei annähernd gleich große Hälften geteilt. Nördlich, zur Kirche orientiert, befinden sich zwei kreuzrippengewölbte Säle, südlich des Erschließungsganges ist das Refektorium über einen Vorraum zugänglich. Von der Funktion der Obergeschosse zeugen schmale Lanzettfenster, die ohne Zweifel der Belichtung des Dorments dienten (Abb. 14, Seite 31). Der Schlafsaal der Mönche war ursprünglich mit einer Holztonne abgeschlossen. Die Tonnenschalung wurde im 16. Jahrhundert entfernt. Im 19. Jahrhundert wurde das Obergeschoß durch eine Flachdecke grundlegend verändert. Die originale Dachkonstruktion ist trotz dieser eingreifenden Umbauten nahezu vollständig erhalten. Sie ist die bisher älteste sicher datierte Tonnenkonstruktion in Thüringen (Abb. 15, Seite 31).

Das binderlose Dachwerk besteht aus vierundfünfzig Gespärren mit zwei verschieden ausgebildeten Gespärretypen, die in einem mehr oder weniger strengen Rhythmus wechseln. Beide Gespärretypen sind Varianten des einfachen Kehlbalkendachwerkes. In etwa 4,30 m Höhe ist der Kehlbalken angebracht, in den der Tonnenscheitel mittig eingebeilt worden ist. Der erste Gespärretyp ist

13 Erfurt, Predigerkirche. Klausurtrakt des Predigerklosters von Osten.

14 Erfurt, Predigerkirche. Klausurflügel Ostwand. Neben dem Fachwerktreppenhaus aus dem 19. Jahrhundert ist im 1. OG ein zugesetztes Lanzettfenster neben einem ebenfalls zugesetzten Durchgang zum ehemaligen Südflügel zu erkennen.

mit einer Scherenkonstruktion abgebunden worden (Tafel 2, Abb. 17). Hier verbinden die miteinander verblatteten Kreuzstreben die Sparren. Der zweite Gespärretyp unterscheidet sich vom ersten vor allem dadurch, daß hier die Kreuzstreben zu einfachen Streben verkürzt wurden, die nur die Sparren mit den Kehlbalken verbinden (Tafel 2, Abb. 17). Sie werden im folgenden als einfache Strebengespärre bezeichnet. Für die Strebengespärre wurden weniger lange Bauteile benötigt und der Aufwand für den Abbund der Gespärre wurde durch die geringere Zahl der Verbindungsstellen reduziert. Sowohl die Kreuzstreben wie auch die einfachen Streben sind an ihren unteren Enden mit einem Hakenblatt an die Sparren angeschlossen. Die Hakenblätter sind parallel zu den Sparren abgesetzt und mit zwei Holznägeln an diesen fixiert. Die Kreuzstreben sind an den oberen Enden durch gerade Blätter mit den Sparren verbunden. Die Verbindungen sind hier mit nur einem Eichenholznagel gesichert. Mit einem besonderen Verblattungstyp sind die Kehlbalken an den Sparren angeschlossen. Die Oberseite des Blattes ist in Form eines Hakens, die Unterseite dagegen entsprechend einem Schwalbenschwanzblatt schräg abgesetzt.

Die Tonnenwölbung ist spitzbogig ausgeführt, mit einem steileren unteren und einem im oberen Drittel flacher auslaufenden Abschnitt. Um die Tonnenwölbung von den Streben bzw. Kreuzstreben in den Scheitelpunkt zu überführen, mußten zusätzliche »Kopfbänder« oder »Büge« eingebracht werden. Sie sind in rechteckige bis leicht spitzwinkelige Versätze eingeschoben und teilweise durch einen von der Unterseite eingetriebenen Holznagel gesichert. Diese nur für die Übertragung von Druckkräften ausgebildeten Sassen sind auch an dem Gefügeknoten der Fußstreben und Sparren zu finden. Wie diese Fußpunkte ursprünglich abgezimmert waren, läßt sich heute nur noch an zwei Gespärren, Nr. 40 und 41 an der westlichen Traufseite nachvollziehen (Tafel 2, Abb. 18).

*Tafel 2 Erfurt, Predigerkirche, Klausurtrakt*
*17 Querschnitt, Schnitt A-A, Gespärre 8; Teilschnitt B-B, Gespärre 48*
*18 Detail Fußpunkt Gespärre 40 West*

15 Erfurt, Predigerkirche. Klausurtrakt. Blick auf den Südwalm. Die Gespärre der Holztonnenkonstruktion sind noch erhalten. Die Bretterschalung wurde im 16. Jahrhundert entfernt.

Die etwa 90 cm langen Fußstreben mit bohlenartigem Querschnitt (8/13 cm) sind an den unteren Enden zur Hälfte abgesetzt und werden durch einen Falz, der an den Sattelhölzern ausgeschnitten ist, bis auf die Mauerschwelle heruntergeführt. In das kurze Sattelholz, das mit zwei Mauerschwellen verkämmt ist, sind die Sparren ohne Vorholz eingezapft. Die Schubsicherung am Dachfuß wird wohl durch einige Zerrbalken erreicht worden sein, die aber während der Reparaturen des 19. Jahrhunderts entfernt oder durch Anschiftungen ergänzt wurden und nicht mehr nachzuweisen sind. Heute ist in jedem Gespärre ein Zerrbalken vorhanden, der zum Teil durch seitlich beigelegte Balken ergänzt wurde.

Aus der Untersuchung des Abbundsystems lassen sich einige weitere interessante Aspekte gewinnen (Tafel 2, Abb. 16). Das Abbundzeichensystem besteht, obwohl es nur wenig später als das Chordachwerk über der Predigerkirche abgezimmert wurde, vorwiegend aus den eher altertümlichen Symbolzeichen und ist nur über kurze Gespärreabschnitte mit einem numerischen Zählsystem versehen. Als Symbolzeichen werden Pfeile, Vierecke, Dreiecke ebenso verwendet wie die häufig wiederholte und in verschiedenen Varianten angeordneten Drei-Kästchen-Gruppen und das X (Abb. 19). Lediglich die Gespärre 23-26 sind in einem von Süden nach Norden aufsteigenden Abbundsystem mit Kästchen markiert. An einigen Gespärren konnten, obwohl sie eindeutig der Bauzeit zugerechnet werden müssen, keine Abbundzeichen gefunden werden. Hier lassen sich, im Gegensatz zu dem Dachwerk der Predigerkirche, aus dem Abbundsystem keine Rückschlüsse auf die Richtung des Aufstellungsprozesses ableiten. Lediglich der Abbundseitenwechsel vom 27. zum 28. Gespärre scheint den Aufstellprozeß in einen nördlichen und einen südlichen Abschnitt zu gliedern. Die dendrochronologische Probenentnahme ist mit 19 Proben aus originalen Bauteilen beider Abschnitte entsprechend umfangreich ausgefallen.

19 Erfurt, Predigerkirche, Klausurtrakt Gespärre 35. An den Sparrenflanken und den Kreuzstreben ist das Abbundzeichen zu sehen. Hier ist ein Symboltyp angebracht worden. Ein Viereck mit einem mittigen Kästchen.

*Tafel 2 Erfurt, Predigerkirche, Klausurtrakt*
*16  Grundriß*

Von diesen konnten bisher acht Proben datiert werden. Die Bäume wurden einheitlich im Winter 1278/79 eingeschlagen[16]. Das Dachwerk ist also ohne größere Unterbrechungen in einem Zuge errichtet worden.

Vergleicht man die Abbundsysteme über dem Chordachwerk der Predigerkirche mit dem Abbundsystem des Dachwerkes über dem östlichen Klausurtrakt, so läßt sich aufgrund der Datierung keine Entwicklung vom einfachen Symbolsystem zum komplexeren numerischen System feststellen. Beide Möglichkeiten treten zeitgleich auf. Vielleicht weisen die Unterschiede auf mehrere Zimmerleute oder Zimmermannsgruppen hin.

In der Art der Markierungstechnik scheint ferner auch eine Information über den Ablauf des Gespärreabbundes verborgen zu sein. Um diesen Zusammenhang besser zu verstehen, ist es nötig, den Sinn der Abbundzeichen wenigstens kurz zu erläutern. Jedes Bauteil aus einem Gespärre wird auf dem Zimmerplatz mit einem Abbundzeichen versehen, welches die eindeutige Zuordnung dieses Bauteils zu einem bestimmten Gespärre ermöglicht. Dieses Vorgehen ist vor allem dann notwendig, wenn aufgrund der räumlichen Trennung von Abbundplatz und Baustelle die Gespärre nach der Fertigstellung auf dem Anreißboden demontiert und zu dem entsprechenden Bauplatz transportiert werden mußten. Das numerische System ermöglicht hier einen höheren Grad der Vorfertigung und arbeitsteiligen Organisation während des Abbundprozesses. Grundsätzlich kann man beliebig viele Gespärre fertigen, demontieren und auf dem Bauplatz wieder zusammenfügen. Die Markierung mit Symbolzeichen verweist eher auf einen unmittelbaren Zusammenhang von Abbund und Aufrichtprozeß. Die Zahl der gut unterscheidbaren und mit einfachen Mitteln herzustellenden Symbole ist beschränkt. In einem solchen Fall mögen die Zimmerleute das Holz unmittelbar vor dem Bau zugerichtet haben. Hier wäre auch zu beachten, daß die Gespärre binderloser Dachwerke im Gegensatz zu den späteren Stuhlkonstruktionen grundsätzlich auch in zusammengesetztem Zustand mit Hilfe eines Kranes auf die Mauerkronen aufgesetzt werden können. Wenn der Abbundplatz direkt vor dem Gebäude liegt, sind dann überhaupt keine Abbundzeichen notwendig. Wie aber soll man ein Abbundzeichensystem verstehen, das, wie die Gespärre des Klausurtraktdachwerkes, Symbolzeichen, numerische Abschnitte und teilweise Gespärre ohne Kennzeichnung gleichzeitig verwendet? Zunächst ist hier zu vermuten, daß der Abbund in direkter Nähe des Gebäudes erfolgte. Wahrscheinlich wurden die Gespärre jedoch nicht mit einem Kran, sondern in die einzelnen Bestandteile zerlegt auf die Mauerkrone hinaufgetragen. Die Vorfertigung mag dann vielleicht zwei oder drei Gespärre umfaßt haben, die nacheinander aufgestellt wurden. Die Kennzeichnung mit Symbolzeichen ist in einem solchen Fall für die eindeutige Identifizierung der Bauteile dreier Gespärre völlig ausreichend. Eine solche Vermutung gilt vor allem für den nördlichen Dachabschnitt bis zum Abbundseitenwechsel. Die ersten fünf südlichen Gespärre wurden nach dem Abbundseitenwechsel mit einer Kästchenzählung versehen. Auf das Gespärre mit den Zählsymbol 1 folgt entgegen der ersten Erwartung das Gespärre mit dem Zählsymbol 5. Die Vertauschung der Reihenfolge ist für die Funktion der Dachstuhlkonstruktion unerheblich. Sie zeigt aber, daß diese Gespärre zunächst vorgefertigt und anschließend aufgestellt wurden. Die weiteren Gespärre sind mit einigen Symbolzeichen, aber auch mit numerischen Abbundzeichen versehen, die jedoch keine weiteren Aufschlüsse über den Aufrichtprozeß geben. Interessant ist die Abbundzeichenmarkierung der letzten elf nördlichen Gespärre. Hier sind sieben Gespärre mit einem X und drei Gespärre ohne jedes Bundzeichen abgebunden worden. Wahrscheinlich wurden die Gespärre hier nicht mehr vorproduziert, sondern unmittelbar nach dem Abbund aufgestellt.

## Saalfeld, Franziskanerkirche 1293/94 (d); 1313/14 (d)

Über das Dachwerk der Franziskanerkirche ist in der Literatur viel und häufig gestritten worden. Obwohl die mittelalterliche Tonnenkonstruktion (Abb. 20, folgende Seite) schon bei eingehender Betrachtung eindeutig festzustellen ist, hat sich die Auffassung, der Dachstuhl sei erst in nachmittelalterlicher Zeit entstanden, auffällig hartnäckig gehalten[17]. Die Dachkonstruktion aus dem späten 13. und frühen 14. Jahrhundert ist vollständig erhalten. Sie wurde, wie das Dachwerk über dem Klausurgebäude der Erfurter Predigerkirche, als Holztonne abgezimmert. Das Dach der Franziskanerkirche ist über einem rechteckigen Kirchensaal von etwa 41 m Länge errichtet worden, dem südlich ein nur ungefähr 20 m langes Seitenschiff vorgelagert ist. Das Dachwerk ist als binderlose Konstruktion mit Kreuzstreben und einfachen Strebengespärren abgebunden (Tafel 3, Abb. 21/22). Die Dachmaße sind nahezu identisch mit den Maßen der Holztonnenkonstruktion über dem Klausurtrakt der Erfurter Dominikanerkirche. Die lichte Weite ist mit 10,40 m gleich, die lichte Höhe ist mit 9 m um 50 cm geringfügig größer. Weil auch die Kehlbalken um diesen Betrag in Firstrichtung versetzt sind, ergibt sich ein etwas steileres Verhältnis der Tonnenwölbung. Der obere Tonnenabschnitt wird über Kopfbänder mit bohlenartigem Querschnitt (8/12 cm), die in Versätze zwischen die Kehlbalken und Streben eingeschoben sind, zum Tonnenscheitel überführt. Die Verbindung wird über einen an der Unterseite eingeschlagenen Holznagel gesichert. Die Tonnenkurvatur ist mit dem Beil an den Kopfbändern, Streben bzw. Kreuzstreben, Sparren und Fußstreben abgearbeitet worden. Die Tonnenkurvatur wurde dabei vor dem endgültigen Zusammenbau der Gespärre angebracht, denn die Beilhiebe sind auf das jeweilige Bauteil beschränkt und wurden nicht über den Gefügeknoten geführt. Auch die Fußstreben, wieder mit bohlenartigem Querschnitt, sind nur mit Versatz an den Sparren angeschlossen.

Das Dachwerk wurde in zwei Bauabschnitten errichtet. Die Bauabschnitte lassen sich bereits an einigen gefü-

*Tafel 3 Saalfeld, Franziskanerkirche*
*21 Querschnitt, Schnitt A-A, Gespärre 31*
*22 Querschnitt, Schnitt B-B, Gespärre 16*

20 Saalfeld, Franziskanerkirche.
Blick nach Westen in die Holztonnenkonstruktion. Die Bretterschalung wurde wohl im 18. Jahrhundert entfernt. Zu diesem Zeitpunkt wurde auch die Flachdecke eingezogen.

gekundlichen Merkmalen ablesen und werden durch die dendrochronologische Datierung bestätigt (Voruntersuchung Frau Dr. Bachmeier, Architekturbüro Spindler/Saalfeld). Der westliche Abschnitt umfaßt die Gespärre 1 - 22, der östliche die Gespärre 23 - 42 (Tafel 3, Abb. 23). Die beiden Dachabschnitte sind durch folgende Konstruktionsmerkmale unterschieden: Während im westlichen Teil in jedem sechsten Gespärre ein Zerrbalken eingebaut wurde, ist ein solcher Balken im östlichen Teil nur in jedem siebten Gespärre zu finden. Die unteren Blätter der Kreuzstreben und Streben des östlichen Abschnittes sind rechtwinkelig abgesetzt, während die Blätter beider Gespärretypen im westlichen Abschnitt unterschiedlich ausgeführt sind. Ist die Blattform der Kreuzstrebengespärre beidseitig abgeschrägt und spitz auslaufend gefertigt, so sind die Blattsassen der Strebengespärre als Hakenblätter ausgeführt. Die Dachabschnitte können darüber hinaus auch aufgrund der Abbundsysteme unterschieden werden. Die östliche Dachhälfte ist durch drei, die westliche durch zwei Abbundsysteme gekennzeichnet. Allen Markierungsarten ist gemeinsam, daß die Traufseiten nicht differenziert werden. Im östlichen Abschnitt sind die Gespärre 23 - 32 mit Symbolzeichen (Pfeil, Doppelpfeil, V, XX etc.) markiert. Das darauf folgende Abbundsystem faßt die Gespärre 33 - 35 zusammen. Dem Grundsymbol X sind weitere Kerben zugeordnet, die die Zählrichtung von Ost nach West vorgeben. Das östliche Abbundsystem, das mit dem 42. Gespärre vor der Giebelwand abschließt, ist durch ein additives Kerbensystem mit ebenfalls nach Westen orientierter Zählrichtung ausgewiesen. Die dendrochronologische Datierung von Proben aus allen drei Abbundeinheiten ergab ein einheitliches Fälljahr im Winter 1293/94.

Im Gegensatz dazu ist die Kennzeichnung der Abbundsysteme im Westabschnitt systematischer. Die Gespärre 1 - 11 sind durch Kerben in additiver, die Gespärre 12 - 32 mit Kästchen in additiver und gruppierender Anordnung zusammengefaßt. Beide Abbundeinheiten wurden mit Hölzern, die im Winter 1313/14 bzw. im Sommer 1314 gefällt wurden, errichtet[18]. Mit diesen Datierungen und den Erkenntnissen aus dem Abbundzeichensystem läßt sich auch hier der Aufstellvorgang rekonstruieren. Zunächst wurde eine Abbundeinheit mit sieben Gespärren im Anschluß an den Ostgiebel errich-

*Tafel 3 Saalfeld, Franziskanerkirche*
*23 Grundriß*

tet. Die nächste Abbundeinheit umfaßt nur noch drei Gespärre, während die letzten zehn Gespärre bis zum Abschluß der ersten Bauphase abweichend von beiden anderen Gruppen mit Symbolzeichen markiert sind. Auch hier wird man den Wechsel in der Abbundsystematik entweder mit der Tätigkeit verschiedener Zimmermänner oder durch eine Veränderung in der Organisation des Abbundprozesses erklären können. Auf den ersten Bauabschnitt folgte eine etwa zwanzigjährige Bauunterbrechung. Der zweite Dachabschnitt wurde nach 1313/14 in einem Zug errichtet. Auffällig ist hier die systematische Verwendung eines additiven Zählsystems, das von diesem Zeitpunkt an in den thüringischen Dächern regelmäßig verwendet wird.[19]

### Die späten Holztonnendachwerke von der Mitte 14. bis zum 15. Jahrhundert

Die im folgenden vorgestellten Holztonnendächer gehören typologisch einer fortgeschrittenen Entwicklung an. Sie zeichnen sich vor allem durch eine Reduzierung der Gespärretypen aus. Es werden nur noch einfache Strebengespärre hergestellt. Gleichzeitig werden die Anschlußpunkte der oberen Kopfbänder verändert. Die nur zur Übertragung von Druckkräften ausgelegten Sassen der Kopfbänder der frühen Tonnengespärre werden in Zugkräfte übertragende Schwalbenschwanz- oder Hakenblätter umgewandelt. Im 14. Jahrhundert werden nicht nur über Kirchensälen und dem Mittelschiff von Kirchen mit basilikalem Querschnitt Holztonnendachwerke errichtet, sondern auch über mehrschiffigen Hallenkirchen. Für diesen Typus, der in Erfurt mit den Dachstühlen über der Allerheiligenkirche und der Michaeliskirche vertreten ist, läßt sich nach dem heutigen Wissensstand im deutschen Sprachraum außerhalb Thüringens kein Vergleichsbeispiel nachweisen[20].

### Holztonnendachwerke über einschiffigen Kirchenräumen

#### *Erfurt, Kaufmannskirche 1363/64 (d)*

Ein frühes Beispiel der oben skizzierten Veränderungen ist die Holztonnenkonstruktion über dem Mittelschiff der Kaufmannskirche in Erfurt (Abb. 24). Sie ist mit basilikalem Querschnitt, polygonalem Chor und zwei Chorflankentürmen errichtet worden. Das Dachwerk ist mit neunzehn Gespärren und fünf Binderebenen ausgestattet. Bei einer lichten Breite von 9,50 m und einer lichten Höhe von 9,20 m ergibt sich eine Dachneigung von etwa 62°. Das Dachwerk ist zweigeteilt. Die mittelalterliche Dachkonstruktion ist nur noch über dem Langhaus erhalten. Über dem Chor und dem Chorhals zwischen den Chorflankentürmen mußte das Dach nach dem Einsturz der Chorgewölbe im Jahr 1594 neu errichtet werden[21]. Die Strebengespärre der Holztonne sind gleich aufgebaut (Tafel 4, Abb. 26). Fünf originale Zerrbalken, die bis auf den westlichen Langhausabschnitt in jedem vierten Gespärre nachgewiesen werden können, nehmen die Schubkräfte des Dachwerkes auf. Die Sparren mit rechteckigem Querschnitt werden in etwa 5 m Höhe über dem Zerrbalkenniveau durch einen Kehlbalken unterstützt. Mit diesem sind auch die oberen Blätter der Streben und Kopfbänder verblattet. Die Blattausbildung der Kopfbänder wird jedoch variiert. Statt der einseitigen Schwalbenschwanzverbindung, wie sie an den Streben angearbeitet sind, werden die Blätter hier parallel zur Kehlbalkenoberseite rautenförmig abgesetzt. Die Verbindung wird mit zwei Holznägeln gesichert. Die Sparrenknechte sind über Versätze, die lediglich auf Druckübertragung ausgelegt sind, mit den Sparren verbunden und zum Teil mit einem vermutlich bauzeitlichen Holznagel gesichert. Die Sparrenknechte folgen dem Verlauf der

24 Erfurt, Kaufmannskirche. Blick nach Westen in die Tonnenkonstruktion

*Tafel 4 Erfurt, Kaufmannskirche*
*26 Langhaus Querschnitt, Schnitt B-B, Gespärre 15*
*27 Chor Querschnitt, Schnitt A-A, Gespärre 5*

Sparren. Sie sind ohne die Ausbildung eines Zwischenraumes direkt unter den Sparren angeordnet.

Das Abbundzeichensystem ist einheitlich und in jedem Gespärre nachgewiesen. Die Zählung beginnt im Osten und läuft ohne Unterbrechung in einem Zuge bis zum Westgiebel durch. Auf der Südseite sind Kästchen in charakteristischen Vierer- und Fünfergruppen angeordnet (Tafel 4, Abb. 25). Die Bauteile auf der Nordseite sind mit Kerben markiert. Im Bundzeichensystem ist auffällig, daß die Kerben der Südseite weniger geordnet eingeschlagen sind als die Bundzeichen der Nordseite. Auf der Südseite werden Vierer- und auch Sechsergruppen gebildet, die ab dem 13. Gespärre an den Balkenkanten und nicht wie in den vorausgehenden Gespärren in der Balkenmitte eingeschlagen sind. Das letzte Gespärre vor der Westwand ist neben dem Abbundzeichen mit einem zusätzlichen X versehen worden. Diese Markierung ist nicht, wie die noch reichlich vorhandenen Sonderzeichen, als Handelsmarke zu deuten, sondern vielmehr als besondere Kennzeichnung des Giebelgespärres zu verstehen.[22]

Die dendrochronologische Datierung von zehn Bauteilen konnte zwei Fällkollektive bestimmen. Ein Teil der Bäume wurde im Winter 1363/64, ein zweiter Teil im Sommer 1364 eingeschlagen. Neben vielen Floßkeilen konnten auch zwei verschiedene Typen von Handelsmarkierungen an neun Bauteilen festgestellt werden. Ein Markierungstyp ähnelt einem X, der andere stellt einen Querbalken dar, an dessen Ende jeweils eine Kerbe angebracht ist, die in entgegengesetzte Richtung zeigen (Abb. 28). Das zuletzt beschriebene Symbol ist nur an den im Sommer 1364 gefällten Bauteilen zu finden, das X nur an den Bauteilen, die im Winter 1363/64 gefällt wurden.

In der Kaufmannskirche in Erfurt ist damit zum ersten Mal der Nachweis gelungen, daß die häufig vorgefundenen Sonderzeichen auf den Balken verschiedenen Fällkampagnen zugeordnet werden können. Sie müssen damit mit großer Sicherheit als Markierungen der Flößer oder Holzhändler angesehen werden.[23]

Abweichend von der sonst durchgängigen Datierung wurden die Zerrbalken in den Gespärren 13 und 17 nicht mit den übrigen Hölzern eingeschlagen. Der letzte Jahrring dieser Proben wurde in die Jahre 1296 beziehungsweise 1294 datiert. Zu diesen Angaben müssen wegen der zerstörten Oberfläche noch fünf bis acht Jahrringe bis zur Waldkante hinzuaddiert werden, so daß ein Fälldatum »um 1300« errechnet werden kann. Dieses Ergebnis stimmt auffällig mit der Datierung von zwei Eichenbalken aus dem 1. Geschoß des südlichen Chorflankenturms überein. Auch diese Hölzer wurden »um 1300« gefällt. Offensichtlich wurde die Kirche nach dem Brand von 1291 recht schnell wieder instandgesetzt. Diese erste Dach- und Turmkonstruktion wird um 1300 fertiggestellt worden sein. Auf diesen Zeitpunkt läßt sich wahrscheinlich die chronikalisch überlieferte Weihe eines Marienaltars im Jahr 1300 beziehen[24]. Demnach wäre zunächst wohl das Mittelschiff – wie die zweitverwendeten Deckenbalken nahelegen – mit einer Flachdecke geschlossen worden[25]. In der zweiten Hälfte des 14. Jahrhunderts muß das Dachwerk des Kirchenschiffes dann noch einmal erneuert worden sein. Die Gründe für diese Veränderung können nicht weiter eingegrenzt werden[26]. Vielleicht waren einfach Schäden der Anlaß, vielleicht war aber auch nur der Wunsch nach einem aufwendigeren Raumabschluß das Motiv für den Dachumbau.

Eine abschnittsweise Vollendung des Langhauses, wie er an den Dachwerken der Predigerkirche in Erfurt und der Franziskanerkirche in Saalfeld nachgewiesen werden konnte, ist hier nicht anzutreffen. Das Dachwerk wurde, wie man aus dem Abbundzeichensystem entnehmen kann, in einem Zuge auf die Mauerkronen aufgesetzt. Die Baugeschichte des Dachwerks hat mit diesem Umbau aber keineswegs ein Ende gefunden. Im ausgehenden

28 Erfurt, Kaufmannskirche. Sonderzeichen am Sparrenfuß Gespärre 4 Süd. Dieses Sonderzeichen stellt wohl eine Markierung der Holzhändler oder Flößer dar.

Tafel 4 Erfurt, Kaufmannskirche
25 Grundriß

16. oder frühen 17. Jahrhundert wurde über dem Langhaus eine Flachdecke eingezogen. Gleichzeitig wurde die Tonnenschalung entfernt. Damit ist dem Dachwerk zugleich die wichtigste Längsaussteifung genommen worden. Die Folgen dieser Eingriffe sind noch heute an der Verkippung der Gespärre um fast fünfzig Zentimeter nach Westen abzulesen. Als Folge dieses Schadens wurde spätestens im 18. Jahrhundert der Westgiebel, der sich aufgrund des Dachschubs nach Westen geneigt hatte, über drei Längsüberzüge mit der Wand über dem Triumphbogen verklammert[27]. In den Jahren 1898 bis 1899 schließlich wurde eine durchgreifende Sanierungsmaßnahme erforderlich. Nunmehr wurden Hängewerke eingestellt und die Sparren auf eine durchlaufende Mauerschwelle gesetzt. Diese Baumaßnahme hat leider zur Folge, daß heute kein einziger originaler Fußpunkt mehr erhalten ist. Zwar hat man damals einige alte Sparrenknechte wieder eingesetzt und mit Drahtstiften gesichert, zum Teil wurden sie aber auch durch einfache Bretter ersetzt, die sich durch die Sägespuren gut von den alten gebeilten Hölzern unterscheiden lassen. Daß man sich damals überhaupt die Mühe machte, die alten Sparrenknechte wieder einzusetzen, zeigt deutlich die verständige Einstellung der verantwortlichen Zimmerleute oder des leitenden Bauingenieurs zu der historischen Dachkonstruktion. Solche Beobachtungen sind vor allem für das 19. Jahrhundert öfter möglich. Ein gutes Beispiel dafür ist ganz besonders das Dachwerk des Mariendoms in Erfurt.

Die weitere Entwicklung der Holztonnendächer über einschiffigen Kirchenräumen soll an zwei Beispielen aus der ersten Hälfte des 15. Jahrhunderts dargestellt werden.

### Erfurt, Lorenzkirche 1414/15 (d)

Dem breiten Hauptschiff der Kirche ist im Norden ein Seitenschiff vorgelagert, das, wie schon die Baufugen deutlich zeigen, nicht dem ursprünglichen Bau zugerechnet werden kann. Das heutige Erscheinungsbild der Kirche ist durch die baulichen Maßnahmen, die nach dem Brand von 1413 erforderlich wurden, geprägt.[28] Mit einer lichten Breite von 12 m und einer lichten Höhe von 11,20 m zählt die Hauptschifftonne der Lorenzkirche zu den größeren Tonnenkonstruktionen. Die Holztonne ist in das zweifache Kehlbalkendachwerk eingeschrieben, das aus achtzehn gleichartigen Strebengespärren aufgebaut ist (Tafel 5, Abb. 29). Die Streben sind mit den Sparren und dem ersten Kehlbalken über Schwalbenschwanzverbindungen mit Versatz verblattet. Die Sparren und Kehlbalken der ersten Ebene wurden auffällig rechteckig bearbeitet (28/18 cm) und mit einem Überstand von 2 - 5 Zentimetern, der durch eine angehobelte Fase akzentuiert ist, verbunden. Auffällig ist die Verbindung der Sparrenknechte mit den Sparren (Abb. 30), die über zugfest ausgebildete Sassen – auch hier wurde das einseitige Schwalbenschwanzblatt mit Versatz gewählt –

30 Erfurt, Lorenzkirche.
Sattelholz, Sparren und Sparrenknecht. Gespärre 23. Neben den erhabenen Holznägeln der Verbindungen ist ein weiterer Holznagel auf der Sparrenflanke zu sehen. Dieser ist als ein Floßnagel anzusehen, dessen unteres Ende bei der Abarbeitung des Balkens erhalten geblieben ist.

an den Flanken der Sparren und Sattelhölzer angeschlossen sind[29]. Der Abbundprozeß wurde anscheinend ohne größere Unterbrechungen in einem Zuge abgeschlossen. Darauf weist nicht nur die einheitliche Markierungstechnik, sondern auch die übereinstimmende Datierung von acht Bauteilen hin, die aus einem geschlossenen Fällkollektiv stammen[30], das im Winter 1414/15 eingeschlagen wurde. Das Abbundsystem unterscheidet wiederum die Bauteile der nördlichen Traufseite, die mit tiefen und langgezogenen Kerben markiert sind, von denjenigen der südlichen Traufseite, in die Kästchen eingeschlagen wurden. Das Abbundsystem zählt mit der römischen zehn (X) als Gruppierungseinheit von Westen nach Osten auf.

Der Dachabschluß über dem nördlichen Seitenschiff ist erst siebzig Jahre später errichtet worden. Das Seitenschiffdach ist mit einer Neigung von 47° pultartig mit einer sogenannten Aufländerkonstruktion an das Mittelschiff angelehnt. Diese Aufländer, die eine sparrenähnliche Funktion übernehmen, werden über Riegel mit den Sparren der Tonnenkonstruktion verbunden. Während die Riegel mit den Aufländern über Hakenblätter an-

*Tafel 5 Erfurt, Lorenzkirche*
*29 Querschnitt, Schnitt A-A, Gespärre 18*

31 Erfurt, Lorenzkirche.
Nördliche Seitenschifftonne. Blick nach Westen. Nur die ersten 6 westlichen Gespärre sind als Holztonne ausgeführt und durch einen Bretterverschlag abgeschlossen. Eine Flachdecke schließt das übrige Seitenschiff zum Dachraum ab.

geschlossen sind, sind sie an den Sparren zur Hälfte abgesetzt und mit Eisennägeln befestigt. Ursprünglich sollte auch das Seitenschiff mit einer Holztonne abgeschlossen werden (Abb. 31). Dies ist an den abgearbeiteten Kurvaturen der Aufländer und Innensparren abzulesen. Eine Tonnenschalung wurde aber nur in den ersten sechs westlichen Gespärren ausgeführt. Das übrige Schiff ist mit einer Flachdecke geschlossen worden. An diesen Gespärren, die wie die übrigen Gespärre der nördlichen Seitenschifftonnen abgebunden wurden, konnten keine Nagelspuren einer Schalung nachgewiesen werden. Die Flachdecke muß damit schon zur Bauzeit eingezogen worden sein. Das Dachwerk ist in zwei Abbundeinheiten errichtet worden. Das westliche umfaßt die ersten zwanzig Gespärre, wobei, entsprechend der Haupttonne, die Zählung am Westgiebel beginnt. Mit dem zweiten Zählsystem sind die acht östlichen Gespärre gekennzeichnet. Die Trennung der beiden Abschnitte wurde notwendig, weil die Außenmauer an der Zäsur der Abbundsysteme um ca. 60 cm zurückspringt. Aus diesem Grund verändern sich die Abmessungen der Aufländer und Riegel,

was einen zweiten Aufriß erforderte. Die Markierungstechnik des Abbundsystems ist jedoch im Unterschied zur Haupttonne systematischer. Hier werden auch die Fünfer-Einheiten mit einem entsprechenden Symbol zusammengefaßt. Bei den Zählgrößen bis zehn ist die römische Fünf (V), bei den Zählgrößen über zehn dann eine Kerbe an das Zehnersymbol (X) eingeschlagen. Die Hölzer beider Abschnitte wurden, wie die dendrochronologische Datierung von neun Proben ermitteln konnte, in zwei Fällkollektiven, im Sommer 1484 und im Winter 1484/85 eingeschlagen.

### Bad Langensalza, Bonifatiuskirche, Chordachwerk 1463/64 (d)

Die Reihe der vorgestellten Holztonnendachwerke soll mit dem jüngsten Beispiel über dem Chor der Bonifatiuskirche in Bad Langensalza abgeschlossen werden (Abb. 32). Die dreischiffige Hallenkirche ist in mehreren Bauphasen entstanden, die zum Teil durch die Dachkonstruktionen nachgewiesen werden können. Über der Halle erhebt sich ein mächtiges Kehlbalkendach, das in einem folgenden Kapitel noch näher beschrieben wird.

Die Holztonnenkonstruktion über dem Chor ist nach dem schon bekannten Schema abgebunden worden (Tafel 6, Abb. 35). Die zehn Strebengespärre sind gleich aufgebaut. Die Tonnenkonstruktion ist mit 13 m Breite und einem Stichmaß von 6,50 m im Tonnenscheitel die größte thüringische Tonnenkonstruktion, die an die Abmessungen der Nürnberger Klarakirche (Breite 13,70 m) heranreicht[31]. Die Bauteile weisen einen mehr oder weniger quadratischen Querschnitt auf. Ein Kehlbalken (18/16 cm) ist mit den Sparren (22/22 cm) verblattet. Die Verbindungen zwischen den Kehlbalken, Kopfbändern und Streben sind als einseitige Schwalbenschwanzverbindungen ausgeführt worden, deren Blätter zum Teil rauten- oder trapezförmig abgesetzt sind. Die Sicherung der Verbindung wird durch einen Eichenholznagel gewährleistet. Die Sparrenknechte rücken weit von den Sparren ab und sind mit diesen über gerade Blätter an den Sparrenflanken angeschlossen. Die Tonnenkurvatur ist nicht an allen Bauteilen abgearbeitet und zeigt, wie der gesamte Abbund, ein wenig sorgfältiges Vorgehen. Im unteren Teil ist die Tonne polygonal belassen und erst an den Streben und Kopfbändern ist eine tonnenförmige Kurvatur zu erkennen.

Ein besonderes Problem der Dachkonstruktion stellt der polygonale Chorabschluß dar. Auch in diesem Bereich ist die Tonnenkonstruktion beibehalten worden. Die Austragung und der Anschluß der Polygonsparren an den Polygonbinder scheint den Zimmerleuten große Schwierigkeiten bereitet zu haben. So liegen die Kehlbalken der Schiftergespärre ohne weitere Verbindung oder mit schlecht angearbeiteten Verklauungen auf dem Kehlbalken des Anfallgespärres (Tafel 6, Abb. 34) auf. Üblicherweise wurde gerade dieses Gespärre durch zusätzliche konstruktive Maßnahmen, etwa einen Kaiserstiel zur Ableitung des durch die Polygonsparren verursachten

*Tafel 6 Bad Langensalza, Bonifatiuskirche*
*34 Längsschnitt, Schnitt B-B*
*35 Querschnitt, Schnitt A-A, Gespärre 6*

32 Bad Langensalza, Bonifatiuskirche.
Blick nach Osten in die Holztonnenkonstruktion über dem Chor. Die Deckenbalken sind an Hängewerken aus dem 19. Jahrhundert befestigt. Das Holz für die Hängewerke ist zum Teil wiederverwendet.

Dachschubes, oder durch eine besondere Holzauswahl (Eiche), für die zusätzliche Belastung verstärkt.[32] Aber nicht nur in dieser konstruktiv wenig überzeugenden Lösung kann die mangelnde Übung der Zimmerleute während des Abbundprozesses abgelesen werden. So können Zählfehler anhand der Abbundzeichen an den Gespärren nachgewiesen werden. Die Gespärrezählung beginnt mit dem Anfallgespärre im Osten. Die Südseite ist mit Kästchen, die Nordseite mit Kerben gekennzeichnet. Die Zählgrößen sind nach dem römischen System gruppiert. Es werden sowohl die »X« als auch die »V« als Ordnungssymbole verwendet. Die Markierung mit der »römischen V« setzt aber nicht mit dem fünften, sondern erst mit dem siebten Gespärre ein[33].

Die Gespärre wurden offenbar nicht in der Reihenfolge aufgestellt, die durch das Abbundsystem vorgegeben wurden (vgl. Tafel 6, Abb. 33). So ist das zweite Gespärre von Osten mit zwei Kästchen, das dritte Gespärre mit nur einem Kästchen und das vierte Gespärre dann mit drei Kästchen bzw. Strichen gekennzeichnet. Ein Gespärre mit der Numerierung 4 fehlt vollständig. Erst ab dem fünften Gespärre entsprechen die Zählsymbole dann der tatsächlichen Gespärreanordnung. Die Unregelmäßigkeiten innerhalb des Abbundsystems sind für die Ausbildung der Dachkonstruktion zunächst wenig bedeutsam, weil alle Gespärre gleich ausgebildet sind und die strikte Einhaltung der Zählsystematik für den Aufstellungsprozeß eigentlich nicht zwingend erforderlich ist. Hier scheint es aber zu einem Zählfehler gekommen zu sein, der mit dem Abbund des Polygonbinders in Zusammenhang steht. Es wurden anscheinend neben dem Polygongespärre mit dem Zahlsymbol 1 ein weiteres Gespärre mit demselben Symbol ausgebildet, das dann im dritten Gespärre aufgestellt wurde. Der Abbundprozeß ist dann wahrscheinlich in zwei Einheiten erfolgt. Zuerst wurden die ersten vier Gespärre einschließlich des Polygonbinders gefertigt und aufgestellt, dann folgten die übrigen Gespärre.[34] Hierbei ist offenbar der Zählfehler aufgetreten. Aus diesem Grund ist dann wohl kein Gespärre mit der Nummer 4 abgebunden worden, sondern der zweite Abschnitt wurde nun in der richtigen Zählfolge mit »5« fortgesetzt.

Auch im Gespärre 10 stimmen Abbund und Gespärrezählung nicht überein. Der Deckenbalken ist mit sieben Kästchen, die übrigen Bauteile mit einer römischen V und vier Kästchen bzw. Kerben, also einer »9«, markiert. Auch hier ist wahrscheinlich ein Fehler schon während des Abbundprozesses anzunehmen, denn der Deckenbalken und die Sasse für den Sparrenknecht scheinen im originalen Zusammenhang zu stehen. Die dendrochronologische Datierung von elf Proben ergab ein Fälldatum im Winter 1463/64. Lediglich an einer Probe aus einem Chorsparren konnte eine Sommerfällung im Jahr 1464 festgestellt werden. Die Tonnenschalung, die heute noch an den Nagelspuren nachgewiesen werden kann, wurde mit dem Einzug der Flachdecke entfernt.[35] Mit dieser Maßnahme wird das konstruktive Gefüge des Chordachwerkes – wie schon bei dem Dachwerk der Franziskanerkirche in Saalfeld, der Holztonnenkonstruktion über dem Klausurtrakt der Dominikanerkirche und der Holztonnenkonstruktion über dem Langhaus der Kaufmannskirche in Erfurt beschrieben – erheblich gestört. Ein Problem ergibt sich schon allein daraus, daß die Spannweite mit 13 m für eine Holzkonstruktion zu groß gewählt wurde. Zusätzlich werden die Deckenbalken mit dem Einbau der Flachdecke durch das Gewicht der Kassettendecke belastet. Treten dann noch Schäden an den Fußpunkten auf, die die Tragfähigkeit der Deckenbalken weiter reduzieren, ist eine umfassendere Sanierung unumgänglich. Diese wurde folgerichtig am Ende des 19. Jahrhunderts durchgeführt. Um die Durchbiegung der Deckenbalken zu reduzieren, wurden zwei Hängewerke in den Dachraum eingestellt. Außerdem mußten einige Fußpunkte erneuert werden[36].

*Tafel 6 Bad Langensalza, Bonifatiuskirche*
*33 Grundriß*

## Die Holztonnendachwerke über mehrschiffigen Kirchenräumen

### *Mühlhausen, Nikolaikirche 1349/50 (d), 1352/53 (d), 1362/63 (d)*

Die Nikolaikirche in Mühlhausen wurde wie die übrigen Vorstadtkirchen St. Georgi, St. Martini und St. Jakobi im 14. Jahrhundert durch den Deutschen Ritterorden erbaut. Sie liegt am Kreuzungspunkt zweier Handelsstraßen vor dem ehemaligen Felchtaler Tor im Südwesten der Stadt. Eine erste archivalische Nennung der Kirche ist für das Jahr 1314 überliefert[37]; es wird aber ein Vorgängerbau aus dem 13. Jahrhundert vermutet.

Die dreischiffige Hallenkirche ist in mehreren Bauabschnitten entstanden. Der älteste Bauabschnitt ist der Chor mit polygonalem Schluß und die Taufkapelle im nördlichen Seitenschiff, sowie die Sakristei, die im Untergeschoß des Turmes, der dem südlichen Seitenschiff vorgelagert ist, eingerichtet wurde. Nur an diesem Bauabschnitt ist der ursprüngliche Plan, der eine Einwölbung der Kirche vorgesehen hatte, an den Strebepfeilern abzulesen. Eine Achsabweichung gegenüber dem später errichteten Langhaus an der gleichen Stelle ist durch die Baugeschichte begründet. Man vermutet, daß der Chorneubau des 14. Jahrhunderts um einen älteren Vorgängerbau herum begonnen und das Langhaus nach dem Abriß dieser Kirche auf den alten Fundamenten neu errichtet wurde.[38]

Das Langhaus mit fünf Jochen ist in zwei Bauphasen entstanden. Zunächst wurden die drei östlichen Joche des Mittelschiffes und des nördlichen Seitenschiffes erbaut. Hier fehlen die Strebepfeiler, und an der geringeren Höhe der Seitenschiffenster kann die ursprüngliche Konzeption einer Pseudobasilika abgelesen werden. Anschließend wurden die zwei westlichen Joche des Mittel- und Nordschiffes und das südliche, zur Straße gelegene, Seitenschiff fertiggestellt. Die Baunaht ist heute noch zwischen der 2. und 3. Fensterachse von Westen an der nördlichen Seitenschiffswand abzulesen.

Trotz massiver Eingriffe im 19. Jahrhundert ist die mittelalterliche Dachkonstruktion weitgehend erhalten (Abb. 36). Entsprechend der schon am Außenbau festgestellten Bauphasen ist auch das Dachwerk in drei Bauabschnitten entstanden. Die erste Dachkonstruktion wurde über dem Chor und dem ersten Joch der nördlichen Taufkapelle errichtet. In der Höhe des Überganges vom 3. zum 4. Joch treffen der zweite und der dritte Dachabschnitt aufeinander (Tafel 7, Abb. 37). Die drei Dachabschnitte können sowohl durch die verschiedenen Gespärrekonstruktionen als auch durch die unterschiedlichen Abbundzeichensysteme nachgewiesen werden. Das Dachwerk besteht aus insgesamt 26 Gespärren und 10 Polygongespärren im Osten. Um eine eindeutige Bezeichnung der Gespärre für Kartierungszwecke zu erhalten, wurden die Gespärre unabhängig von der Abbundzeichenzählung von Westen nach Osten numeriert.

36 Mühlhausen, Nikolaikirche. Blick nach Westen in den Dachraum

*Tafel 7 Mühlhausen, Nikolaikirche*
*37 Grundriß*

*Chor und nördliche Taufkapelle 1349/50*
*(Gespärre 20–26)*
Die Kreuzstrebenkonstruktion über dem Chordachwerk wird im Abschnitt über die Kreuzstrebendachwerke (ab Seite 45)beschrieben.

*Das Langhausdachwerk 1352/53 (d) 1.–3. Langhausjoch, Gesp. 8–19*
An der Querschnittszeichnung Gespärre Nr. 17 können die wesentlichen Unterschiede zu den Chorgespärren abgelesen werden (Tafel 8, Abb. 38). Die Gespärre bestehen aus einer Binnenkonstruktion über dem Mittelschiff und Schiftersparren über den Seitenschiffen. In das einfache Kehlbalkendach ist über Kreuzstreben, Kopfbänder und Sparrenknechte die Kurvatur einer Holztonne eingeschrieben. Wie auch schon bei den beschriebenen Holztonnendachwerken bis zur Mitte des 14. Jahrhunderts üblich, sind die Sparrenknechte und die Kopfbänder nur in Versätze eingeschoben und mit Holznägeln gesichert. Eine Besonderheit weist die Tonnenkonstruktion der Nikolaikirche allerdings auf. Im Gegensatz zu den bisher vorgestellten und noch vorzustellenden Holztonnenkonstruktionen ist der Tonnenscheitel nicht in einen Kehlbalken eingeschlagen, sondern wird durch die Kreuzstreben gebildet. Die Kreuzstreben sind mit Hakenblättern an den Sparren angeblattet. An ihrer Unterseite können sowohl bei den Kopfbändern als auch an den Sparren und den Sparrenknechten die Abarbeitungsspuren für die Tonnenkurvatur und die Eisennägel, mit denen die Tonnenschalung befestigt war, nachgewiesen werden.

Die Dachkonstruktion über dem nördlichen Seitenschiff ist erst 1897/98 entstanden. In diesem Bauabschnitt wurde die nördliche Seitenschiffswand bis zur Höhe der Mittelschiffsarkaden erhöht. Die Sparren sind gesägt (21/20 cm) und werden im unteren Bereich durch eine Strebe unterstützt, die in das originale Sattelholz über der Mittelschiffswand gezapft ist. Eine weitere Maßnahme zur Verringerung der Durchbiegung der Sparren ist der einfach stehende Stuhl mit Rähmholz, auf dem diese Sparren über angeschnittene Verklauungen aufsitzen. Bemerkenswert ist ein Befund an den nördlichen Sparren der Grundkonstruktion. Auf den Sparrenoberseiten sind in der Höhe der Kopfbandanschlüsse Holznägel und Eisenklammern vorhanden, die der Befestigung der Aufländer[39] dienten. Oberhalb des Anschlußpunktes sind die Eisennägel der ursprünglichen Dachlattung nachgewiesen. Das Abbundzeichensystem in diesem Abschnitt ist in drei Gruppen unterteilt. Die ersten drei östlichen Gespärre (Gesp. 17, 18, 19) sind in additiver Zählfolge mit Kerben auf der Südseite und Kerben und zusätzlichem Kästchen auf der Nordseite numeriert. Die Gespärre 13–16 sind mit einem Grundzeichen, einem eingeschlagenen X, und Kerben in additiver Folge versehen. Die Zählrichtung ist wie bei dem ersten Abschnitt von Osten nach Westen aufsteigend. Die letzen Gespärre dieses Bauabschnittes (Gesp. 8–12) sind ebenfalls mit einem Grundzeichen, hier sind zwei X eingeschlagen, und einer Zählmarkierung in Form von Kerben gekennzeichnet. Allerdings sind die Gespärre nicht in der strengen Zählfolge aufgestellt, sondern zum Teil vertauscht. Die dendrochronologische Datierung von fünf Bohrkernen von Hölzen aus allen drei Numerierungssystemen ergab ein übereinstimmendes Fälldatum im Winter 1352/53 bzw. im Sommer 1353.

Die Dachkonstruktion über dem südlichen Seitenschiff wurde erst in Zusammenhang mit der Fertigstellung der westlichen Joche errichtet. Die Sparren sind am First der Binnenkonstruktion angeschiftet und werden durch einen stehenden Stuhl mit Rähmholz unterstützt. Einige Sparren sind zweigeteilt. Unterhalb der Verbindungsstelle werden sie durch Strebhölzer unterstützt, die mit den Sparren der Binnenkonstruktion verzapft sind. An den Sparrenenden sind Versätze angeschnitten, in die ursprünglich Sparrenknechte eingeschoben waren, die aber in Zusammenhang mit der Erneuerung der Zerrbalkenlage 1837/38 (d) entfernt wurden. Auch dieses Seitenschiff sollte ursprünglich mit einer Tonnenkonstruktion abgeschlossen werden. Diese Absicht ist noch an den Innensparren abzulesen, die Abarbeitungsspuren für die Tonnenschalung aufweisen. Allerdings ist die Tonnenschalung nicht angebracht worden, denn es lassen sich keine Nagelspuren an den Innenseiten der Schiftersparren und Hilfssparren nachweisen. An den Schiftersparren sind zudem Sassen festzustellen, die auf eine Zweitverwendung der Hölzer schließen lassen. Die dendrochronologische Datierung ermittelte Fälljahre von 1352/53 bzw. 1362/63, die eine andere Schlußfolgerung nahelegen. Hier wurden Resthölzer, die bei den übrigen Bauabschnitten angefallen waren, wiederverwendet. Vor allem ist aus der Datierung zu ersehen, daß der Dachabschluß über dem südlichen Seitenschiff nicht vor der Fertigstellung der westlichen Joche erfolgen konnte und damit zur dritten und letzten Hauptbauphase zu rechnen ist.

*Der westliche Abschnitt 1362/63 (4. und 5. Langhausjoch; Gesp. 1–7)*
Die Querschnittskonstruktion über den westlichen Jochen ist bemerkenswert. Hier ist eine dreischiffige Holztonnenkonstruktion unter einem gemeinsamen Satteldach ausgeführt worden (Tafel 8, Abb. 39). Die »Sparren« der Binnenkonstruktion sind ca. 1,5 m unterhalb des Firstes überkreuzt und mit den Außensparren über den Seitenschiffen verblattet. Dadurch ist der Neigungswinkel der Binnensparren im Vergleich zur Holztonnenkonstruktion über dem 1.-3. Joch mit 55° um 10° geringer. Die Binnenkonstruktion ist mit Sparrenknechten, Kreuzstreben und zu Achselstücken reduzierten »Kopfbändern« abgebunden worden, die in den Zwickeln zwischen den unteren Enden der Kreuzstreben und der Sparren angebracht sind. Die Sparrenknechte und Achselstücke sind in Versätze eingeschoben. Der Schnittpunkt der Kreuzstreben bildet auch hier den Tonnenscheitel aus, aber die Kreuzstreben sind über die »Sparren« der Binnenkonstruktion zu den Außensparren verlängert und mit diesen verblattet.

Die Seitenschifftonnen sind konstruktiv gleichartig aufgebaut. Die Innensparren, die in die Sattelhölzer über

*Tafel 8 Mühlhausen, Nikolaikirche*
*38 Langhaus, Querschnitt, Schnitt B-B, Gespärre 17*

*Tafel 8 Mühlhausen, Nikolaikirche*
*39 Langhaus Querschnitt, Schnitt A-A, Gespärre 3*

den Mittelschiffsarkaden eingezapft waren, sind mit den Außensparren verblattet und bilden den Scheitel der Tonnenkonstruktion aus. Die Fußpunkte der Innen- und Außensparren wurden durch Sparrenknechte verstärkt. Während der Sanierungsarbeiten 1837/39 sind die Sattelhölzer durch Zerrbalken ersetzt und dabei die Sparrenknechte entfernt worden. Auch hier fehlen die Bretter der Tonnenschalung; ebensowenig lassen sich Eisennägel oder rechteckige Einschlaglöcher für eine Tonnenschalung nachweisen.

Die Gespärre dieses Bauabschnittes sind systematisch gekennzeichnet. Die Zählung beginnt mit dem westlichen Gespärre. Die Abbundzeichen sind in aufsteigender Folge nach Osten numeriert, die Abbundseite zeigt nach Osten. Auf den zur Südseite orientierten Bauteilen wurden Kerben in additiver Reihenfolge, auf der Nordseite Kästchen in additiver und gruppierender Abfolge eingeschlagen. Die dendrochronologische Datierung von sechs Bauteilen aus diesem Bauabschnitt ergab ein übereinstimmendes Fälljahr im Winter 1362/63.

*Zusammenfassung*
Das Dachwerk der Nikolaikirche in Mühlhausen wurde parallel zu der schrittweisen Errichtung der Kirche abgebunden. Der Dachstuhl über dem Chor und der nördlichen Taufkapelle wurde nach 1349/50 aufgestellt und zeigt die ursprüngliche Konzeption einer Pseudobasilika mit einer Auflängerkonstruktion über dem nördlichen Seitenschiff. Nicht nur an den äußeren Strebepfeilern, sondern auch an der Ausführung der Dachkonstruktion ist die ursprüngliche Absicht abzulesen, den Chor zu wölben. Mit der Erweiterung des Kirchenbaus um drei Joche nach Westen wurde zunächst nur das nördliche Seitenschiff fertiggestellt und mit einer Auflängerkonstruktion wie über der Taufkapelle abgeschlossen. Gleichzeitig hat man offensichtlich auch die Einwölbung aufgegeben, denn nach 1352/53 wird hier eine Holztonnenkonstruktion abgebunden. Die letzten zwei westlichen Joche werden nach 1362/63 zusammen mit dem südlichen Seitenschiff fertiggestellt. Zu diesem Zeitpunkt ist wiederum ein Planwechsel erfolgt. Jetzt wird eine Hallenkirche mit einem einheitlichen Satteldach und bemerkenswerter Gespärrekonstruktion errichtet. Die Tonnenschalung wird nur über dem Mittelschiff, aber nicht über den Seitenschiffstonnen angebracht.

1837/38 werden über dem südlichen Seitenschiff und über dem westlichen Abschnitt des nördlichen Seitenschiffs die Sattelhölzer entfernt und durch Zerrbalken ersetzt. Erst während der umfassenden Sanierungsarbeiten von 1897/98 durch Wilhelm Röttscher wurde auch das Traufgesims des nördlichen Seitenschiffes angehoben und die Auflängerkonstruktion dieses Dachabschnittes abgetragen und die Dachkonstruktion an das schon bestehende Satteldach angeglichen. Gleichzeitig ist die mittelalterliche Holztonnenschalung entfernt und Kreuzrippengewölbe mit Rabbitzkappen eingebaut worden, die über eiserne Zugstangen im Dachwerk aufgehängt sind.

## *Erfurt, Allerheiligenkirche 1371/72 (d)*

Die Allerheiligenkirche wurde auf einer keilförmig zulaufenden Parzelle in dem spitzwinkeligen Zwickel errichtet, der von der Marktstraße und der Allerheiligenstraße gebildet wird (Abb. 40). Dem zweischiffigen Kirchenraum ist im Südwesten, am Zusammenschluß der Straßen, ein Turm vorgelagert. Die Arkadenwand ruht auf zwei polygonalen Pfeilern, die den Kirchenraum in annähernd zwei gleich breite Schiffe teilt. Das nördliche Kirchenschiff ist um ca. 3 m nach Osten verlängert. Es wird durch eine Apsis mit polygonalem Schluß im Osten begrenzt[40]. Das Schiff ist im Osten annähernd doppelt so breit wie im Westen. Bei einer gleichbleibenden Firsthöhe bedeutet dies, daß die Dachneigung für jedes Gespärre entsprechend angepaßt werden mußte. So fällt die Dachneigung von 65° Grad im Westen auf ca. 50° im Osten ab. Jedes Gespärre mußte also auf dem Zimmermannsplatz neu angerissen werden. Die Dachkonstruktion stellte damit an das Können der Zimmerleute hohe Ansprüche.

In das binderlose zweifache Kehlbalkendach sind zwei Tonnenkonstruktionen eingestellt, die in der Mitte das zusätzliche Auflager über der Arkadenwand nutzen (Tafel 9, Abb. 42). Jedes vierte Gespärre ist mit einem Zerrbalken abgebunden. In den übrigen Gespärren wurden

40 Erfurt, Allerheiligenkirche. Westansicht

*Tafel 9 Erfurt, Allerheiligenkirche*
*41 Grundriß*

40a Erfurt, Allerheiligenkirche. Blick in den Dachraum

kurze Sattelhölzer eingebaut, die wie die Zerrbalken mit den zwei Mauerschwellen verkämmt sind. Die originalen Fußpunkte sind leider nur noch an wenigen Gespärren der Nordseite und über der Arkadenwand erhalten. Die Besonderheit dieser Konstruktion besteht nun darin, daß neben den äußeren Sparren zusätzliche Streben für die Befestigung in den Gespärren abgebunden wurden. Diese sind in Sattelhölzer gezapft, die mit zwei Mauerschwellen verkämmt auf den Arkadenwänden aufliegen und mit den Sparren oberhalb der ersten Kehlbalkenebene verblattet sind. Auf diese Weise wurden zwei »innere Satteldächer« geschaffen, die es erlaubten, in der schon bei den einschiffigen Tonnenkonstruktionen vorgebildeten Weise zu verfahren. An den Streben oder Innensparren, wie sie im folgenden genannt werden, und den Außensparren sind Kopfbänder und Fußstreben der Holztonnenkonstruktion angeblattet. Die Kopfbänder sind zum Teil über Hakenblätter mit den Kehlbalken verbunden. Die Fußbänder sind in Versätze eingeschoben. Diese lassen sich nach zwei Typen unterscheiden. Die Innensparren werden vor allem durch kurze, direkt unter dem Sparren angeordnete Sparrenknechte gestützt, während die Sparrenknechte der Süd- und Nordseite nicht dem Verlauf der Sparren folgen, sondern von diesen abrücken.

Das Dachwerk wurde in einem einheitlichen Abbundvorgang mit siebzehn Gespärren aufgestellt. Das Abbundzeichensystem markiert die Gespärre in aufsteigender Folge von Westen nach Osten. Die zur südlichen Traufseite orientierten Bauteile sind mit einer additiven Strichkerbung, die zur nördlichen Traufseite orientierten Bauteile mit einem Kästchensystem in gruppierender Anordnung versehen. Das Abschlußgespärre vor der östlichen Giebelwand ist mit einem zusätzlichen »X« markiert. Die dendrochronologische Datierung dieses Bauabschnittes ist mit neun Proben, die im Winter 1370/71 eingeschlagen wurden, hoch abgesichert. Die Hölzer wurden geflößt. An den Kehlbalken der Nordtonne in den Gespärren 14 und 16 sowie an dem Innensparren von Gespärre 9 sind Floßkeile erhalten (Abb. 44). Auffällig ist die Häufung zweitverwendeter Hölzer, die vor allem als Innensparren eingesetzt wurden. Aus der charakteristischen Ausbildung der Sassen läßt sich erschließen, daß auch diese Hölzer in ihrem früheren ersten Bauzusammenhang in einer Tonnenkonstruktion eingebaut waren. Aufgrund der geringen Jahrringzahl konnten diese Bauteile leider ebensowenig datiert werden wie ein bemalter zweitverwendeter Balken, der als Kehlbalken des heutigen Dachstuhles dient (Abb. 45). Auf diesem Balken sind elf Heiligendarstellungen mit Nimben zu erkennen. Aufschluß über die Herkunft dieser zweitverwendeten Hölzer besteht bisher nicht. Die nachgewiesene Tonnenkonstruktion, vor allem aber der be-

*Tafel 9 Erfurt, Allerheiligenkirche*
*42 Querschnitt, Schnitt A-A, Gespärre 14*
*43 Querschnitt, Schnitt B-B, Gespärre 1*

malte Balken deuten auf ein Sakral- oder Spitalgebäude. Vielleicht sind hier die Reste des ehemaligen Spitals St. Augustini erhalten, das nach Haetge nur wenige Jahrzehnte bis zur Gründung des St.Martini Hospitals bestanden hatte.[41]

Von den bisher vorgestellten Beobachtungen waren die zwei östlichsten Gespärre der Nordtonne ausgenommen. Sie sind mit einem separaten Abbundzeichensystem versehen und durch einen konstruktiv anders ausgeführten Fußpunkt von den übrigen Gespärren unterschieden. Die Sparrenknechte sind nicht in Versätzen, sondern sind über Verblattungen an den Sparrenflanken angeschlossen. Die dendrochronologische Datierung ergab hier ein Fälljahr im Winter 1425/26[42]. Die von der übrigen Dachkonstruktion abweichende Datierung bestimmt hier freilich keine weitere Bauphase, sondern eine Reparaturmaßnahme. Jedenfalls sind in den Umfassungswänden keinerlei Hinweise auf Baunähte zu erkennen[43]. Die weitere Baugeschichte des Dachwerks wird vor allem durch die Umbauten des 19. und 20. Jahrhunderts geprägt. Im 19. Jahrhundert wurde die Tonnenschalung entfernt und eine Flachdecke eingezogen. Gleichzeitig wurden zwei doppelt stehende Stühle in das zweite Dachgeschoß eingestellt und die Apsis angebaut, deren Dachstuhl schon 1955 (Inschrift auf Schalung) erneuert werden mußte. Im Rahmen dieser Sanierung wurde auch wohl die nördliche Außenmauer erhöht. Diese Maßnahme hatte den Verlust sämtlicher historischer Fußpunkte zur Folge.

### Erfurt, Michaeliskirche 1425/26 (d)

Das Hallenkirchendachwerk über der Michaeliskirche folgt dem gleichen Schema, das schon über der Allerheiligenkirche entwickelt wurde. Auch hier sind zwei Holztonnen in ein gemeinsames Satteldach eingestellt worden.

44 Erfurt, Allerheiligenkirche.
Innensparren Gespärre 9. Südtonne. Der Sparren ist zweitverwendet. Die große Sasse am Sparrenfuß stammt aus dem Konstruktionszusammenhang des Vorgängerbaues. Der Sparrenknecht für die heutige Holztonnenkonstruktion wurde im 19. Jahrhundert entfernt. Auf der Sparrenflanke ist ein Floßkeil markiert. Im Hintergrund ebenfalls ein zweitverwendeter Innensparren, hier ist aber noch der Sparrenknecht der heutigen Tonnenkonstruktion erhalten.

45 Erfurt, Allerheiligenkirche.
Bemalter zweitverwendeter Kehlbalken. Gespärre 11, 2. DG. Auf dem Balken sind in feiner Zeichnung die Konturen von Gesichtern und Nimben zu erkennen.

Die Kirche liegt an der Kreuzung von Michaelis- und Allerheiligenstraße, schräg gegenüber dem ehemaligen Collegium maius (Abb. 46). Mit der Erhebung zur Universitätskirche wurde die ursprünglich einschiffige Michaeliskirche um ein sehr schmales Kirchenschiff an der Nordseite erweitert. Haetge datiert den Umbau in das letzte Viertel des 14. Jahrhunderts. Eine genauere Datierung der Umbaumaßnahme ist nicht möglich, weil Baurechnungen oder Archivalien fehlen[44].

Der Kirchengrundriß stellte hohe Ansprüche an das konstruktive Verständnis der Zimmerleute. Er ist wie die Parzelle der Allerheiligenkirche unregelmäßig ausgebildet. Die Außenwände sind nicht parallel angelegt und darüber hinaus von verschiedener Länge. Die hofseitige Außenwand ist nicht nur um etwa 5 m länger als die zur Allerheiligenstraße gerichtete Wand, sondern knickt im hinteren Drittel ein, so daß die Hauptschiffbreite hier um etwa 2 m abnimmt. Entsprechend stoßen die Giebelwände nicht im rechten Winkel auf die Außenmauern.

Das Dachwerk ist mit zweiundzwanzig Gespärren und vier Binderbalkenebenen errichtet worden. Die Gespärre sind von dem Südwestgiebel ausgehend zum Chor

46 Erfurt, Michaeliskirche.
Ansicht aus der Richtung des ehemaligen Collegium maius. Gut zu erkennen ist die abknickende Ostwand. An den Resten der Eckquaderung können die zwei Hauptbauphasen abgelesen werden. An das ältere Hauptschiff schließt das schmale nördliche Kirchenschiff an.

47 Erfurt, Michaeliskirche.
Sicht auf die Gespärre der nördlichen Traufseite. Gut zu erkennen ist das »Halbgespärre«, das an den Sparren angeschiftet ist. Die Windrispen sind original.

numeriert. Die Anpassung an den unregelmäßigen Grundriß erfolgt in mehreren Schritten. Im Kernbereich des Dachwerkes, der die Gespärre 8 - 18 umfaßt, verlaufen die Außenmauern und die Arkadenwand nahezu parallel. In diesem Abschnitt konnten die Gespärre also gleich ausgebildet und annähernd in gleicher Richtung aufgestellt werden. Den Übergang zu den verzogenen Giebelseiten löste man dadurch, daß parallel zu den Giebelwänden ein bzw. drei Gespärre abgebunden wurden. Aufgrund der längeren Außenwand zum Hof hin war der Sparrenabstand hier aber zu groß geworden, so daß der Einschub von zusätzlichen »Halbgespärren« notwendig wurde (Abb. 47).

In das zweifache Kehlbalkendach sind dann die beiden ungleich großen Tonnenkonstruktionen mit Hilfssparren eingestellt (Tafel 5, Abb. 48). Die Kehlbalken der unteren Ebene sind mit 3-5 cm Überstand mit den Sparren verblattet. Der Überstand ist durch eine Fase hervorgehoben. Die Innensparren der Hauptschifftonne sind unterhalb der zweiten Kehlbalkenebene mit den Sparren verblattet. Die sehr viel kürzeren Innensparren der Nebenschifftonne sind unterhalb der ersten Kehlbalken mit den Sparren verbunden. Ein Hilfskehlbalken wurde zwischen Innensparren und Außensparren der Neben-

*Tafel 5 Erfurt, Michaelskirche*
*48 Querschnitt, Schnitt A-A, Gespärre 20*

schiffstonne geblattet, in dessen Mitte der Tonnenscheitel eingestemmt ist. Die Gespärre sind, bis auf die Halbgespärre, sämtlich nach diesem Schema abgebunden. Die Dachneigung ist asymmetrisch. Während die zur Straße gerichteten Sparren nur mit 56° gegen den First geneigt sind, weisen die zur Parzellentiefe orientierten Sparren eine Dachneigung von 60° auf. Dieser Dachneigung entsprechen die Innensparren der Haupttonne mit 59° recht gut. Die Innensparren der Nebenschiffstonne sind mit 68° um mehr als 10° steiler als die Außensparren. Aufgrund des unterschiedlichen Neigungswinkels liegt der Scheitel der Tonne nicht in der Schiffsmitte, sondern um etwa 70 cm in Richtung der Arkadenwand verschoben. Die asymmetrische Ausbildung der Tonne ist dabei ungewöhnlich und konstruktiv nicht notwendig. Man mag hier eine bewußte Gestaltungsabsicht unterstellen, die einen möglichst steilen und hohen Raumeindruck erreichen wollte.

Wie konsequent und planmäßig die Zimmerleute an die Erstellung des Dachwerkes gegangen sind, ist nicht zuletzt an dem Abbundzeichensystem und der Perfektion in der handwerklichen Ausführung der Gespärre abzulesen. Jedes Gespärre ist mit einem eigenen Bundzeichen versehen und selbst die Halb- oder Schiftergespärre sind in das Abbundsystem eingeschlossen. Das Dachwerk ist in drei Abbundeinheiten errichtet worden, deren Zählrichtung einheitlich von Nordwesten zum Chor orientiert ist. Der Übergang vom ersten zum zweiten Abbundsystem ist durch die veränderten Abmessungen im westlichen Abschnitt des Hauptschiffes bedingt. Hier mußte aufgrund der variablen Breitenmaße jedes Gespärre einzeln aufgerissen werden. Der Abbund der Gespärre 9 bis 18 konnte dann wieder nach einem einheitlichen Aufrißschema erfolgen. In diesem Bereich verlaufen die Außenmauern wieder parallel. Dennoch wechselt das Abbundzeichensystem vom 13. zum 14. Gespärre. Der Abbundseitenwechsel zeigt hier offensichtlich eine Zäsur innerhalb des Aufrichtvorganges auf. Zeitlich differenzierte Bauabschnitte konnten dendrochronologisch aber nicht nachgewiesen werden. Das Holz, es wurde ausschließlich Tannenholz verbaut, ist in zwei Fällkampagnen im Winter 1425/26 und im Sommer 1426 eingeschlagen worden.

## Kreuzstrebendachwerke

Kreuzstrebendachwerke sind seit dem 12. Jahrhundert in Europa zu finden. Die frühesten Beispiele sind in den Stabkirchen in Norwegen erhalten.[45] Im 13. Jahrhundert werden die Dachwerke der Kathedralen von Lisieux und Rouen mit Kreuzstrebenkonstruktionen abgebunden[46]. Gleichzeitig tritt diese Konstruktion auch im deutschen Sprachraum auf. Ein frühes Beispiel ist das erst kürzlich von Lohrum vorgestellte Dachwerk über dem Herrenrefektorium des Klosters Maulbronn. Aufgrund der charakteristischen Holzverbindungen konnte Lohrum ein Kreuzstrebendachwerk rekonstruieren, dessen Hölzer im Winter 1227/28 (d) gefällt worden sind.[47] Das älteste erhaltene Kreuzstrebendachwerk ist nach dem heutigen Wissensstand über dem Freiburger Münster zu finden. Das Holz der östlichen Gespärre wurde in den Jahren 1256 bis 1262 gefällt, die Gespärre über den westlichen Jochen sind nach 1301 und 1307 errichtet worden[48]. Kreuzstrebengespärre wurden ebenfalls in den Dachwerken über dem Klausurtrakt des Predigerklosters in Erfurt 1278/79 (d), über der Saalfelder Franziskanerkirche 1293/94 (d); 1313/14 (d) abgebunden, wenngleich diese typologisch den Holztonnendachwerken zugeordnet werden müssen. Eine Kreuzstrebenkonstruktion ist über dem Chordachwerk der Nikolaikirche in Mühlhausen 1349/50 (d) zu finden. Im 14. und 15. Jahrhundert werden Kreuzstrebendachwerke dann vor allem über den kreuzgewölbten Kirchenschiffen abgebunden.

### *Mühlhausen, Nikolaikirche 1349/50 (d)*

Die Gespärre des Ostabschnittes sind einfach aufgebaut. Die Sparren (26/18 cm) mit stark querrechteckigem Querschnitt sind in Sattelhölzer eingezapft, die mit zwei Mauerschwellen verkämmt sind. Bis auf das Polygongespärre ist nur ein einfacher Kehlbalken (24/18 cm) mit einseitigem Schwalbenschwanz und zwei Holznägeln abgebunden worden, der ohne Überstand bündig mit den Sparren verblattet ist. Die Gespärre 20 und 24 werden zusätzlich durch Kreuzstreben ausgesteift (Tafel 8, Abb. 49). Bemerkenswert ist die Anordnung der Kreuzstreben. Sie sind zwar in der üblichen Art an den oberen Enden mit den Sparren verblattet, ihre unteren Enden werden aber nicht bis zu den Sparren geführt, sondern enden mit einem Stirnzapfen auf der Oberseite des Kehlbalkens. Ebenso auffällig ist das Fehlen von Sparrenknechten. Allerdings ist das Dachwerk mit 65° relativ steil, so daß die auftretenden Schubkräfte nicht allzu groß sind. Diese abbundtechnische Besonderheit ist ein auffälliges Merkmal an weiteren Mühlhäuser Dachwerken. So sind die Chorgespärre der Marienkirche 1343/44 (d), das Chor- und Langhausdachwerk der Petrikirche 1402/3 (d), bzw. 1421/22 (d) und die Langhausgespärre der Martinikirche 1349/50 (d) ebenfalls ohne die sonst üblichen Sparrenknechte abgebunden worden.

Das Polygongespärre ist mit einem zusätzlichen Kehlbalken im oberen Viertel ausgestattet (Tafel 8, Abb. 50). Auf diesem ist der aus Eichenholz gefertigte Kaiserstiel aufgestellt, dessen Säulenschaft achteckig abgearbeitet ist. Der Kopf des Kaiserstiels ist verdickt und bildet den Firstpunkt aus. In den Kaiserstielkopf sind langgezogene Versätze angeschnitten, in denen die Sparrenköpfe enden.

Die Kraftableitung der Polygonsparren erfolgt bei den Chordachwerken der Pertrikirche und der Marienkirche über einen an ihrem oberen Ende verdickten Kaiserstiel. An diesen Gespärren ist das »Hängewerkprinzip« nicht zu finden. Hier sind die Polygonsparren an die Köpfe angeschiftet und über Holznägel (Marienkirche) mit diesen befestigt.

Die Abbundseite der Chorgespärre der Nikolaikirche zeigt bis auf das Polygongespärre nach Osten. Die

*Tafel 8 Mühlhausen, Nikolaikirche*
*49 Chor Querschnitt, Schnitt D-D, Gespärre 24*
*50 Chor Querschnitt, Schnitt E-E, Polygongespärre 26*

Gespärrezählung beginnt mit dem Polygongespärre und zählt nach Westen auf. Die Abbundzeichen sind entsprechend der Orientierung der Bauteile zur Nord- bzw. Südtraufe differenziert. Im Norden sind Kästchen, im Süden Kerben in additiver Folge eingeschlagen. Diese Systematik wird bei den westlichen Gespärren dieses Bauabschnittes aufgegeben (Gespärre 21 und 22). Hier finden sich Strichmarkierungen auf der Nord- und Südseite, die aber in der richtigen Zählfolge stehen. Die Polygongespärre sind mit Symbolzeichen versehen worden. Eine systematische Zählung ist hier nicht erfolgt.

Die dendrochronologische Datierung von fünf Bauteilen aus diesem ersten Bauabschnitt ergab ein übereinstimmendes Fälljahr im Winter 1349/50.

### Erfurt, Dom St. Marien 1416/17 (d)

Das Dachwerk über dem Chor des Erfurter Domes (Abb. 51) zeigt diese Konstruktionsform besonders deutlich. Das dreifache Kehlbalkendach wird durch Kreuzstreben in den Gespärreebenen ausgesteift (Tafel 10, Abb. 53). Sie sind unterhalb des ersten Kehlbalkens mit den Sparren über Hakenblätter verbunden und oberhalb des zweiten Kehlbalkens mit zweiseitigen Schwalbenschwanzverbindungen zugfest an die Sparren angeschlossen. Durch die Kreuzstreben wird der Querschnitt in kleinere Dreiecksverbände unterteilt, die in statischer Hinsicht einen bedeutenden Stabilitätsgewinn darstellen. Ursprünglich waren die Fußpunkte zusätzlich mit Sparrenknechten gesichert.

Das Dachwerk besteht aus sechsundzwanzig Gespärren und den Walmgespärren über dem Chorpolygon (Tafel 10, Abb. 54). Die Gespärre wurden, wie aus den Abbundzeichen zu entnehmen ist, in drei Einheiten abgebunden. Das ersten Abbundzeichensystem umfaßt die fünfzehn westlichen Gespärre, das zweite Abbundzeichensystem schließt die folgenden Gespärre bis zum Chorpolygon ein. Die Grat- und Schiftergespärre des Chorpolygons sind mit einem eigenständigen Abbundzeichensystem gekennzeichnet. Die Zählfolge beginnt im Norden und numeriert die Gespärre im Uhrzeigersinn nach Süden. Als Zählsymbol sind Kästchen in additiver und gruppierender Anordnung eingeschlagen. Die Bauteile der Chorgespärre sind entsprechend der Orientierung zu den Traufseiten mit zwei unterschiedlichen Zählarten markiert. In die zur nördlichen Traufe orientierten Bauteile sind Kerben, in die zur südlichen Traufseite orientierten Bauteile sind Kästchen in additiver und gruppierender Anordnung eingeschlagen. Die Abbundzeichen beider Abschnitte unterscheiden sich nur dadurch, daß den Kerbenmarkierungen des östlichen Abbundsystems ein weiteres Kästchen zugeordnet ist. Diese Differenzierung ist aber nur dann notwendig, wenn zwei Zimmermannsgruppen gleichzeitig mit dem Abbund beschäftigt sind. Diese Überlegung wird durch eine interessante dendrochronologische Beobachtung gestützt: Aus dem westlichen Abschnitt sind elf Proben, aus dem östlichen Abschnitt fünf Proben entnommen worden.

51 Erfurt, Dom. Ansicht von Norden auf den Chor

Die Jahrringkurven einer Abbundeinheit sind untereinander ähnlicher als die zwischen den Abbundeinheiten. Aus diesem Grund wurden zwei Mittelkurven gebildet. Die Hölzer aus beiden Abschnitten wurden übereinstimmend im Winter 1416/17 gefällt. Beide Kollektive sind also in demselben Jahr, wahrscheinlich aber in zwei verschiedenen Waldstandorten eingeschlagen worden. Die Stammabschnitte wurden auf dem Abbundplatz dann wohl zwei Zimmermannsgruppen zugewiesen. Diese haben anscheinend parallel gearbeitet und die Hölzer mit den gleichen Abbundzeichen versehen. Aus diesem Grunde mußten die Bauteile des östlichen Abbundsystems mit einem zusätzlichen Zeichen markiert werden, damit sie eindeutig einem Gespärre zugeordnet werden können. Derart differenzierte Beobachtung zum Abbundvorgang sind nur selten möglich. In der Regel wurden die Bauhölzer auf dem Abbundplatz vermischt und nach Zufallskriterien im Dach verbaut, wie dies für die Dachwerke des Naumburger Domes und der Hallenser Kirchen ebenso wie für das Dachwerk der Dominikanerkirche in Eisenach nachgewiesen werden konnte.[49]

Vielleicht ist die Notwendigkeit einer stark arbeitsteiligen Organisation des Abbundprozesses durch die besondere Situation nach dem Brand der Türme des Erfurter Domes begründet. Die Chroniken berichten von einem Brand am 10. November 1416.[50] Obwohl die Zerstörung des Chordachwerkes nicht erwähnt wird, ist

*Tafel 10 Erfurt, Dom Beatae Mariae Virginis*
*52 Grundriß*
*53 Querschnitt, Schnitt A-A, Gespärre 25*

anzunehmen, daß auch dieses abgebrannt ist. Nur so läßt sich die zeitliche Differenz von mehr als vierzig Jahren zwischen der dendrochronologischen Datierung des Dachwerks und der überlieferten Chorweihe von 1370 bzw. 1372 plausibel erklären.[51]

Der Chordachstuhl ist im 19. Jahrhundert saniert worden. In den Regesten ist für das Jahr 1851 vermerkt: »Das Chordachwerk wird repariert, muß jedoch vollständig erneuert werden«.[52] Die Notiz läßt zunächst offen, in welchem Umfang tatsächlich in die Substanz des alten Dachstuhles eingegriffen wurde. Die Reparaturmaßnahme, die wohl durch Schäden an den Sparrenfußpunkten erforderlich wurde, ist tatsächlich im Hinblick auf die statische Analyse des Dachwerkes, die systematische Beseitigung der aufgetretenen Schäden und die zimmermannstechnische Lösung ein Musterbeispiel für die Art und Weise, wie im 19. Jahrhundert mit der erhaltenen Dachwerksubstanz denkmalpflegerisch bewußt und verantwortungsvoll umgegangen worden ist. Die Reparatur kann noch heute, trotz fortgeschrittener Technologie und einer vielleicht anderen Schadensbewertung, als vorbildlich bezeichnet werden. Zunächst galt es, die geschädigten Fußpunkte zu erneuern. Die Schäden waren anscheinend so groß, daß man den gesamten Auflagerrost mit Stich- und Wechselbalken erneuern mußte. Zusätzlich sollte die Windaussteifung verbessert werden. Die originale Dachkonstruktion wurde in Längsrichtung wohl nur durch Windrispen, die direkt unter die Sparren genagelt waren, und durch die Dachlattung stabilisiert. Dies scheint den Zimmerleuten des 19. Jahrhunderts wohl nicht ausreichend gewesen zu sein, so daß man sich entschloß, die Längsaussteifung durch zwei unterschiedliche Maßnahmen zu verbessern. Zum einen wurde der westliche Dachabschluß durch einen Krüppelwalm ersetzt, der dem Schub der Polygonsparren direkt entgegenwirkt, zum anderen wurden sechs Hängewerke mit einem firstparallelen Windverband und Andreaskreuzen in das Dachwerk eingestellt. Den Aufbau eines solchen Hängewerkes zeigt Tafel 10, Abb. 55. Die Hängewerke übernehmen die Proportionen des mittelalterlichen dreifachen Kehlbalkendaches. An den Sparren sind traufseitig die äußeren Hängesäulen angeblattet. Die mittlere Hängesäule ist als Spitzsäule bis in den First ausgeführt und mit den Sparren über Versätze verbunden. Sie wird durch zwei Streben entlastet. Die seitlichen Hängesäulen sind als Zangenkonstruktionen abgezimmert, die die Streben der mittleren Hängesäule umfassen. Die Zangenhölzer sind über verzahnt geschnittene Längsflächen schubfest miteinander verbunden. Die Kehlbalken mit bohlenartigem Querschnitt sind ebenfalls als Zangen ausgeführt und mit den Sparren über Schrauben mit Vierkantmuttern verbunden. Der Binderbalken ist über ein U-förmiges handgeschmiedetes Eisenband an die mittlere Hängesäule angehängt. In die Binderbalken sind in etwa 70 cm Abstand von den Außenmauern Wechsel eingezapft, die mit den Sattelhölzern verbunden sind. Zwischen den Hängesäulen ist der Längsverband angeordnet (Tafel 10, Abb. 54). Er besteht aus einem unteren und oberen Riegel sowie den Rispen der Andreaskreuze. Während der

56 Erfurt, Dom.
Sparrenknecht am Polygonsparren C. Nach der Erneuerung des Balkenrostes im 19. Jahrhundert ist der Sparrenknecht wieder eingesetzt worden.

Durchführung dieser Maßnahme wurden die alten Gespärre auseinandergenommen, die Sparrenknechte entfernt und die Sparren verkürzt. Die Gespärre sind, wie man an den eckig ausgetriebenen Holznagellöchern nachvollziehen kann, zum Teil zerlegt, aber entsprechend dem alten Abbundsystem wieder an ihrer ursprünglichen Stelle aufgebaut worden. Der bewußte denkmalpflegerische Umgang mit diesem Dachwerk ergibt sich auch aus einem zweiten Detail. Man hat, obwohl dies ohne Frage einen vermeidbaren Mehraufwand darstellte, drei Sparrenknechte aus dem Chorbereich nach der Erneuerung des Auflagerrostes wieder an der alten Stelle eingesetzt (Abb. 56). Hier wollte man, wie auch schon bei der Fußpunktreparatur des Dachstuhls über der Kaufmannskirche, anscheinend die ursprüngliche Konstruktion exemplarisch veranschaulichen.

Heute zeigen die Gespärre der gesamten Dachkonstruktion mitsamt den Reparaturbindern eine starke Verkippung nach Westen. Diese Verkippung ist offenkundig erst nach dem Einbau der Hängewerke eingetreten und wohl auf die Druckwellen einer Luftmine zurückzuführen, die südlich des Domplatzes während des Zweiten Weltkrieges detoniert ist. Wegen dieser neuerlichen Verformung sah man sich wohl gezwungen, die Längsaussteifung nochmals zu verbessern. Dazu wurde unterhalb

*Tafel 10 Erfurt, Dom Beatae Mariae Virginis*
*54 Längsschnitt, Schnitt B-B*
*55 Querschnitt, Schnitt C-C, Polygongespärre 26*

der ersten Kehlbalkenebene eine Stuhlkonstruktion auf Schwellhölzern aufgerichtet und durch Streben in Längsrichtung ausgesteift. Die Wirksamkeit dieser Maßnahme darf man nicht allzu hoch einschätzen, weil die Aussteifung nur im unteren Fünftel der Dachhöhe wirksam wird.

**Hallenkirchendachwerke**

*Zwei verschiedene Lösungen für ein vergleichbares Problem:* Als Beispiele für Kirchendachwerke über gewölbten mehrschiffigen Hallenkirchen sollen die Dachwerke der Severikirche in Erfurt und von St. Bonifatius in Bad Langensalza vorgestellt werden. Die konstruktive Lösung für die Aufgabe, ein gemeinsames Satteldach über dem Mittel- und den Seitenschiffen einer Hallenkirche insgesamt zu errichten, scheint erst zu Beginn des 14. Jahrhunderts gefunden worden zu sein. Binding nennt als frühe Beispiele die Kirchendachwerke von Stralsund (1. Viertel 14. Jahrhundert), Haina (1328) und Schwäbisch Gmünd (1341). Gleichzeitig ist mit diesen Dachwerken ein charakteristisches Gefügeprinzip entstanden, das als aufgeständertes Kehlbalkendachwerk bezeichnet wird. Der Aufbau ist zweigeteilt. Das Unterdach, das im wesentlichen aus den Ständerwänden und Queraussteifungen über den Seitenschiffen besteht, trägt das Oberdach, das als einfaches Kehlbalkendach mit weiteren stabilisierenden Elementen, wie stehenden Stühlen, Spitzsäulen oder Kreuzstrebengebinden, abgezimmert wurde. Die Trennung von Ober- und Unterdach ist dabei – insbesondere bei sehr hohen Satteldächern – eine konstruktive Notwendigkeit. Die Hantierung mit bis zu 30 m langen Sparren ist nicht nur äußerst beschwerlich, auch die Verfügbarkeit von entsprechendem Holz mit den benötigten Dimensionen war wohl nicht immer gewährleistet. Die Sparren wurden aus diesen Gründen häufig an der Nahtstelle zwischen Ober- und Unterdach gestoßen oder, wie bei der Marktkirche in Hannover, auf Schwellhölzer aufgesetzt.[53]

Parallel zu dieser Entwicklung des aufgeständerten Kehlbalkendachwerkes wird im 14. Jahrhundert auch die Konstruktion des doppelt und mehrfach stehenden Stuhles eingeführt. Bei diesen Dachwerken ist eine Unterscheidung in ein Ober- und Unterdach in der Regel nicht möglich, weil das Konstruktionsprinzip des Kehlbalkendaches für den gesamten Gespärreaufbau beibehalten wird.

Neben diesen beiden bekannten Formen müssen nun auch die Tonnenkonstruktionen als dritte Lösungsmöglichkeit angeführt werden, ein einheitliches Satteldach über mehrschiffigen Kirchen zu errichten. Weil aber bisher lediglich die Dachwerke der Allerheiligenkirche 1371/72 (d) und der Michaeliskirche 1425/26 (d) und des letzten Bauabschnittes der Nikolaikirche 1362/63 (d) diesem Dachtyp entsprechen, kann wohl zur Zeit nur von einer Sonderlösung gesprochen werden.

Die typologische Zuordnung der Dachwerke der Severikirche und der Bonifatiuskirche in Bad Langensalza zu einer der ersten beiden Kategorien ist nicht eindeutig möglich. Das Vollwalmdach der Severikirche stellt eine Variation zum einfachen Satteldach dar. Der Vorteil der Walmkonstruktion ist vor allem darin zu sehen, daß die notwendigen Maßnahmen zur Längsaussteifung durch Rispen oder Diagonalverbände nur in reduziertem Umfang erforderlich sind, weil der Schub der Walme sich gegenseitig aufhebt und auf diese Weise das Dachwerk insgesamt stabilisiert wird.

### Erfurt, Severikirche 1472/73 (d)

Das Dachwerk zählt mit einer Grundfläche von 29 m x 44 m und einer Höhe von ca. 22 m zu den größten untersuchten Hallenkirchendachwerken (Abb. 57). Das Dachwerk ist zweiteilig aufgebaut. Bei zwei Drittel der Gesamthöhe ist das Oberdach auf die Ständerwände gesetzt, die ihrerseits auf Schwellhölzer gestellt sind (Tafel 11, Abb. 58). Die Schwellhölzer sind mit den ungeteilt durchlaufenden Zerrbalken verkämmt. Die Ständerwand ist an den Walmseiten über den Gurtbögen der äußeren Joche zum Ständerkasten erweitert (Abb. 60). Dieser

57 Erfurt, Severikirche.
Das Dach von Nord-Westen. Das heutige Walmdach wurde nach dem Brand von 1472 errichtet. Ursprünglich war ein niedrigeres Satteldach mit quergestellten Satteldächern über den Seitenschiffen abgezimmert worden. Der frühere Dachanschluß kann noch an der helleren Steinfärbung an der Dreiturmgruppe abgelesen werden.

*Tafel 11 Erfurt, Severikirche*
*58 Grundriß*
*59 Längsschnitt, Schnitt C-C*

60 Erfurt, Severikirche. Blick in den Ständerkasten

Ständerkasten trägt umlaufende Rähmhölzer, die an den Ecken verblattet sind und als Auflager der Sparren des Unterdaches und der Sparren des Oberdaches dienen. Die Sparren der beiden Dachhälften liegen ohne konstruktive Verbindung nebeneinander auf den Rähmhölzern auf. Zwischen den Ständern sind Riegelketten eingezapft. Die trauf- und walmseitigen Ständerwände werden durch je zwei verblattete Streben stabilisiert. Diese Längsaussteifung ist wohl mehr für die Stabilisierung des Ständerkastens während des Aufstellvorganges erforderlich als für die Standsicherheit des fertiggestellten Dachwerkes selbst.

Das Unterdachwerk greift auf die Teilung eines einfachen Kehlbalkendachwerkes zurück (Tafel 12, Abb. 61). Die Kehlbalken sind mit den Sparren verblattet und zwischen die Ständer gezapft. Kopfbänder steifen die Verbindung zwischen den Ständern und den mittleren Kehlbalkenabschnitten aus. Das Oberdach ist als zweifaches Kehlbalkendach mit Längsverband ausgeführt. An den Walmenden sind Spitzsäulen bis unter den First geführt. Zwischen diese Spitzsäulen ist ein Rähmholz gezapft, das die Kehlbalken der ersten Ebene unterstützt und auf zwei weiteren Stuhlsäulen aufliegt. Tief ansetzende Streben steifen die Stuhlkonstruktion in Längsrichtung aus.

Die originale Konstruktion sah eine Lastableitung der Stuhlkonstruktion des Oberdachwerkes bis auf die Deckenbalken des Unterdachwerkes vor. Dazu waren weitere Ständer zwischen die Kehlbalken gezapft, was an den Stemmlöchern abzulesen ist (Abb. 63, Seite 50). Diese Ständer wurden zu einem späteren Zeitpunkt entfernt.

Eine schöne zimmermannstechnische Lösung ist die Anbindung der Walme. Der Westwalm wird durch siebenundzwanzig Sparren und Schifter gebildet. Eine besondere Funktion übernehmen die Gratbinder, die mit den Eckständern des Ständerkastens verzapft sind (Abb. 64, Seite 50). Sie nehmen die Lasten der trauf- und walmseitigen Binder auf, die nicht mit den Ständern verbunden sind. Bei der Abzimmerung des östlichen Walmabschlusses wurde eine aufwendigere Konstruktion notwendig. Hier mußte das Regenwasser, das sich in der Dachgrube zwischen der Dreiturmgruppe und dem Walm sammelt, zu den Traufseiten hin abgeleitet werden. Zu diesem Zweck wurde eine besondere Konstruktion mit einem verstrebten Stuhl und Rinnsteinen errichtet. Das Walmdach setzt hier erst oberhalb der ersten Kehlbalkenebene an. Das Wasser wird in Sandsteinrinnen, die auf Kragsteinen aufliegen, zu den Traufseiten abgeleitet. Das Gefälle der Rinnen beträgt auf die halbe Dachbreite jeweils etwa 70 cm. Die Auflagerkonstruktion der Walmsparren mußte hier so ausgeführt werden, daß sie dem Gefälle des Rinnensystems folgt (Tafel 12, Abb. 62). Dazu hat man acht Stuhlsäulen, die zum Teil mit Steigbändern verblattet sind, mit einem in der Dachmitte

*Tafel 12 Erfurt, Severikirche*
*61 Querschnitt, Schnitt A-A, Gespärre 12*

*62 Querschnitt, Schnitt B-B, Gespärre 2*

49

63 Erfurt, Severikirche. Stemmlöcher an der Kehlbalkenunterseite, Gespärre 12

64 Erfurt, Severikirche. Gratbinder. In den Gratbinderkehlbalken sind die Kehlbalken der trauf- und walmseitigen Halbgespärre eingezapft.

gestoßenen Rähmholz errichtet. Die ersten acht Kehlbalken wurden aufgrund des Gefälles nicht waagerecht, sondern mit der entsprechenden Neigung an die Sparren angeblattet. Das Entwässerungssystem ist erst während des Bauvorganges eingebaut worden (Abb. 65). Die Sparren der ersten acht Gespärre zeigen noch Blattsassen, die der eigentlichen Kehlbalkenebene bei horizontalem Einbau entsprechen. Diese Verbindungen sind mit Bohrlöchern für die Holznägel vorbereitet worden, die aber, wie an den runden Bohrwandungen nachgewiesen werden kann, niemals eingeschlagen wurden[54]. Etwa 70 cm unterhalb dieser Sassen sind die Kehlbalken dann tatsächlich mit den Sparren verblattet. Man hat also die östlichen acht Gespärre zunächst genauso wie die übrigen Gespärre auch abgebunden. Erst mit der Anpassung an die Neigung der Sandsteinrinnen ist dann die Lage der Sassen für die Kehlbalken exakt bestimmt worden.

Nicht nur an dieser Sonderlösung, sondern auch an dem Abbundsystem wird deutlich, wie planmäßig und mit welchem Sachverstand die Zimmerleute hier zu Werke gegangen sind. Alle Bauteile sind mit einem Abbundzeichen versehen. Die Vollgespärre sind ebenso erfaßt wie die Halbgespärre der Walmseiten. Dieser Befund beweist, daß auch die Walmseiten auf dem Abbundboden aufgerissen und die Dachneigungen ausgetragen wurden. Dieses Vorgehen ist nicht selbstverständlich, weil die Grat- und Walmgespärre oft erst im Dach auf die entsprechenden Längen zugeschnitten werden. Auf diese Weise wurden zum Beispiel die Polygongespärre der Bonifatiuskirche in Bad Langensalza abgebunden.

65 Erfurt, Severikirche.
Rinnensystem zur Ableitung des Regenwassers

Die Bauhölzer aus dem Dachstuhl der Severikirche sind im römischen System mit Fünfer- und Zehnereinheiten markiert. Die Südseite ist durch Kerben, die Nordseite durch Kästchen differenziert. Die Addition der Zehnereinheiten erfolgt durch eine Strichmarkierung auf gemeinsamer Grundlinie (Abb. 66). Die Ständer der östlichen Walmseite sind zusätzlich zu der Kennzeichnung des Gespärres mit Kerben in aufsteigender Folge von Süden nach Norden versehen.

Es wurden einundzwanzig Proben, fast ausschließlich Tannenhölzer, dendrochronologisch ausgewertet. Zunächst bestand die Vermutung, daß das benötigte Bauholz nicht in einem einheitlichen Waldgebiet eingeschlagen wurde. Dies ist bei der Größe des Dachwerkes und der Notwendigkeit, nach dem Brand von 1472 das Dachwerk sehr schnell wieder herzustellen, durchaus plausibel. Allerdings wurden keine Floßkeile oder Sonderzeichen gefunden, die einen Hinweis auf die Herkunft des Bauholzes aus dem Holzhandel oder durch Flößerei gegeben hätten. Die Proben wurden aus den Ständern, Sparren und Deckenbalken entnommen, um einen möglichst repräsentativen Querschnitt der verwendeten Holzsortimente zu erhalten. Tatsächlich wurden die Hölzer in zwei Fällkampagnen eingeschlagen. Die ersten Bäume wurden im Winter 1472/73, eine weitere Gruppe im Sommer oder Winter 1473/74 gefällt. Eine Zuordnung eines bestimmten Bauteils zu einer Fällkampagne war nicht möglich. Ebensowenig konnten die Jahrringkurven aufgrund ihrer relativen Ähnlichkeit eindeutig einem dieser Einschlagjahre zugeordnet werden, wie dies bei den Proben aus dem Erfurter Domdachwerk möglich gewesen ist. Die Hölzer für die Severikirche wurden demzufolge in zwei Fällkampagnen, aber an sehr benachbarten Standorten, eingeschlagen.

Auch archivalisch ist kein eindeutiger Hinweis über die Holzherkunft zu erhalten. Es ist bekannt, daß der Brand vom 19. Juni 1472 ganze Stadtviertel verwüstete.[55]

66 Erfurt, Severikirche.
Abbundzeichen. Die Zehnereinheiten werden als Kerben über einem Grundstrich markiert.

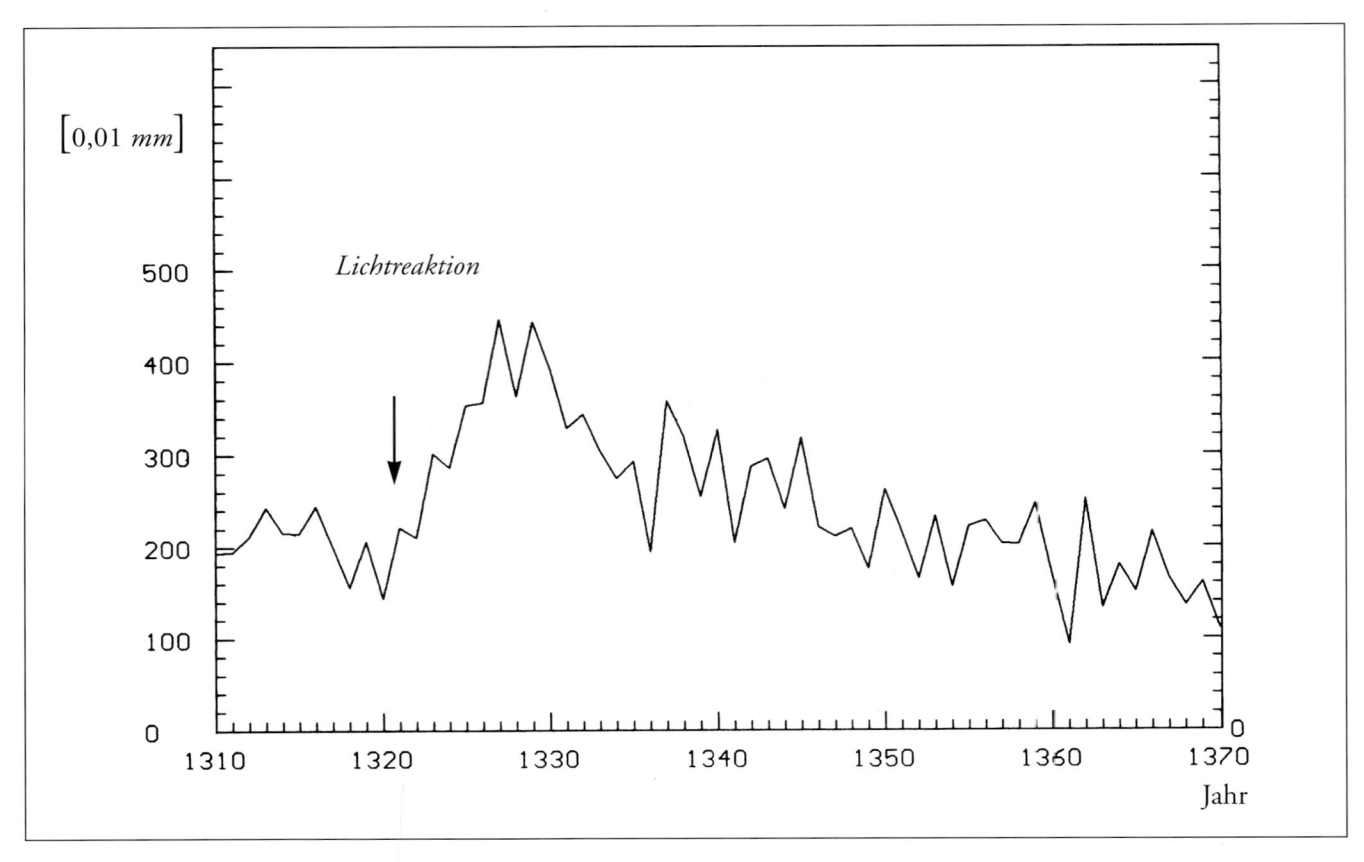

67 Lichtreaktion. Dargestellt an der Jahrringkurve Schlüsselnr. 1323 aus dem Dachstuhl der Allerheiligenkirche 1370/71(d) in Erfurt.

Um das nötige Bauholz für den Wiederaufbau herbeizuschaffen, erwarb der Rat der Stadt noch im Jahre 1472 von den Klöstern Georgenthal und Reinhardsbrunn verschiedene Parzellen mit dem darauf stockenden Holz[56]. Der Kaufbrief wurde am Montag, dem 2. November 1472 aufgesetzt.[57] Ob das Bauholz für die Severikirche aus diesen Waldungen stammt, ist nicht direkt zu beweisen, aber wahrscheinlich. Für eine solche Vermutung sprechen verschiedene Hinweise. Bis auf zwei Fichtenhölzer wurden ausschließlich Tannenhölzer verbaut. Die deutliche Dominanz der Tannenhölzer spricht für einen Mittelgebirgsstandort. Tannenhölzer zählen nicht zu den natürlich um Erfurt wachsenden Baumarten. Die Vegetation im Auenbereich der Gera-Mündung ist natürlicherweise ein Erlenwald oder ein Mischwald aus Erlen und Eichen. Für die Randgebiete und die trockenwarmen Standorte der Erfurter Hügelketten sind vor allem lichte Traubeneichenwälder anzunehmen.[58]

Daneben sprechen vor allem die verwendeten Holzdimensionen für einen Waldbestand, der noch keiner intensiven Nutzung durch den Menschen unterlag. So sind die über 28 m langen Deckenbalken an den Zopfenden noch immer und erstaunlicherweise nicht weniger als 20/20 cm stark. Ebenso überraschend ist der Befund, daß einige Ständer (25/30 cm) gespalten wurden. Der Baumstamm, aus dem die Ständer gewonnen wurden, muß damit einen Durchmesser von wenigstens 50–60 cm gehabt haben. Ebenso wie die Dimensionen weist auch die Jahrringanzahl, die an den Bohrkernen abgezählt wurde, auf die Nutzung eines neu erschlossenen Waldgebietes hin. Die am Ende des 15. Jahrhunderts gefällten Bäume wurden mit fünfundneunzig Jahrringen annähernd doppelt so alt wie die Bäume, die für die Erfurter Kirchen hundert Jahre früher im 14. Jahrhundert gefällt wurden[59]. Zugleich zeigen die Jahrringkurven des 14. Jahrhunderts auffällige Wuchssprünge, sogenannte Lichtreaktionen (Abb. 67). Diese Lichtreaktionen sind ein wichtiger Hinweis auf die anthropogene Nutzung der Wälder. Sie entstehen dadurch, daß Bäume zunächst im Unterstand von den herrschenden Bäumen beschattet werden. Ihre Wuchsleistung ist aufgrund der Konkurrenzsituation zunächst gering. Werden die herrschenden Bäume eingeschlagen, können die im Unterstand gewachsenen Bäume durch einen vermehrten Lichteinfall und verbesserte Nährstoffversorgung ihr Wuchspotential erhöhen. Dieser Vorgang bildet sich in den Jahrringkurven als Lichtreaktion ab. Entsprechende Lichtreaktionen sind in den Jahrringkurven der Severikirche nicht nachzuweisen. Die Jahrringkurven geben damit einen weiteren Hinweis darauf, daß das Holz nicht auf den traditionell genutzten Flächen stockte, sondern aus neu erschlossenen Waldarealen herbeigeschafft wurde.

## Bad Langensalza, Bonifatiuskirche.
## Das Langhausdachwerk 1512/13 (d)

Das Dachwerk über der dreischiffigen Halle der Bonifatiuskirche in Bad Langensalza ist zum Chor mit einer Giebelwand und im Westen mit einem Walm abgeschlossen, der am Nordwestturm vorbeigeführt wird. Das Walmdach ist konstruktiv mit dem Satteldach über dem Langhaus nicht verbunden und wird von einer separaten Stuhlwand abgestützt. Im folgenden wird nur der Kernbereich des Dachwerkes zwischen dem Chorgiebel und dem Nordwestturm beschrieben (Abb. 68). Das Hallenkirchendachwerk ist eine interessante Mischkonstruktion aus verschieden Elementen von liegenden und stehenden Stühlen und Stuhlwänden. Das Dachwerk besteht aus fünfundzwanzig Gespärren, von denen dreizehn als Binderebenen hervorgehoben sind. Die Binderebenen sind weiter hierachisiert. In den Hauptbinderebenen wurden zusätzliche Stühle über dem Mittelschiff eingestellt, die in den Nebenbindern nicht abgezimmert wurden. Ober- und Unterdach sind konstruktiv getrennt, wenn auch die Sparren durchgehen.

Die Unterdachkonstruktion ruht auf dreigeteilten Zerrbalken, die in Höhe der Arkadenwände über schräge Längsstöße verbunden sind (Tafel 13, Abb. 69). Das Unterdach besteht aus einem zweigeschossigen liegenden Stuhl. Die Stuhlsäulen sind mit einem fünfseitigen Rähmholz verzapft, das den Deckenbalken des Oberdachwerkes stützt. Der obere Druckriegel wird durch einen weiteren, mittig angeordneten Druckriegel ergänzt, der das Unterdachwerk in zwei Geschosse teilt. In diese Geschosse sind die Stuhlwände und die einfach stehenden Stühle eingestellt. Die Stuhlwände über den Mittelschiffarkaden sind durch verblattete Andreaskreuze ausgesteift (Tafel 14, Abb. 70). Weitere Stuhlsäulen sind über den Seitenschiffen eingestellt, die den Gefügeknoten zwischen dem unteren Druckriegel und den Stuhlsäulen unterstützen. Diese Verbindungen werden ebenso wie bei den Stuhlsäulen über dem Mittelschiff der Hauptbinderebenen durch Kopfbänder verstärkt. Sie sind mit Kopfbändern an dem oberen und unteren Druckriegel angeschlossen. Die obere Rahmenecke der Stuhlwand im 2. Unterdachgeschoß wird durch doppelte Kopfbänder verstärkt.

Das Oberdach ist zweigeschossig. Ein doppelt stehender Stuhl unterstützt die erste Kehlbalkenlage. Die Last der Stuhlkonstruktion wird durch die inneren Kopfbänder in die Stuhlwandkonstruktion des Unterdachwerkes überführt. Nicht nur an diesem Konstruktionsdetail ist das Bestreben der Zimmerleute abzulesen, die Dachlasten in die Stuhlwände über den Mittelschiffarkaden einzuleiten. Demselben Zweck dient auch ein strebenähnliches Bauteil, das in jedem Gespärre eingebaut wurde. Dieses ist über die Sparren bzw. Stuhlsäulen und den unteren Druckriegel geblattet. In den Binderebenen ist diese Stre-

68 Bad Langensalza, Bonifatiuskirche. Blick nach Westen

Tafel 13 Bad Langensalza, Bonifatiuskirche
69 Querschnitt, Schnitt A-A, Gespärre 9

Tafel 14 Bad Langensalza, Bonifatiuskirche
70 Grundriß

be auch noch bis zu den Ständern der Stuhlwand hintergeführt. Hier werden die Lasten direkt in die Stuhlsäulen eingeleitet, während in den Leergepärren die Last über das Rähmholz in die Ständer der Binderebenen übertragen wird. Wie wirkungsvoll die Lastumleitung in die Stuhlwand ist, wird an den Auflagerpunkten ersichtlich. Zwischen den Außenwänden und den Gewölbekappen hat sich ein bis zu 7 cm breiter Riß aufgetan. Die Ursache für diesen Riß kann nicht der Dachschub sein, weil die Binderbalken durchgängig intakt sind. Das Aufmaß hat ferner ergeben, daß die Ständerwände exakt lotrecht stehen. Die Außenwände verkippen also unterhalb des Dachwerks. Dieser Schluß wird durch die inneren Mauerschwellen bestätigt, die ihre ursprüngliche Lage bewahrt haben und damit nur noch zu einem geringen Teil auf den nach außen gewanderten Außenmauern aufliegen.

Das Abbundsystem erfaßt alle Bauteile. Die Zählung der Gespärre beginnt im Osten mit einem römischen System. Auf der Südseite sind Ausstiche auf einer gemeinsamen Grundlinie, auf der Nordseite sind Halbkreisausstiche angebracht (Tafel 14, Abb. 70). Die Mittelständer der Hauptbinderebenen sind mit drei zusätzlichen Bohrungen versehen. Die dendrochronologische Datierung von dreiundzwanzig Bauteilen, die aus allen Teilen des Daches einschließlich des Walmbereichs stammen, ergab ein einheitliches Fälldatum im Winter 1512/13[60]. Die Hölzer der Stuhlsäulen über den Seitenschiffen sind zweitverwendet. Von den sechsundzwanzig Stuhlsäulen weisen neunzehn charakteristische Sassen und Versätze auf (Tafel 14, Abb. 72), die auf die ursprüngliche Dachkonstruktion, aus der diese Bauteile stammen müssen, verweisen. Es sind Bauteile einer Tonnenkonstruktion, die mit 56° Dachneigung genau dem Chordach entsprach. Die frühere Dachneigung läßt sich dabei an den ehemaligen Kehlbalkensassen nachvollziehen. Diese zweitverwendeten Hölzer wurden im Winter 1452/53 gefällt. Man darf wohl vermuten, daß hier die Reste des Vorgängerdachwerks erhalten sind. Wahrscheinlich war also auch das Hauptschiff des Vorgängerbaus mit einer Holztonne abgeschlossen.[61]

Dieses Dachwerk wurde wohl wenige Jahre vor dem Chordachwerk von 1463/64 fertiggestellt. Ob dieses Dachwerk zu diesem Zeitpunkt auf einem neu errichteten Mittelschiff oder lediglich ein sekundäres Dachwerk auf vorhandenen Mauern darstellt, kann durch den weitgehenden Neubau des Langhauses vor 1512/13 bauarchäologisch nicht mehr geklärt werden. Wahrscheinlich wird es sich aber um ein sekundäres Dachwerk auf dem älteren Mittelschiff handeln. An diesen wurde die Westfassade und vor 1462/63 auch der neue Chor angebaut. Die Baugruppen wurden mit der Fertigstellung des Hallenlanghauses 1512/13 zu einer neuen Einheit verbunden, wenngleich ein nochmaliger Plan- und Proportionswechsel abzulesen ist. So ist das Mittelschiff des Langhauses erheblich schmaler als der Chor ausgeführt worden und die Höhe des Mittelschiffs ist um annähernd zwei Meter geringer ausgefallen als die ursprünglich geplante Scheitelhöhe, die noch heute an Wartesteinen im Dachraum abgelesen werden kann (vgl. dazu Längsschnitt Tafel 14, Abb. 71).

## Stuhlkonstruktionen

### Rohr, Michaelskirche 1429/30 (d), 1439/40 (d), 1584/85 (d)

Die Michaelskirche liegt leicht erhöht am nördlichen Rand des Dorfes Rohr (Abb. 73). Hier führte im Früh- und Hochmittelalter eine wichtige Fernstraße vorbei, welche den fränkischen Raum mit dem Thüringischen Becken verband.[62] An den rechteckigen Kirchensaal schließt im Osten ein eingezogener Chorturm an, der das Kleinod der ansonsten eher unscheinbar wirkenden Kirche birgt, eine Krypta, die in das 9. Jahrhundert datiert wird.[63] Ursprünglich war dem Langhaus ein Querhaus mit annähernd gleichen Abmessungen und einer Apsis vorgelagert. Diese Apsis wurde bei dem Einbau der Krypta abgerissen. Die Grundmauern des Querhauses sind in den dreißiger Jahren von Koch ergraben worden.[64] Die Querhäuser wurden im 16. Jahrhundert abgerissen und zugleich der Turmaufsatz mit dem charakteristischen Bogendach erneuert.

Bei der wechselvollen Geschichte der Kirche war zu hoffen, daß im Dachbereich noch einige Hölzer und Teile älterer Holzkonstruktionen – wenn auch nur in Zweitverwendung – aus früheren Bauphasen erhalten wären, mit deren Hilfe eine Präzisierung der Baugeschichte möglich werden könnte. Die Hoffnung, noch einen Baubestand des Hochmittelalters vorzufinden, bewahrheitete sich allerdings nicht. Die ältesten im Dachbereich datierten Bauteile stammen erst aus dem 15. Jahrhundert. Dennoch ist die Dachkonstruktion der Michaelskirche ein schönes Beispiel dafür, wie Veränderungen und Eingriffe im Dach die Baugeschichte jedenfalls in Teilen abbilden.

Anhand der Abbundzeichen und der gefügekundlichen Merkmale können drei Bauphasen unterschieden werden (Tafel 15, Abb. 74/75). Der westliche Abschnitt umfaßt die Gespärre 1 - 9 und ist als einfaches Kehlbalkendach abgezimmert worden. Dieser Dachabschnitt ist durch die sehr schwach dimensionierten und stark verwachsenen Eichenhölzer von den übrigen Abschnitten gut zu unterscheiden. Die Kehlbalken werden in allen Dachabschnitten von doppelt stehenden Stuhlkonstruktionen unterstützt (Tafel 15, Abb. 75). Die Stuhlsäulen sind in die Deckenbalken gezapft und tragen ein Rähmholz. Verblattete Kopf- und Fußbänder verstreben die Stuhlkonstruktion. Das Abbundsystem zählt die Gespärre vom Westgiebel nach Osten auf, die Abbundseite ist einheitlich nach Osten orientiert. Auf der Nordseite sind die Abbundzeichen in Form von Kästchen, an der Südseite durch Kerben eingeschlagen. Das Abbundzeichensystem der Stuhlsäulen ist zweigeteilt. Auf den zur Abbundseite orientierten Flächen sind in Strichaddition Kerben eingeschlagen, die der Zählrichtung und der Anzahl des jeweiligen Gespärres entsprechen. Darüber hinaus sind auf den zur Traufseite orientierten Flächen Abbundzeichen angebracht, die nur die Reihenfolge und die Anzahl der Stuhlsäulen festlegen. Hier sind die nördlichen und südlichen Stuhlsäulen mit einer Strichmarkierung auf gemeinsamer

*Tafel 14 Bad Langensalza, Bonifatiuskirche*
*71 Längsschnitt, Schnitt B-B*
*72 Zweitverwendete Stuhlsäulen*

*Tafel 15 Michaelskirche Rohr*
*74 Grundriß*
*75 Längsschnitt, Schnitt D-D*

73 Michaelskirche Rohr
Südansicht

Grundlinie von Westen nach Osten, also dem ursprünglichen System entgegengesetzt, markiert. Zudem sind an den Rähmhölzern, wie auch bei der Stuhlkonstruktion des mittleren Dachabschnittes, Rötelrisse erkennbar. Rötelmarkierungen sind aber erst ab der 2. Hälfte des 16. und vor allem im 17. Jahrhundert in Thüringen gebräuchlich. Sie werden wohl erst während der Umbauphase, auf die noch einzugehen ist, angebracht worden sein. Die Eichenhölzer wurden im Sommer 1467 eingeschlagen[65]. Die Datierung wurde übereinstimmend an Proben von Deckenbalken, Sparren und Stuhlsäulen gewonnen, so daß damit zweifelsfrei der doppelt stehende Stuhl datiert wird.

Der mittlere Abschnitt schließt unmittelbar an den westlichen an. Er endet mit dem 22. Gespärre an der Stelle, an der einstmals das Langhaus auf das jetzt abgebrochene Querhaus stieß. Hier sind ausschließlich Nadelhölzer verwendet worden. Auch konstruktiv können die Gespärre von dem westlichen Abschnitt unterschieden werden. Sie wurden als zweifaches Kehlbalkendach abgebunden (Tafel 16, Abb. 76). Allerdings sind die obersten Kehlbalken oder Hahnenbalken im 20. Jahrhundert zum größten Teil entfernt und durch schwach dimensionierte Hölzer ersetzt worden, die nun auch im westlichen Dachabschnitt angebracht wurden. Dem ersten Anschein nach ist auch hier ein doppelt stehender Stuhl abgebunden worden. Das Rähmholz wird von vier Stuhlsäulen getragen und ist mit diesen durch verblattete Kopfbänder verbunden. Die Zapfen der Stuhlsäulen sind durch das Rähmholz gesteckt und greifen in ein 3-5 cm tiefes Zapfenloch in den Kehlbalken ein. Diese ungewöhnliche Verbindung von Rähmholz, Stuhlsäule und Kehlbalken ist bisher außer in Rohr nur noch an dem Dachstuhl über dem ehemaligen Zisterzienserkloster Schulpforte beobachtet worden. An allen Stuhlsäulen und an den Deckenbalken der Binderebenen konnten Sassen nachgewiesen werden, die miteinander korrespondieren und den Verlauf der ehemaligen Fußbänder anzeigen (Tafel 16, Abb. 77). Ähnliche Sassen zusammen mit Zapfenlöchern sind auch in der Balkenmitte vorhanden. Aus diesem Befund ist unschwer abzuleiten, daß hier ein mittlerer stehender Stuhl in Firstrichtung gestanden hat. Er wird ein Rähmholz getragen haben und mit derselben Zapfenverbindung wie die seitlichen Stühle abgebunden worden sein. Die entsprechenden Zapfenlöcher sind an den Kehlbalken der Binderebenen vorhanden (Tafel 16, Abb. 79). Die Abzimmerung eines dreifach stehenden Stuhles ist bei einer lichten Dachbreite von 10 m nicht nur ungewöhnlich, sondern auch aus statischen Gründen wenig sinnvoll, weil die Deckenbalken durch das zusätzliche Gewicht der mittleren Stuhlsäulen an der schwächsten Stelle, nämlich in der Mitte des Balkenfeldes, belastet werden. Vermutlich aus diesem Grund wurde der mittlere stehende Stuhl in einer späteren Umbaumaßnahme wieder entfernt.

Sowohl die zur südlichen Traufseite orientierten Sparren und Stuhlsäulen als auch die Kehlbalken sind mit Ausstichen auf gemeinsamer Grundlinie, die zur nördlichen Traufseite orientierten Bauteile sind mit Kerbmarkierungen im römischen System versehen. Wie auch im westlichen Abschnitt ist die Zählrichtung von West nach Osten orientiert, aber hier zeigt die Abbundseite nach Westen. Die Stuhlsäulen sind wiederum mit einem zusätzlichen Zählsystem markiert, das aber dieselbe Zählrichtung wie die Gespärre aufweist.

Die Hölzer des mittleren Abschnittes sind übereinstimmend im Winter 1439/40 eingeschlagen worden. Es wurden Fichten und Tannenhölzer verwendet, die zum Teil einen sehr inhomogenen Jahrringverlauf aufweisen. Aus diesem Grund mußte die Probenentnahme mit zwölf Proben ungewöhnlich umfangreich angesetzt werden. Befremdlich ist zunächst die Datierung der Hölzer in das 15. Jahrhundert und die Verwendung einer Markierungstechnik mit Ausstichen, die, wie auch die in diesem Abschnitt nachweisbaren Rötelmarkierungen an den Stuhlsäulen, erst im 16. und 17. Jahrhundert gebräuchlich

*Tafel 16 Michaelskirche Rohr*
*76 Querschnitt, Schnitt C-C, Gespärre 1*

*Tafel 16 Michaelskirche Rohr*
*77 Querschnitt, Schnitt A-A, Gespärre 14*
*79 Isometrie des mittleren Dachabschnittes*

81 Rohr, Michaelskirche.
Zweitverwendeter Sparren mit älterer Abbundzeichenzählung 25

wird. Auch hier wird durch die Dendrochronologie zunächst die Stuhlkonstruktion datiert. Eine Erklärung für die heterogene Befundlage kann erst durch die Veränderungen bei den späteren Umbaumaßnahmen gewonnen werden.

Der letzte Bauabschnitt über dem Langhaus schließt die Lücke, welche durch den Abriß der Querhäuser entstanden ist. Auch hier wurde ein doppelt stehender Stuhl mit Fußbändern in das zweifache Kehlbalkendachwerk eingestellt. Fast alle Hölzer dieses Abschnittes sind wiederverwendet. An den Sparren können nicht nur zwei Abbundsysteme nachgewiesen werden, sondern auch zwei Kehlbalkensassen in einem Abstand von etwa 2,50 m. Die Abbundzeichen des älteren Systems sind als Kästchen bzw. Kerben in additiver und gruppierender Anordnung in die Balken eingeschlagen, die bis zu fünfundzwanzig Zähleinheiten umfassen (Abb. 81). Auch das nördliche Rähmholz und ein Großteil der Kehlbalken weisen charakteristische Sassen und Abbundzeichen auf, die sie als zweitverwendete Bauteile ausweisen.

Auch im Turmgeschoß wurden zweitverwendete Hölzer verbaut. Der zweigeschossige Turm mit Bogendach ist zweischalig aufgebaut. Der inneren Fachwerkwand wurde außen eine Bruchsteinschale vorgeblendet. Die Fachwerkkonstruktion steht auf einem Rostsystem auf den stark zurückspringenden Mauern des Turmuntergeschosses auf. Im 2. Fachwerkgeschoß ist der Glockenstuhl eingestellt, der einen Teil der Last an den darunter stehenden Stuhl weitergibt. Das Bogendach wurde als eine Mischkonstruktion aus Pfetten- und Kehlbalkendach abgebunden. Im ersten Dachgeschoß wurde ein dreifach stehender Stuhl errichtet. Darüber befindet sich ein einfach stehender Stuhl, der die Firstpfette trägt. Die Sparren sind aus Eichenhölzern geschnitten und in der Höhe der Kehlbalken gestoßen. Die Zapfenenden der oberen und unteren Sparren stoßen stumpf aneinander und werden über das Blatt des Kehlbalkens und zwei Holznägel gehalten (Abb.

82 Rohr, Michaelskirche. Turmdachwerk. Sparrenstoß durch Zapfen und zwei Holznägel am Kehlbalken gesichert. Die Kammsasse an dem Kehlbalken weist auf die ursprüngliche Verwendung als Rähmholz hin. Im Hintergrund sind weitere Kehlbalken zu erkennen, die zweitverwendet wurden. Auch sie stammen aus dem Dachstuhl über dem ehemaligen Querhaus.

82). Hier sind vor allem die Kehlbalken und Ständer in Zweitverwendung verbaut, die zum Teil mit denselben Abbundzeichen wie die Sparren des östlichen Langhausabschnittes versehen sind. Die dendrochronologische Datierung von fünf zweitverwendeten Bauteilen aus dem Turm und dem östlichen Langhausabschnitt ergab ein übereinstimmendes Fälljahr im Winter 1429/30 bzw. im Sommer 1430.

Das genaue Aufmaß der zweitverwendeten Bauteile ermöglicht die zeichnerische Rekonstruktion des Vorgängerdachwerks. Das Ergebnis ist auf Tafel 16, Abb. 80 dargestellt. Das zweifache Kehlbalkendach wurde durch einen dreifach stehenden Stuhl im ersten und einen einfach stehenden Stuhl im zweiten Dachgeschoß unterstützt. Der Sparrenabstand von ca. 64 cm kann an den Verkämmungen des ehemaligen Rähmholzes abgelesen werden. Zu diesem Dachwerk zählten mindestens fünfundzwanzig Sparrenpaare. Bei einer durchschnittlichen Breite der zweitverwendeten Sparren von 16 bis 18 cm kann die Gesamtlänge des Vorgängerdachwerkes mit zwanzig bis einundzwanzig Metern angenommen werden. Das zeichnerisch rekonstruierte Dachwerk stand ursprünglich ganz offensichtlich über dem abgebrochenen Querhaus. Dessen Gesamtlänge betrug nach den Grabungsergebnissen von Koch 20,6 m.[66] Mit der Datierung des Turmfachwerkes kann somit der Abriß des Querhauses mit hoher Wahrscheinlichkeit bestimmt werden. Sowohl die Eichensparren als auch Nadelholzbauteile aus dem Fachwerkgerüst wurden übereinstimmend im Winter 1584/85 eingeschlagen. Eine erst vor kurzem auf dem Dachboden des Rathauses von Rohr entdeckte Baurechnung aus dem Jahr 1585 bestätigt diese bauarchäologische und dendrochronologische Datierung jahrgenau[67]. Darüber hinaus sind in der genannten Rechnung auch Informationen zur Herkunft des Bauholzes enthalten. Die Bäume wurden danach in den nahegelegenen Waldungen bei Wichtshausen und Dietzhausen gefällt.

83 Rohr, Michaelskirche.
Verlängerter Zapfen, Gespärre 1 Westabschnitt

84 Rohr, Michaelskirche.
Nach der Kürzung der Stuhlsäulen wurden die Fußbänder nicht mehr eingesetzt.

*Tafel 16 Michaelskirche Rohr*
*80 Rekonstruktion der Stuhlkonstruktion über dem Querhaus*

Mit dem Abbruch der Querhäuser sind die Veränderungen am Dachstuhl der Michaeliskirche aber noch nicht abgeschlossen. In das Langhausdachwerk wurden nachträglich fünf Hängewerke eingestellt (Tafel 16, Abb. 78). Diese Hängewerke sind zum Teil zwischen die vorhandenen Deckenbalken gelegt. Einige Balken mußten aber auch entfernt werden. Die Hängesäulen sind mit zwei Streben verbunden und an den unteren Enden mit einer etwa 1,20 m langen Nut versehen. Durch diese Nut ist ein eisernes Zugband geführt, welches mit dem Längsunterzug der Kassettendecke verbunden ist. Die verbreiterten Köpfe der Zugbänder sind als »Lutherrosen« gestaltet und vom Kirchenraum aus sichtbar. Die Lasten der Decken werden also über das Zugband und die eisernen Keilverschlüsse in die Hängesäule übertragen und von dort über die Streben in die Außenwände eingeleitet. Das Holz für diese Hängewerke wurde im Winter 1617/18 eingeschlagen. Die Neugestaltung der Kassettendecke erfolgte zum gleichen Zeitpunkt zusammen mit dem Einbau der zweigeschossigen Emporen und dokumentiert die nachreformatorische Umgestaltung zum protestantischen Predigtraum.

In diesem Zusammenhang ist noch auf ein unscheinbares Detail hinzuweisen, das anscheinend durch keinen konstruktiven Zwang oder technische Ursache bedingt, die Absicht dokumentiert, der Kirche ein neues Erscheinungsbild zu geben. Die Kubatur der hoch- und spätmittelalterlichen Kirchen und Rathäuser wird nicht zuletzt von der Höhe und Steilheit ihrer Dächer bestimmt. Die mittelalterlichen Dachwerke weisen in der Regel eine Neigung von 60° bis 70° auf. Auch das mittelalterliche Dachwerk der Michaeliskirche war sowohl über den Querhäusern, als auch über dem erhaltenen West- und Mittelabschnitt mit einer Dachneigung von 60° versehen. Erst in Folge der Umbauarbeiten ist diese Neigung auf das heutige Maß von 48° reduziert worden. Um die Reduzierung der Dachneigung zu erreichen, wurden die Stuhlkonstruktionen um etwa vier bis fünf Zentimeter gesenkt. Die Gespärre im westlichen Abschnitt sind dazu zunächst abgebaut worden. Die oberen Zapfen der Stuhlsäulen wurden nachgeschnitten und durch das Rähmholz hindurchgestemmt (Abb. 83). Aus diesem Grund greifen sie heute nicht mehr in das vorgesehene Stemmloch in den Kehlbalken ein. Beim Wiederaufrichten des Stuhles hat man einen der Sparren umgedreht. An diesem Sparren im Gespärre 6 Süd läßt sich an der alten Kehlbalkensasse die ursprüngliche Dachneigung von 60° direkt nachweisen. Bei der Wiederaufrichtung hat man sich allerdings nicht die Mühe gemacht, alle Verbindungen zwischen Kehlbalken und Sparren wiederherzustellen. Zum Teil liegen die Kehlbalken nur auf den Rähmhölzern auf, ohne in die Sassen der Sparren einzugreifen.

Im mittleren Abschnitt des Daches wurde die Stuhlkonstruktion anders abgesenkt. Auch hier wurde das Dach zunächst wie schon vorher beschrieben komplett abgebaut. Die Stuhlsäulen wurden an ihren unteren Enden um wenige Zentimeter gekürzt und wieder aufgestellt. Infolge der Kürzung konnten nun die alten Fußbänder nicht mehr verwendet werden, da sie ja jetzt zu lang waren. Entweder hätte man sie verkürzen müssen oder, wie der heutige Dachraum zeigt, sie wurden überhaupt weggelassen (Abb. 84). In diesem Zusammenhang wird auch wohl die Abbundmarkierung mit Ausstichen angebracht worden sein. Die Rötelmarkierung ist ebenfalls ein weiteres Indiz dafür, daß die Stuhlkonstruktion abgebaut und die Bauteile neu gekennzeichnet wurden.

Zunächst ist man geneigt, den Aufwand, das bestehende Dach abzutragen und die Dachneigung zu verändern, mit einem technischen Problem zu erklären. Vielleicht waren ja die Fußpunkte durch Pilzbefall zerstört und die Sparrenenden wären aus diesem Grund zurückgeschnitten worden. In diesem Fall müßte aber aller Erfahrung nach auch an den Köpfen der Deckenbalken Schäden nachzuweisen sein. Dies ist aber eindeutig nicht der Fall. Zudem wurde früher in aller Regel nur dort repariert, wo der Schaden wirklich auftrat, und nicht systematisch. All dies trifft in Rohr offensichtlich nicht zu. So läßt sich die Reduzierung der Dachneigung wohl plausibel nur durch die Absicht erklären, die auch den Anstoß für die anderen baulichen Veränderungen gab: den Willen, das religiöse Bekenntnis durch die architektonische Veränderung auch im äußeren Erscheinungsbild der Kirche sichtbar werden zu lassen.

## Zusammenfassung

Im Rahmen dieser Publikation wurden bedeutende Dächer in Thüringen vorgestellt. Dabei konnten viele Dachwerke erstmals beschrieben und datiert werden. Für Thüringen sind nicht nur die auch für andere Gegenden Deutschlands typischen Konstruktionsformen nachgewiesen, sondern mit den Tonnendachwerken auch ein bisher wenig beachteter Dachwerktypus eingehender untersucht worden. Für einige bedeutende Bauwerke konnten Datierungen erarbeitet werden, welche kunsthistorisch begründete Auffassungen entweder präzisieren oder auch neue Grundlagen schaffen.

Der Holztransport und die damit zusammenhängenden zeitlichen Verzögerungen zwischen Holzeinschlag und Abbund sind bei der Interpretation von dendrochronologischen Datierungen zu beachten. Die Gleichsetzung von Fälljahr und Abbundjahr kann jedenfalls bei der Verwendung von schwimmfähigem Nadelholz nur vor dem historischen Hintergrund des Holztransportes und regional differenziert beantwortet werden. Ausschlaggebend für diese Antwort ist die Verfügbarkeit der Ressource Wald und die Anbindung der städtischen Verbraucher an die Flüsse. Das System von Wasser, Wald und Stadt hat zu ausgeprägten vorindustriellen Transportleistungen geführt, die erst von der Eisenbahn und später durch den Kraftverkehr abgelöst wurden. In diesem Zusammenhang sind historische Dachwerke mehr als der schützende Abschluß eines Gebäudes. Sie dokumentieren mit den Floßkeilen und Sonderzeichen den Holztransport und den Holzhandel und geben mit den Abbundzeichen und Bearbeitungsspuren einen Einblick in die Organisation während des Abbundvorganges.

*Tafel 16 Michaelskirche Rohr*
*78 Querschnitt, Schnitt B-B, Gespärre 22*

Die Holzartenzusammensetzung und die Jahrringkurven erlauben darüber hinaus Aussagen zur Bewirtschaftungsform der Wälder. Nicht zuletzt ist die Wiederverwendung von Bauteilen nicht nur ein Zeugnis für den sorgsamen Umgang mit dem Rohstoff Holz, sondern gibt in vielen Fällen auch Auskünfte über die Vorgängerbauten. Wenn der Mangel ein guter Anwalt der Denkmalpflege ist, so muß der Veränderungsdruck bedenklich stimmen, der seit der politischen Wende nach 1989 durch die staatlich geförderten Dachausbauten und -umbauten auf den Denkmalen liegt. Um so unmißverständlicher und deutlicher muß daher der Quellencharakter der historischen Holzkonstruktionen herausgestellt und die Bedeutung der Dachkonstruktionen für eine Kulturlandschaft betont werden.

### Anmerkungen

1 Erhalten sind die Holztonnen über dem Klausurtrakt der Dominikanerkirche, Allerheiligenkirche, Lorenzkirche, Michaeliskirche und Kaufmannskirche. Die Tonnenkonstruktion der Martinikirche im Brühl stammt aus dem 18. Jahrhundert, wahrscheinlich mit wiederverwendeten Bauteilen des Vorgängerdachstuhles. Aufgrund von architektonischen Merkmalen und Befunden sowie archivalischen Überlieferungen sind weitere ehemalige mittelalterliche Tonnendachwerke über der Augustinerkirche, dem Ursulinenkloster, der Ägidienkirche, der Reglerkiche, dem alten Rathaus und der alten Synagoge am Fischmarkt nachzuweisen. Die Tonnenkonstruktion der alten Synagoge wurde von E. Altwasser rekonstruiert. Altwasser, E.: Die alte Synagoge in Erfurt. In: Synagogen im alten Erfurt. Kleine Schriften d. Vereins f. d. Geschichte und Altertumskunde von Erfurt e.V., Bd. 1. Erfurt 1995, S. 19-58.
2 Vgl. dazu Binding, G.: Das Dachwerk 1992, S. 63.
3 Weitere Gebäude, die dieser Entwicklungsstufe entsprechen: Haus zum Krönbacken, Erfurt. Das Gebäude wird zur Zeit vom IBD Marburg untersucht.
4 Ebrecht, B., Kühlborn, E.: Das Dachwerk der Runneburg in Weißensee/Thüringen. Abschlußarbeit für das Aufbaustudium Denkmalpflege der Otto-Friederich-Universität. Bamberg 1992. Weitere Literatur: Altwasser, E., Kühlborn, E.-M.: Die Dachwerke auf dem Palas der Runneburg. In: castrum wiszense (=Schriftenreihe d. Vereins z. Rettung d. Runneburg i. Weißensee/Thr. e.V Nr. 2). Weißensee 1993, S. 65-99.
5 Die Angabe über die Einwohnerzahl gibt den Stand um 1569 wieder. Loffing, A.: Die soziale u. wirtschaftliche Gliederung der Bevölkerung Erfurts in der 2. Hälfte des 16. Jahrhunderts. Mitt. d. Vereins f. d. Geschichte und Altertumskunde v. Erfurt. 32 (1911) S. 149
6 Scheerer, F.: Kirchen und Klöster der Franziskaner und Dominikaner in Thüringen. Jena 1910, S. 62.
7 Scheerer, F., a.a.O., S. 63.
8 Scheerer, F., a.a.O., S. 65. Die Bauabschnitte werden von Haetge, E.: Die Predigerkirche, Maschinenskript 1927, unveröff., Landesamt für Denkmalpflege, S. 59f. und Kaiser, G.: Die Predigerkirche. Kunstführer Nr. 1855, Schnell und Steiner 2. erw. Aufl. 1996, S. 10 f. ebenso angenommen, wenn auch in der Datierung unterschiedlich gewichtet. So datiert Haetge den westlichen Bauabschluß um 1370/80. Haetge, E., a.a.O., S. 59.
9 Haetge, E., a.a.O., S. 57.
10 Die Gespärre sind unabhängig von dem originalen Abbundsystem von Osten nach Westen durchnumeriert worden. Diese Vorgehensweise ist nötig, weil die originalen Abbundsysteme lediglich kleinere Einheiten umfassen und mit dem Wechsel der Abbundseite auch die Zählrichtung wechselt.
11 Der Dachstuhl wurde 1882 instandgesetzt. Akten des Predigerarchivs. Vol. I 18335. Zitiert nach Haetge, E., a.a.O. S. 37.
12 Hier wird unterstellt, daß die Gespärre in der Reihenfolge der Markierung aufgerichtet werden.
13 An allen Bauteilen ist die Waldkante erhalten. Aufgrund des Schädlingsbefalls sind die äußeren Jahrringe abgeschert. Die fehlenden Jahrringe wurden an der Innenwandung der Bohrung vor dem Entfernen der Bohrkerne abgezählt. Nach Addition von max. 2 – 5 Jahrringen ergibt sich ein übereinstimmendes Fälljahr von 1360.
14 Scheerer, F., a.a.O., S.61. Kaiser bezieht eine für 1238 überlieferte Weihe auf den Vorgängerbau. Auf diesen Vorgängerbau weisen darüber hinaus rechteckige Pfeilerbasen hin, die bei der 1960 erfolgten Kirchenrestaurierung gefunden wurden. Kaiser, G., a.a.O., S. 4.
15 Vgl. dazu die Holztonnenkonstruktionen über dem Klausurflügel der Dominikanerkirche in Erfurt oder über der Franziskanerkirche in Saalfeld.
16 Der Grund für den hohen Anteil undatierter Hölzer ist vor allem in der geringen Jahrringanzahl zu sehen, die bei über der Hälfte der Proben weniger als 35 Jahrringe beträgt.
17 vgl. Dazu den Disput zwischen Kießkalt und Mäkelt. In: Kießkalt: Der frühgotische Dachstuhl in Saalfeld a. d. Saale. In: Denkmalpflege und Heimatschutz. Hrsg. Preussisches Finanzministerium, 30 (1928), S. 98–99. Eine korrekte und typologisch richtige Einschätzung bringen schon Scheerer,F., a.a.O., S. 104 und Kersten, C.: Ein Kirchendachstuhl aus dem 13. Jahrhundert. In: Zentralblatt d. Bauverwaltung, 62 (1942), S. 347 f. Im Gegensatz dazu wird das mit einer Abbildung vorgestellte Dachwerk im Reallexikon zur Kunstgeschichte unzutreffend als stehender Stuhl aus dem 13. Jahrhundert beschrieben. Reallexikon zur deutschen Kunstgeschichte Bd. 3, 1954, Sp. 941–942, Abb. 3. Binding gibt der Auseinandersetzung eine bemerkenswerte Wendung. Weil ein stehender Stuhl aus typologischer Sicht für das 13. Jahrhundert nicht wahrscheinlich ist, wird das Dachwerk auf der Grundlage der Beschreibung im Reallexikon in das ausgehende Mittelalter datiert. Binding, G.: Das Dachwerk. München 1991, S. 162. Den Hinweis verdanke ich Frau Dr. Fischer-Kohnert, die mir mit ihrer Arbeit über Regensburger Dachwerke wichtige Anregungen geben konnte. Publikation in Vorbereitung.
18 Die Bauphase ist mit 14 Proben belegt, wovon 6 Proben mit Waldkante erhalten sind.
19 Auch im überregionalen Kontext scheint sich diese Beobachtung zu bestätigen. Symbolzeichen sind im Dachstuhl der Klosterkirche St. Maria in Reichenau-Mittelzell, 1235+/- 3, dem Dachstuhl des Freiburger Münsters aus dem zweiten Drittel des 13. Jahrhunderts und des Dachstuhls von St. Benedikt in Freising um 1340/50 erhalten. Alle Datierungen entnommen aus Binding, G., a.a.O. S. 42, 63 und 81.
20 Ostendorf nennt als Vergleichsbeispiele die zweischiffigen mit Holztonnen übewölbten Hallen des Königsschlosses in Paris, des Schlosses in Blois und den Hospitalbau in Angers. Ostendorf, Geschichte des Dachwerkes, 1908, Reprint 2. Aufl. 1982, S. 155.
21 Die Hölzer des Dachstuhles wurden im Winter 1591/92 gefällt, also 3–4 Jahre vor dem in der Literatur angegebenen Éinsturzjahr. Man mag diese zeitliche Differenz auf Gründe zurückführen, die mit dem Holztransport oder dem Holzhandel zusammenhängen, aber die Interpretation der Archivalien scheint nicht eindeutig zu sein. Haetge übernimmt die Datierung von Friese, daß der Dachstuhl am 30. Dezember 1594 eingestürzt ist, zitiert aber auch aus der Hauschronik von Hartung, der den Choreinsturz für das Jahr 1591 angibt. In der Literatur wird aber nur die spätere Datierung übernommen. Haetge, E., Die Stadt Erfurt, 1932, S. 350.
22 Eine ähnliche Kennzeichnung des Giebelgespärres konnte auch am Dachstuhl der Allerheiligenkirche und der Michaeliskirche festgestellt werden.
23 Über die Holzherkunft ist damit aber noch nichts gesagt. Ob das Holz die Gera oder die Apfelstätt heruntergeflößt wurde, kann zu dem jetzigen Zeitpunkt nicht bestimmt werden.
24 Haetge, E., a.a.O., S. 325.

25 Die Annahme Haetges, daß das Mittelschiff ursprünglich gewölbt gewesen ist, kann anhand von Befunden nicht bestätigt werden. Haetge, E., a.a.O., S. 358.
26 Eine genauere Klärung der Zerrbalkenlagen ist nur durch die bauhistorische Analyse der Flachdecke zu erhalten. Dazu hätten aber die Bodenbretter aufgenommen werden müssen, worauf aber verzichtet worden ist.
27 Eine dendrochronologische Datierung dieser Maßnahme erschien nicht notwendig. Sowohl die Bearbeitungsspuren als auch die Verklammerungstechnik weisen in diese Zeit. Daher wird hier die von Haetge vorgeschlagene Datierung übernommen. Haetge, E., a.a.O., S. 363.
28 Die Hölzer der Mittelschiffstonne wurden im Winter 1414 gefällt. Dieses Fälldatum ist durch 8 Proben mit Waldkanten belegt.
29 Lage und Anzahl der Zerrbalken kann heute nicht mehr festgestellt werden, weil während der Reparaturmaßnahmen des 19. Jahrhunderts diese wahrscheinlich abgetrennt und durch stählerne Zugstangen ersetzt wurden.
30 Auch hier wurden Flößkeile und Sonderzeichen gefunden, vgl. Abb. Nr. 22 und 24.
31 Binding, G., a.a.O., S., 47.
32 Kaiserstielkonstruktionen bei polygonalen Chorabschlüssen sind bei der Marien- und Petrikirche in Mühlhausen und in Kombination mit einem Kreuzstrebengespärre über dem Chor von St. Marien in Freyburg abgebunden worden. Der Polygonalbinder des Mariendoms in Erfurt ist eine spätere Reparaturmaßnahme.
33 Dieselbe Zählweise wurde auch bis zum 7. Gespärre der Lorenzkirche festgestellt. Die Gepärre sind mit Kästchen und Kerben in additiver Reihung versehen.
34 Dies kann lediglich als Vorschlag für die Interpretation des Befundes herangezogen werden. Denkbar sind durchaus andere Gründe für die Verschiedenartigkeit des Abbundsystems.
35 Es konnte lediglich ein Balken, allerdings ohne Waldkante datiert werden. Der letzte ausgemessene Jahrring wurde in das Jahr 1560 datiert.
36 Die genaue Datierung dieser Maßnahmen ist nicht möglich. Zum einen sind die Balken wiederverwendet worden und die neu eingezogenen Bauteile konnten dendrochronologisch nicht datiert werden.
37 Vgl. Badstübner, E.: Das alte Mühlhausen. Leipzig 1989, S. 97. Eine ausführliche Darstellung des bisherigen Wissensstandes zur Baugeschichte der Nikolaikirche gibt Aulepp. Maschinenskript Stadtarchiv Mühlhausen. Registratur 11/636/27, Bd. 2.
38 Vgl. Aulepp, R.: St. Jakobi und St. Nikolai- ein mittelalterlicher Stadtkern von Mühlhausen. In: Mühlhäuser Beiträge zur Geschichte und Kulturgeschichte 4, Mühlhausen 1981. S.43ff.
39 Aufländer sind angeschiftete Sparren über Seitenschiffen.
40 Apsis und Sakristei wurden erst während der Renovierungsarbeiten 1896-98 angebaut. Haetge, E., a.a.O., Bd. 2, S.4.
41 Haetge, E., a.a.O., Bd. 2, Teil 1, S. 1.
42 Obwohl nur eine Pobe mit 49 Jahrringen datiert werden konnte, ist aufgrund der außerordentlich hohen Ähnlichkeit zu den Objektkurven der Severi- und Lorenzkirche eine eindeutige Bestimmung des Fälljahres im Winter 1425/26 möglich (MK Severi: GL = 88,3%, T = 7,7, 49 Jahrringe Überlappung, Mk Lorenz: GL = 90,3%, T = 6,4, 49 Jahrringe Überlappung)
43 Zudem ist das erste Reparaturgespärre in etwa über dem Scheitel des östlichen Maßwerkfensters angeordnet.
44 Vgl. dazu Haetge, E., a.a.O., Bd. 2, Teil 2, S.493.
45 Eine Auflistung der Kirchen bringt schon Phleps. Phleps: Die norwegischen Stabkirchen. Karlsruhe 1958, S. 68.
46 Binding, G., a.a.O., S., 63.
47 Lohrum , B., a.a.O., S. 132.
48 Binding, G., a.a.O., S. 63.
49 So stammen die Hölzer für den Dachstuhl der Dominikanerkirche aus vier aufeinanderfolgenden Fällkampagnen. Eckstein, D., Eißing, Th., Klein, P.: Dendrochronologische Datierung der Wartburg (= 46. Veröffentlichung der Abteilung Architekturgeschichte des Kunsthistorischen Instituts der Universität zu Köln). Köln 1992, S. 30.
50 Haetge, E., a.a.O., Stadt Erfurt, S. 12.
51 Haetge, E., a.a.O., Stadt Erfurt, S. 12.
52 Haetge, E., a.a.O., S. 41.
53 Vgl. dazu Abbildung 140. Binding, G., a.a.O., S. 118.
54 Aus dem Befund, daß ein Bohrloch durch das Blatt und die Sasse von zwei Bauteilen gebohrt wurde, kann nur dann auf die Sicherung mit einem Holznagel geschlossen werden, wenn die Spuren des viereckig gearbeiteten Holznagels in der Bohrwandung nachgewiesen werden können.
55 Beyer, G.: Geschichte der Stadt Erfurt, Erfurt 1900, S. 203. Auch Ostendorf datiert das Dachwerk der Severikirche nach dem Brand von 1472. Ostendorf, F.: Geschichte d. Dachwerks, Reprint 1982, S.180 und Haetge, E.: Die Stadt Erfurt, S. 407.
56 Tettau, W., J. A. v.: Geschichtliche Darstellung des Gebietes der Stadt Erfurt, Mitteilungen 13. Heft 1887, S.15.
57 Tettau, W., J. A. v., a.a.O., S. 94.
58 Riese, A.: Untersuchung zur Erfassung von Zusammenhängen zwischen Stadt und Naturwald im Bereich der Bezirksstadt Erfurt. Diss. Halle, 1984, S. 18f.
59 In der Regel kann nur das Kambiumalter durch die Jahrringanzahl ermittelt werden. Die Unterscheidung muß deswegen getroffen werden, weil das Baumalter nur am Stammende korrekt ermittelt werden kann. Weil aber schon bei der Probenentnahme darauf geachtet wird, wie die Bauteile orientiert sind, kann insbesondere bei den Sparren, deren Zopfenden fast ausnahmslos zum First zeigen, die Probenentnahme ungefähr in Brusthöhe erfolgen, die auf den stehenden Baum bezogen ist. Hier dürften maximal 5-10 Jahre bis zum Keimjahr fehlen.
60 Die Fällung ist mit 15 Waldkanten belegt. Lediglich eine Probe, die im Sommer 1513 eingeschlagen wurde, gibt einen Hinweis auf eine weitere Fällkampagne.
61 Das übereinstimmende Fälldatum wurde für 8 Bauteile ermittelt. Alle Bauteile sind aus Tannenhölzern gefertigt.
62 Gockel, M.: Die Deutschen Königspfalzen, Bd. 2, Thüringen. Göttingen 1991, S. 421.
63 An dieser Stelle soll nicht auf die Geschichte und die Datierungsproblematik eingegangen werden. Der aktuelle Wissensstand wird von G. Leopold zusammengefaßt. In: Denkmalkunde und Denkmalpflege. Festschrift für Heinrich Magirius. Dresden 1995, S. 53-62
64 Koch, A.: Die Kirche zu Rohr in Thüringen – ein Karolingerbau. In : Zentralblatt d. Bauverwaltung 62 (1942), S. 342-347.
65 An dem betreffenden Bauteil war die Borke erhalten, so daß die Sommerfällung zweifelsfrei festgestellt werden kann. Es konnten drei Proben mit der Thüringischen Eichenchronologie datiert werden.
66 Vgl. dazu den Grundriß in Koch, A., a.a.O., S. 346.
67 Für die freundliche Überlassung einer Kopie des Dokumentes möchte ich mich ganz herzlich bei Herrn Pfarrer Dr. Heinemann bedanken, dem ich, wie Herrn Leopold, wichtige Anregungen und Hinweise verdanke.

# Bürgerhausdachwerke in Schmalkalden*

*Przemyslaw Zalewski*

Die Altstadt von Schmalkalden ist trotz mancher schmerzlicher Verluste insgesamt gut erhalten. Die Baustruktur mit der Altstadt und ihren schon im späten Mittelalter angelegten Vorstädten gibt eine lebendige Vorstellung der Stadt am Ende des Mittelalters. Über den Bürgerhäusern haben sich zahlreiche historische Dachwerke erhalten. So bietet sich die Möglichkeit, am Beispiel einer Stadt die meist weniger aufwendig abgezimmerten Dachkonstruktionen über den profanen Bauten exemplarisch und im Überblick zu untersuchen. Die in den Jahren 1994 und 1995 durchgeführten Arbeiten konzentrierten sich zunächst auf die Alt- und Neustadt. Selbstverständlich haben sich auch in den Vorstädten trotz einiger schwerer Brandkatastrophen in den letzten Jahrhunderten noch mittelalterliche und frühneuzeitliche Bürgerhäuser erhalten. Aus rein organisatorischen Gründen war es aber zunächst nicht möglich, die Untersuchung auch in diese Bereiche auszudehnen[1].

Im Bereich der Alt- und Neustadt von Schmalkalden mögen heute noch etwa dreihundert Bürgerhäuser aus der Zeit vor 1800 in unterschiedlich gutem Zustand erhalten sein. Die Anzahl der erhaltenen historischen Dachkonstruktionen dürfte nur geringfügig kleiner sein. Im Zuge der seitherigen Arbeiten wurden bisher insgesamt mehr als siebzig historische Dachwerke identifiziert und dreißig von ihnen eingehend dokumentiert und untersucht[2].

Im Folgenden werden einige ausgewählte Beispiele aus diesen Untersuchungsergebnissen im Sinne einer Überblicksbetrachtung dargestellt[3], welche die Grundzüge gefüglicher Entwicklungen in Schmalkalden belegen. Die Darstellung konzentriert sich vor allem auf die Querschnitte der Dachwerke, weil diese die Gefügeentwicklung am besten verdeutlichen. Andere Themenkomplexe, die sich mit den Grundrissen und Längsschnitten, dem Abbund oder mit Reparaturkonstruktionen verbinden, werden an dieser Stelle nicht vertieft.

Das älteste bis jetzt untersuchte und auch das mit weitem Abstand größte profane Dachwerk in Schmalkalden findet sich über dem Haupthaus des Gebäudekomplexes *Weidebrunner Gasse 18-20*, der »Großen Kemenate«. Das viergeschossige Kehlbalkendach hat eine Höhe von 10,94 m, eine Breite von 12,80 m und eine Dachneigung von 60°. Die Kehlbalken sind teilweise mit geraden, teilweise mit schwalbenschwanzförmigen Verblattungen an die Sparren angeschlossen und in allen Geschossen mit je einem langen Holznagel gesichert. Die gesamte Konstruktion ist in das Jahr 1364 (d) datiert.

Im 1. Dachgeschoß ist ebenso wie im 2. Dachgeschoß ein zweifach stehender Stuhl eingebaut. Im 1. Dachgeschoß sind die Stuhlsäulen jeweils in Stuhlschwelle und Stuhlrähm eingezapft. Steigbänder, die vom Dachbalken bis zur Kehlbalkenlage reichen, sind mit den Stuhlsäulen ebenso wie mit den Horizontalhölzern verblattet. Im 2. Dachgeschoß fehlt die Stuhlschwelle. Die Stuhlsäulen stehen hier unmittelbar auf dem Kehlbalken direkt an der Stelle, an der die Steigbänder von unten auftreffen. Die Queraussteifung wird durch angeblattete Kopfbänder sichergestellt. Hier sind auch in Längsrichtung Kopfbänder zu finden. Da die Stuhlrähme im 2. Dachgeschoß von Giebel zu Giebel durchlaufen beziehungsweise auf jeder Seite einmal etwa im Drittelspunkt diagonal versetzt mit schräger Verblattung und kräftigem Holznagel gestoßen sind, kann kein Zweifel bestehen, daß das Dachwerk in seiner Grundkonstruktion einheitlich errichtet wurde. Das mit dem ersten Gespärre auf der Südseite einsetzende System der Abbundzeichen läuft auf den Sparren einheitlich und ohne Unterbrechung bis zum letzten Gespärre auf der Nordseite durch.

Der Dachraum ist durch eine Mittelwand geteilt. Diese ist im 1. Dachgeschoß als Fachwerkwand mit Lehmgefachen errichtet und über der ersten Kehlbalkenlage als Bretterwand weitergeführt. Die Fachwerkwand steht zwischen dem neunten und zehnten Gespärre und war ursprünglich mit dem Dachwerk konstruktiv verbunden. Sie muß somit dem ursprünglichen Baubestand zugerechnet werden.

In beiden Dachhälften sind zusätzlich zu den ursprünglichen Stuhlrähmen unter den Kehlbalken Unterzüge eingezogen. Im südlichen Bereich finden sich zwei solche starke, kurz vor den Steigbandanschlüssen leicht schräg verlaufende Balken. In der nördlichen Dachhälfte ist nur ein Mittelunterzug vorhanden. Die Baubefunde lassen erkennen, daß diese Hölzer später zusätzlich eingefügt worden sein müssen. Sie sind in den Giebelscheiben unsauber eingesetzt und lagern in der alten Mittelwand auf den Riegeln auf. Weil die Unterzüge in der südlichen Dachhälfte jedenfalls teilweise dort verlaufen, wo die Steigbänder an die Kehlbalken anschließen, sind dort mit dem Einbau der Unterzüge einige dieser ursprünglichen Bauteile entfallen.

Dagegen ist die Stuhlkonstruktion im 1. Dachgeschoß wenigstens einmal verändert worden. Mit Ausnahme zweier Stuhlsäulen auf der Straßenseite weisen alle Ständer Spuren von Zweitverwendung auf. Die Verblattungen der Steigbänder fügen sich bisweilen nicht in die vorbereiteten Blattsassen der Kehlbalken. Überdies sind – wieder mit zwei Ausnahmen – sämtliche Stuhlsäulen mit Schleifzapfen auf der Stuhlschwelle aufgebaut. Die Gefache der Mittelwand, durch welche die südlichen Stuhlrähme durchstoßen, wurden nachträglich verändert.

- Mittelalter
- Renaissance
- ▲ Barock

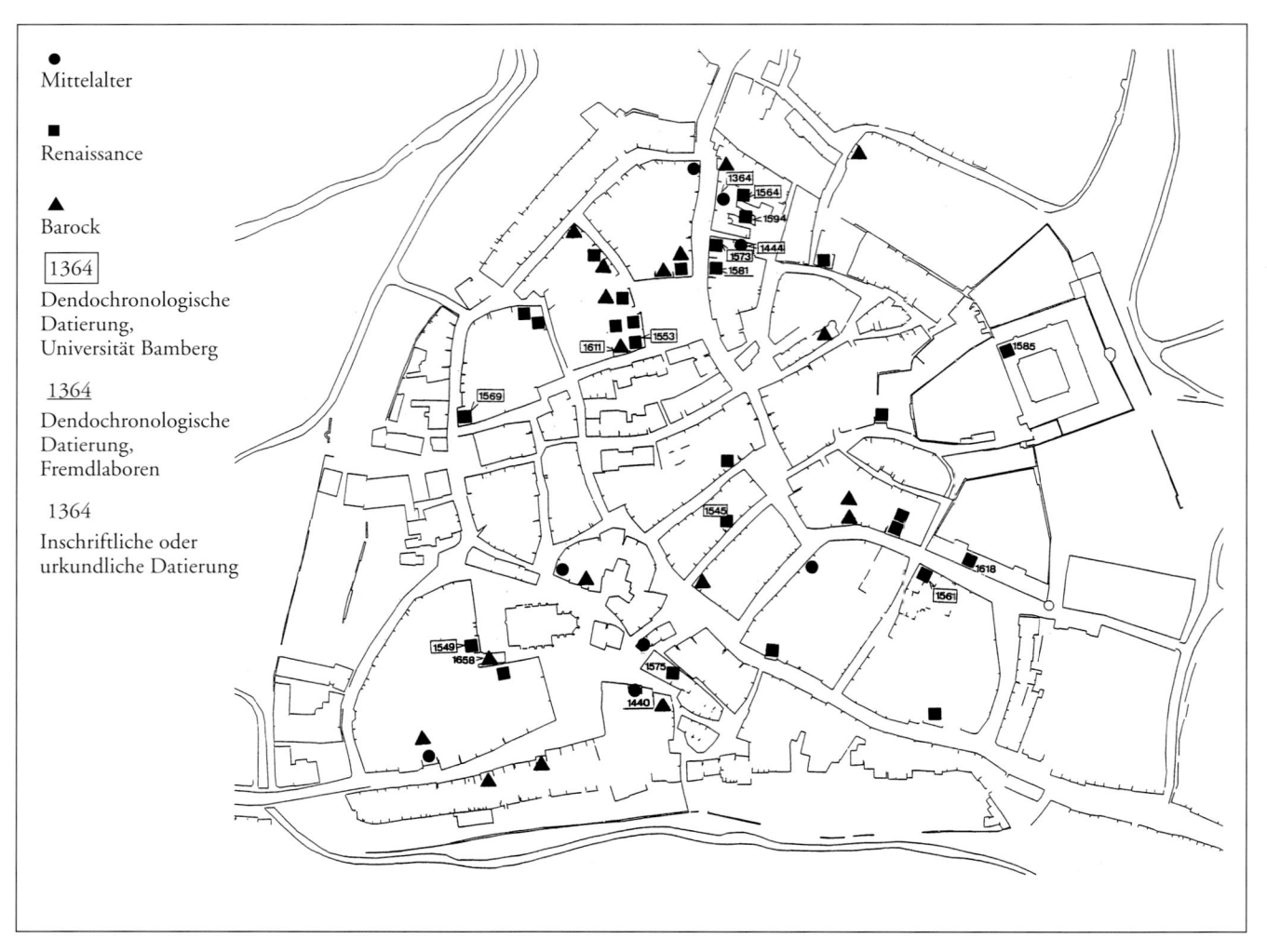

|1364| Dendochronologische Datierung, Universität Bamberg

1364 Dendochronologische Datierung, Fremdlaboren

1364 Inschriftliche oder urkundliche Datierung

1 Lageplan mit Angabe der bisher ermittelten historischen Dachwerke (Stand 6/95)

Aus allen Beobachtungen zusammengenommen folgt, daß die Stuhlkonstruktion so nicht zum ersten Baubestand gehören kann. Da aber die Datierungen der sekundär verbauten Hölzer exakt zu den sicher zur Grundkonstruktion des Dachwerks gehörenden Hölzern passen, muß man wohl davon ausgehen, daß der Stuhl einmal ausgebaut und verändert wieder eingebaut wurde.

Der Anlaß für die an Stahlschwellen erkennbaren Reparaturen steht wohl im Zusammenhang mit der Auswechslung von einigen Zerrbalken. Für den Umbau sind offenbar auch Bauhölzer aus anderem Zusammenhang verwendet worden, da einige Bauteile auch wenige Jahre älter sind als der Gesamtbestand.

Die besondere Bedeutung der Konstruktion liegt in dem frühen, nicht nur für Schmalkalden einmaligen Vorkommen der Steigbänder und der Größe des Daches.

Nicht weniger interessant ist die Hausgruppe *Ziegengasse 2*. Bereits Paul Weber hatte erkannt, daß in der Anlage ein spätgotisches Steinhaus eingebaut ist[4]. Die Baugruppe besteht aus einem Ständerbau an der Straße und einem rückwärtigen Steinkern. Die heute vorgefundene und in das Jahr 1444 (d) datierte Dachkonstruktion greift über beide Häuser hinweg und faßt diese zusammen. Spuren eines älteren Daches, welches nur über dem Steinhaus aufgebaut gewesen wäre, sind nicht nachzuweisen. Damit erhebt sich die Frage, ob beide Hausteile nicht vielleicht gleichzeitig errichtet wurden[5].

Das dreigeschossige Kehlbalkendach ist bei einer Dachneigung von 53° 7,48 m hoch und 10,95 m breit. Die Kehlbalken sind mit den Sparren verblattet. Die Bundzeichen laufen durch; die beiden Traufseiten sind durch Strich- und Klötzchenaddition unterschieden. Im 1. Dachgeschoß ist ein zweifach stehender Stuhl und eine mittlere Hochsäule eingebaut. Die Mittelsäule reicht bis in das 2. Dachgeschoß, wo sie nochmals einen Unterzug trägt. Die Längsunterzüge sind jeweils in diese Säule eingezapft. Die Kehlbalken sind auf der Rückseite mit der Firstsäule überkämmt.

Das Dachwerk wird durch zwei Bindergespärre in drei Bereiche unterteilt. Die Aussteifung erfolgt in Längs- wie Querrichtung durch angeblattete Kopfbänder, die durchgängig mit langen Holznägeln befestigt sind. Die Queraussteifung ist dabei nur in der unteren Dachebene angeordnet, während die Längsaussteifung im 2. Dachgeschoß in Gebäudemitte, im darunterliegenden Bereich dagegen auch an den seitlichen Stühlen zu finden ist.

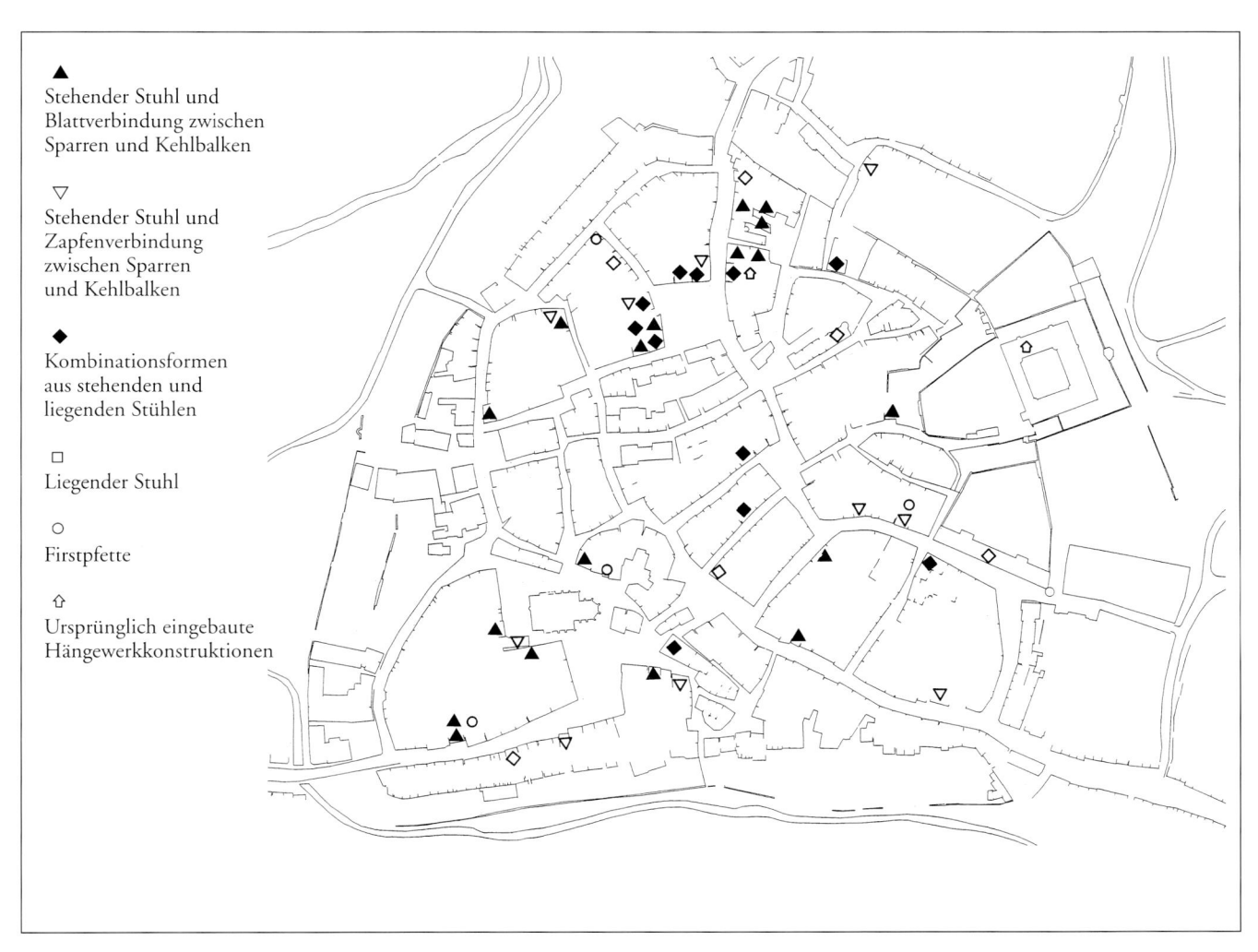

▲ Stehender Stuhl und Blattverbindung zwischen Sparren und Kehlbalken

▽ Stehender Stuhl und Zapfenverbindung zwischen Sparren und Kehlbalken

◆ Kombinationsformen aus stehenden und liegenden Stühlen

□ Liegender Stuhl

○ Firstpfette

⇧ Ursprünglich eingebaute Hängewerkkonstruktionen

2   Lageplan mit Angabe der unterschiedlichen Dachkonstruktionstypen (Umzeichnung nach einer Planvorlage von 1979)

Der Übergang von der mittelalterlichen Bautradition zur neuzeitlichen Konstruktionsweise läßt sich gut am Beispiel des Hauses *Hoffnung 19* darstellen. Die dendrochronologische Untersuchung im Dachwerk bestätigt die inschriftliche Datierung an dem Wappen der Familie Steitz in das Jahr 1563. Das Holz wurde 1560/61 (d) eingeschlagen. Die zweigeschossige, etwa neun Meter breite Dachkonstruktion ist bei einer Dachneigung von 52° ungefähr sechs Meter hoch. Die Kehlbalken sind nicht mehr verblattet, sondern bereits verzapft.

Als Bundzeichen werden römische Zahlen in Kombination mit Fähnchen ohne traufseitige Unterscheidung der Bauteile verwendet. Als auffallendes Merkmal der Stuhlkonstruktion ist hervorzuheben, daß neben Leer- und Bindergespärren auch Zwischengespärre eingebaut sind. Diese Zwischengespärre finden sich auch in anderen Bauten des Untersuchungsgebietes und können als eine Besonderheit des mitteldeutschen Holzbaus seit der zweiten Hälfte des 16. Jahrhunderts bis in das 17. Jahrhundert verstanden werden. Die Bindergespärre sind mit jeweils zwei liegenden und einer mittleren, stehenden Stuhlsäule abgezimmert. Die liegenden Stuhlsäulen sind in den hier bereits fünfeckigen Stuhlrähmen eingezapft. Die üblicherweise erwarteten Kopfbänder sind nicht zu finden.

Kopfbänder sind nur an der mittleren stehenden Stuhlsäule angeordnet. Jeweils zwei Kopfbänder sind durch schwalbenschwanzförmige Verblattung mit der Stuhlsäule verbunden und mit dem Druckriegel überblattet, während sie in den Kehlbalken eingezapft sind. In der Firstrichtung verläuft von den Stuhlsäulen bis zum Mittelrähm je ein Kopfband, das anders als in der Querrichtung am Mittelrähm angeblattet ist. Die Zwischengespärre oder Halbbinder gleichen weitgehend den Leergespärren. Unter dem Sparren ist zusätzlich eine liegende Stuhlsäule angeordnet. Der Druckriegel fehlt. Damit die Stuhlsäule nicht in den Dachraum fällt, wird sie von einer Art Sparrenknecht oder Stuhlstrebe gehalten, die in den Zerrbalken eingezapft ist, steil ansteigt und wenig unter dem Stuhlrähm an der Stuhlsäule angeblattet ist.

Die Windverbände sind als Mittelriegel und lange, zwischen den Stuhlsäulen und Stuhlrähmen verlaufende und sich mit dem Mittelriegel überschneidende (überkämmte), Kopfrispen ausgebildet.

Ähnliche Dachkonstruktionen mit gleichzeitiger Verwendung von Elementen stehender und liegender Stühle im 1. Dachgeschoß und mit doppelt stehendem Stuhl im 2. Dachgeschoß finden sich in den Anwesen »Zum Grünen

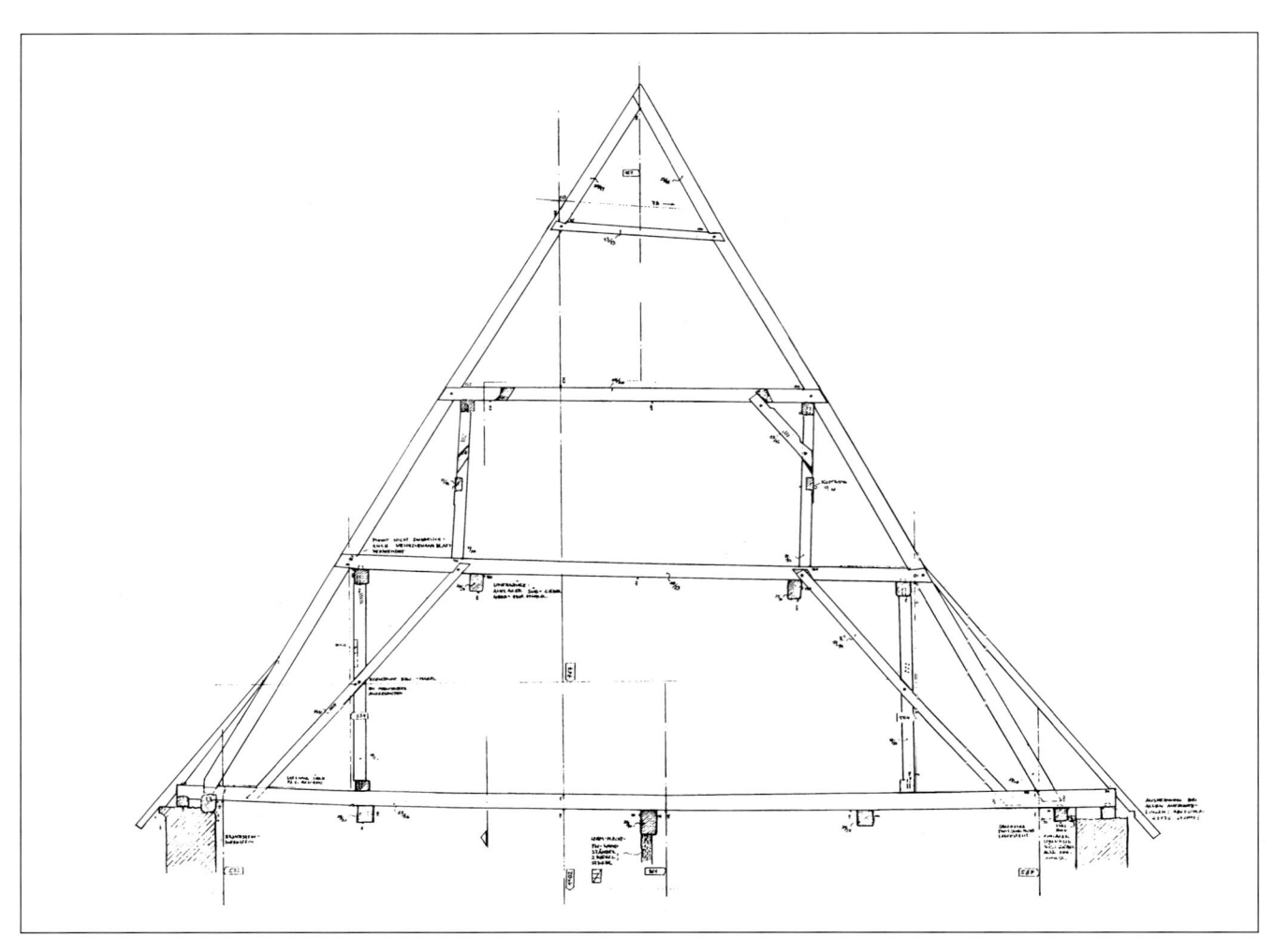

3 »Große Kemenate«, Weidebrunner Gasse 18–20 (1364 d);
Querschnitt durch die Dachkonstruktion, das Bindergespärre

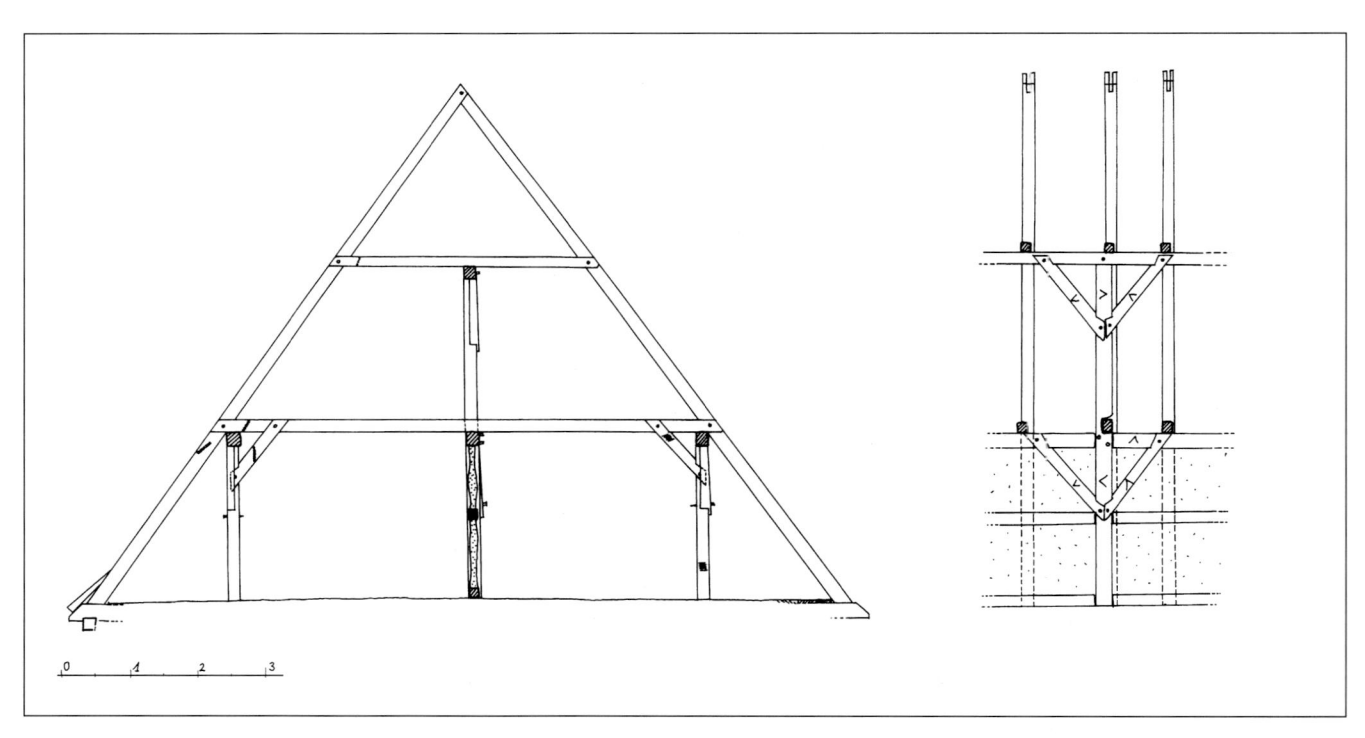

4 Ziegengasse 2 (1444 d);
Querschnitt und Teillängsschnitt durch die Dachkonstruktion, das Bindergespärre

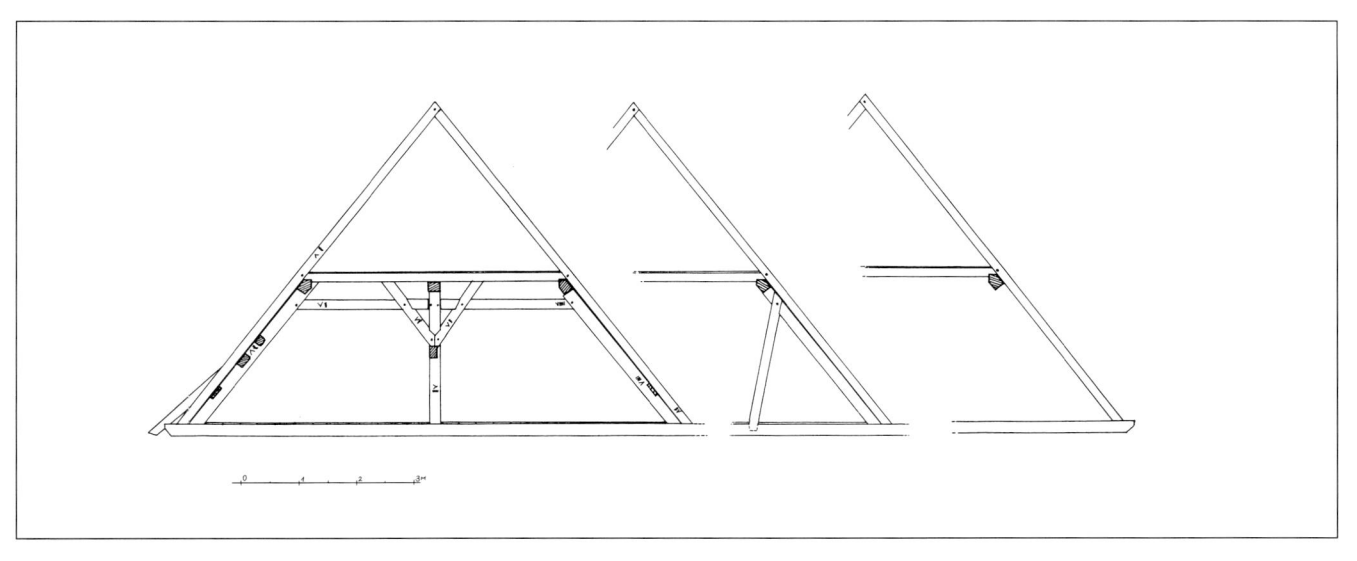

5 Hoffnung 19 (1563 d + i);
Querschnitt durch die Dachkonstruktion über dem Vorderhaus, das Bindergespärre, Halbbinder und Leergespärre.

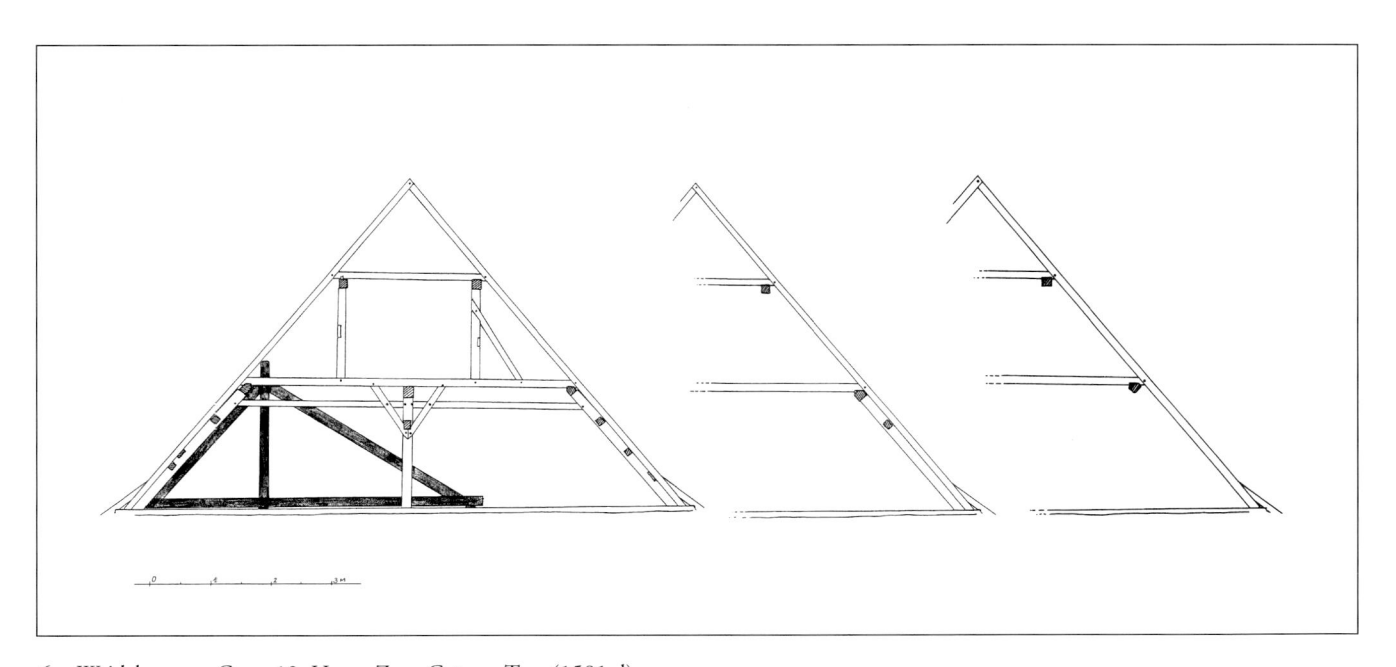

6 Weidebrunner Gasse 12, Haus »Zum Grünen Tor« (1581 d);
Querschnitt mit Darstellung des Bindergespärres mit einem nachträglich eingebauten Sprängewerk, Halbbinder und Leergespärre

Tor«, *Weidebrunner Gasse 12* (1581, d)⁶, dem »Katzung'-schen Haus«, *Stumpfelsgasse 25* (16. Jh.) oder der Rosenapotheke, *Steingasse 11* (1545, i + d). Daneben lebt bis weit in das 16. Jahrhundert hinein die Gewohnheit fort, ausschließlich stehende Stühle zu verwenden. Als Beispiel für diese eher altertümliche Bautradition mag das »Evangelische Dekanat«, *Kirchhof 3*, gelten. Hier finden wir im 1. Dachgeschoß einen zweifach stehenden Stuhl. An die beiden in den Stuhlrähmen eingezapften Stuhlsäulen sind nur einzelne Kopfbänder in der Längsrichtung angeschlossen. Diese Kopfbänder sind an den Säulen und den Rähmen angeblattet und mit langen Holznägeln befestigt. Die Kehlbalken sind mit den Sparren durch gerade Verblattungen verbunden. Die Dachkonstruktion ist nach dem Winter 1548/49 abgebunden worden.

Etwas später, um 1580 (d), ist das Dachwerk des »Stengelschen Hauses«, *Schmiedhof 19*, entstanden. Während der Hahnenbalken noch verblattet ist, wurde der Kehlbalken bereits verzapft. Bemerkenswert ist das Fehlen des Holznagels in dieser Holzverbindung. Die Bundzeichen werden, nach den Traufseiten unterschieden, als Addition von Fähnchen und als römische Zahlen gebildet. Im 1. Dachgeschoß wurde ein dreifach, im 2. Dachgeschoß ein einfach stehender Stuhl aufgeschlagen. Der Stuhl wird von einem aufwendigen System von Kopfbändern ausgesteift. Diese sind sowohl an den Stuhlsäulen, wie auch an den Stuhlrähmen mit unterschiedlich geformten Verblattungen befestigt.

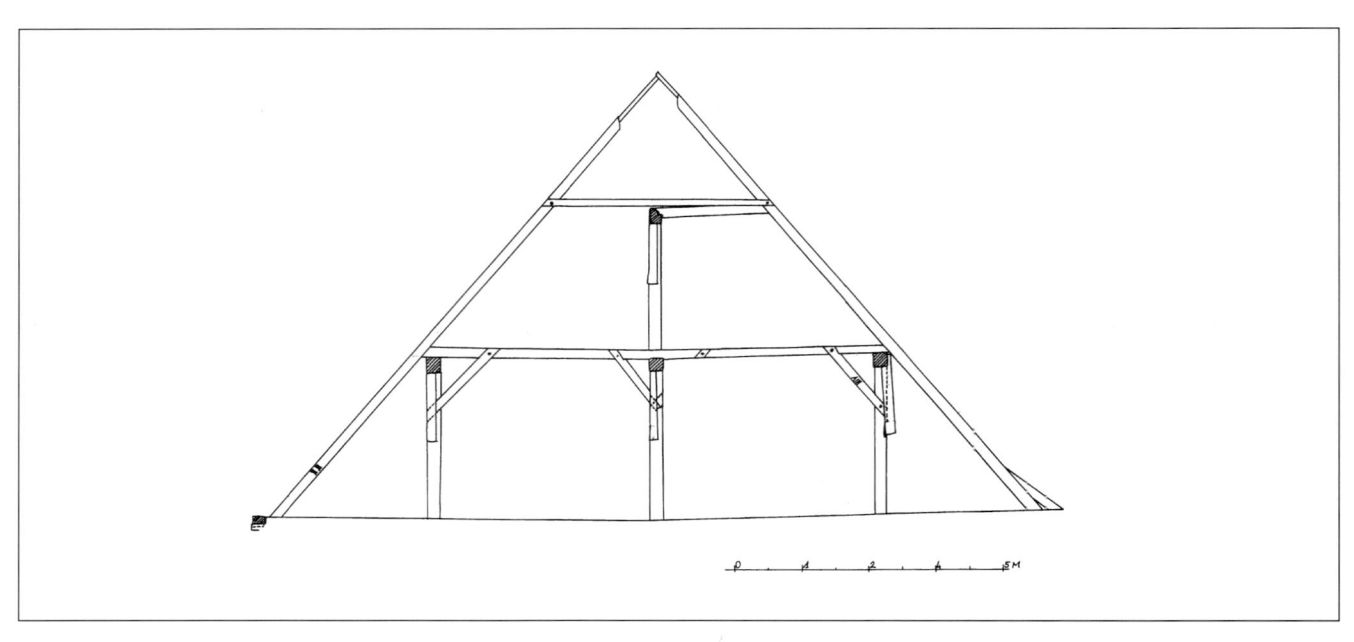

7   Schmiedhof 19, »Stengel'sches Haus« (um 1580);
Querschnitt durch die Dachkonstruktion, ein Bindergespärre

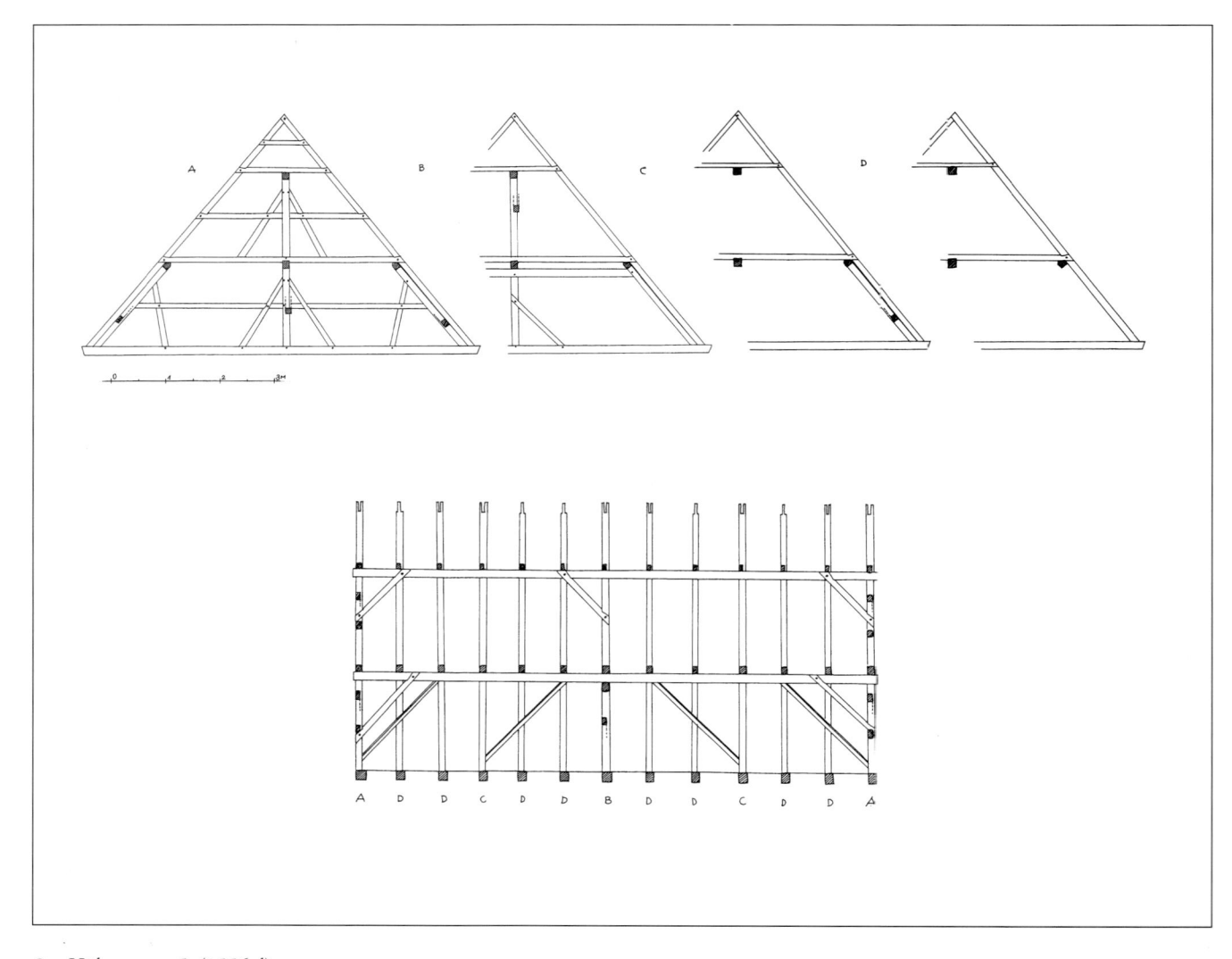

8   Hölzersgasse 5, (1556 d);
Querschnitte durch die Dachkonstruktion mit der Darstellung der Giebelwand, des Bindergespärres, Halbbinders und Leergespärres

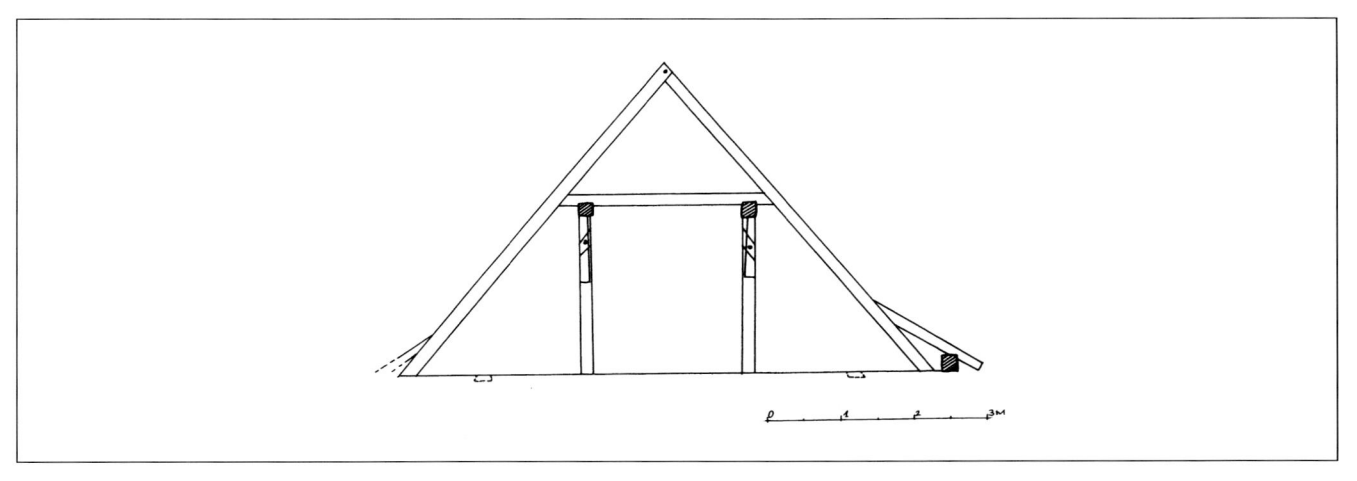

9   Kirchhof 2, (1658 i);
Querschnitt durch die Dachkonstruktion, das mittlere Bindergespärre

## Zusammenfassung

Das früheste bisher datierte Dachwerk über einem Bürgerhaus in Schmalkalden stammt aus dem Jahr 1364. Es hat sich auf der »Großen Kemenate«, *Weidebrunner Gasse 18–20* erhalten. Die Stuhlkonstruktion mit doppelt stehendem Stuhl in zwei Geschossen läßt sich mit süddeutschen Bautraditionen aus der Mitte des 14. Jahrhunderts vergleichen. Neben den gewaltigen Abmessungen des Daches überrascht die systematische Durcharbeitung des Gefüges ebenso wie die nicht nur für Schmalkalden sehr frühe Verwendung von Steigbändern.

Dem Prinzip der einfach oder auch mehrfach stehenden Stühle folgen bis zum Ausgang des Mittelalters fast sämtliche Bürgerhausdachwerke in Schmalkalden. Erst mit der Wende zur Neuzeit kommen in der Bürgerhausarchitektur in Thüringen und Sachsen-Anhalt in größerem Umfang fortschrittlichere Konstruktionen mit liegendem Stuhl vor. Dabei werden zunächst Kombinationsformen bevorzugt, wobei überwiegend im unteren Bereich liegende, im oberen Bereich des Daches noch stehende Stühle eingebaut werden. Diese Gleichzeitigkeit unterschiedlicher Stuhlkonstruktionen in einem Dach hat sich vergleichbar bereits bei Untersuchungen der Bürgerhausarchitektur in Naumburg als charakteristisch für die Übergangszeit des 16. und frühen 17. Jahrhunderts erwiesen. In Schmalkalden finden sich nicht wenige Häuser, die sich zeitlich und konstruktiv mit diesem Befund in Übereinstimmung bringen lassen. Das früheste bisher bekannte Beispiel für diese Entwicklung ist der Dachstuhl über dem Haus *Hölzersgasse 5* (1556 d) mit liegendem Stuhl ohne Kopfbänder, konsequent geblatteten Kehlbalken und langen, in breiten Abständen verlaufenden Windrispen. Charakteristisch für die Übergangszeit in Schmalkalden ist auch, daß ähnlich dem für das Haus *Hoffnung 19* beschriebenen Befund verschiedene Formen von Zwischengespärren abgebunden wurden. Die in diesen Zwischengespärren eingebauten liegenden Stuhlsäulen, die in der Querschnittsebene weder Kopfbänder noch Druckriegel besitzen und bald auch auf die oben geschilderten Sparrenknechte verzichten, scheinen in der Vorstellung des Zimmermanns ausschließlich zur Aufnahme der Windverbände zu dienen.

Windverbände in der Dachebene tauchen insgesamt erst in der frühen Neuzeit auf. Sie entwickeln sich von einfachen Windrispen oder langen, aufgedoppelten Kopfbändern bis zur klassischen, in der Mitte des 17. Jahrhunderts dann zur Regel gewordenen Form des mit einem Mittelriegel überkämmten Andreaskreuzes.

Daneben zeigen nicht wenige Beispiele aus der zweiten Hälfte des 16. Jahrhunderts, wie etwa *Kirchhof 3* (1548/49) oder das »Stengel'sche Haus« aus den letzten Jahrzehnten des 16. Jahrhunderts, daß neben den Neuerungstendenzen auch eine konservative Strömung mit der Verwendung des stehenden Stuhls weiterlebt. Vielleicht hat der vergleichsweise einfache Aufstellvorgang diese Lösung für große und reiche Häuser wie das »Stengel'sche Haus«, *Schmiedhof 19*, oder *Stillergasse 25* auch weiterhin attraktiv gemacht. Das Beispiel der »Reformierten Schule«, *Kirchhof 2* zeigt, daß selbst im 17. Jahrhundert die Tradition der mittelalterlichen Konstruktion noch nicht abgerissen war. Das Dachwerk stammt aus dem Jahre 1658 (i) und ist mit einem zweifach stehenden Stuhl versehen[7]. Selbst bei einigen Dächern aus dem 18. Jahrhundert (*Obertor 3, Rückersgasse 5*) werden noch stehende Stühle gebaut. Das 19. Jahrhundert bedient sich dieser Konstruktion dann vor allem für kleinere Dachwerke wieder systematisch[8].

Für die Unterscheidung mittelalterlicher und frühneuzeitlicher Dachkonstruktionen können aus den bisherigen Untersuchungen einige charakteristische Konstruktionsmerkmale abgeleitet werden.

Besonders aufschlußreich ist die Verbindung zwischen Kehlbalken und Sparren. Die gerade oder schwalbenschwanzförmige Verblattung mit weit herausstehenden Holznägeln ist in der Regel älter, die Verzapfung jünger. Letztere wird erst seit der zweiten Hälfte des 16. Jahrhunderts systematisch verwendet. Die konstruktiv zunächst überraschende Verzapfung ohne Holznagel kommt offenbar in Schmalkalden erst seit der zweiten Hälfte des 17. Jahrhunderts vor.

Bei den untersuchten Dachwerken überwiegen die Sparrendächer. Andere Konstruktionsformen sind ausgesprochen selten. Nur über wenigen Bauten sind im 18. und 19. Jahrhundert Dachwerke mit einer Firstpfette nachgewiesen. Über Wohnhäusern sind sie selten (*Kirchhof 12, Hölzersgasse 3*). Auf Nebengebäuden und Hinterhäusern wird das Pfettendach offenbar eher verwendet (*Auergasse 5, Auergasse 12-14, Hoffnung 34*).

In einigen Dachwerken lassen sich Hängewerke oder Sprengwerke nachweisen. Ein gutes Beispiel dazu ist die im Dachbereich des Hauses »Zum grünen Tor« in der *Weidebrunner Gasse 12* vorhandene Konstruktion, die dendrochronologisch in das Jahr 1602 datiert wurde. So wie bei diesem Haus wurden auch die in anderen Bürgerhausdächern vorgefundenen Sprengewerke erst nachträglich eingefügt.

**Anmerkungen**

\* Allen, die uns bei der Arbeit in Schmalkalden mit Rat und Hilfe unterstützt haben, sei an dieser Stelle herzlich gedankt. Dieser Dank geht besonders an Herrn Oberbürgermeister Bernd Gellert und die Herren Thormann, Reich und Rothamel von der Stadtverwaltung sowie Herrn Gattinger und Herrn Kemsis von der Wohnungsbau GmbH. Bei der Beschaffung von Planunterlagen war Frau Simon im Stadt- und Kreisarchiv behilflich. Die Hauseigentümer und Bewohner haben unsere Arbeiten freundlich unterstützt.

1 Die Entscheidung für ein solches Vorgehen wurde auch von der Überlegung bestimmt, daß sich die Konstruktionsgeschichte der Dachwerke anhand der Untersuchung der stattlichen und variationsreichen Bebauung der Innenstadt ausreichend gut und vollständig darstellen läßt.
2 Der Umfang der jeweiligen Dokumentation ist objektbezogen unterschiedlich. Gewöhnlich wird wenigstens ein Quer- und ein Längsschnitt im Maßstab 1:50 gefertigt. Die Befunderhebung entspricht der schon in den übrigen Beiträgen geschilderten. An den Bauaufnahmen wirkten mit viel Enthusiasmus Justine Bungenstab, Andreas Grün und allen voran Thomas Nitz mit.
Von fast allen Häusern wurden Holzproben für eine dendrochronologische Datierung entnommen. Aus methodischen Gründen wurden auch solche Bauten datiert, für die ein Inschriftdatierung an der Fassade bekannt ist. Die Auswertung der über 216 Holzproben ist derzeit noch nicht beendet.
3 Der Verfasser bearbeitet die profane Architektur Schmalkaldens vom 14. bis zum Ende des 17. Jh. im Rahmen einer Dissertation an der Universität Bamberg. Im Rahmen dieser Arbeiten werden die umfangreichen Ergebnisse ausführlich diskutiert.
4 Weber, Paul: Die Bau- und Kunstdenkmäler im Regierungsbezirk Cassel, Band V, Kreis-Herrschaft Schmalkalden, Marburg 1913. S. 251.
5 Um diese Frage eindeutig zu beantworten, ist eine weitergehende Untersuchung in den Wohngeschossen des Steinhauses erforderlich. Diese ist derzeit nicht möglich, weil die Räume bewohnt sind. Die Unterschiede in der Fußbodenhöhe von Steinbau und Fachwerkhaus machen eine solche Vermutung aber eher unwahrscheinlich.
6 Hier fehlt im Halbgesperre der Sparrenknecht. Die Mitteilung der dendrochronologischen Datierung verdanke ich dem Hauseigentümer, Herrn Koch.
7 Es gibt noch eine ganze Gruppe von stehenden Stühlen, die mit Sicherheit spätneuzeitlich sind. Die Datierung dieser Konstruktionen steht noch aus.
8 Diese Beobachtung ergibt sich aus den Bauakten im Archiv der Stadt Schmalkalden.

# Die Kemenate in Arnstadt

*Johannes Cramer, Amy Prescher, Przemyslaw Zalewski*

Arnstadt erhielt im Jahr 1266 das Stadtrecht. Bürgerliche Bebauung wird man schon seit dem späten 12. Jahrhundert erwarten dürfen. Ein großer Stadtbrand im Jahr 1571 hat den übergroßen Teil der mittelalterlichen Bürgerhäuser in Arnstadt vernichtet. Um so wichtiger ist für Arnstadt und darüber hinaus auch für den südthüringischen Raum ein steinernes Gebäude im Nordwesten der Stadt nahe dem Wachsenburger Tor. Das zweigeschossige Gebäude mit Satteldach steht versteckt im Hinterhof der ehemaligen Arnstädter Handschuhfabrik in der Rosenstraße 19-25. Der westliche Giebel ist heute mit dem Baubestand des Vorderhauses an der Rosenstraße verschmolzen; sogar einzelne Räume des Steinbaus werden von dort erschlossen. Gleichwohl ist der Bau nur von hinten von dem stark verbauten Hofraum aus zugänglich. Im Volksmund wird das Gebäude »Kemenate«[1] oder auch »Nicolauskapelle« genannt. Der Baubestand aus frühgotischer Zeit ist durch Überformungen nur wenig verändert und kann damit nicht nur für Thüringen besondere Beachtung beanspruchen[2]. Im Rahmen der vorliegenden Untersuchung ist er neben einigen Bürgerhäusern in Erfurt das älteste profane Gebäude, das bisher überhaupt bearbeitet wurde[3]. Aus diesem Grunde, besonders aber wegen der interessanten Dach- und Deckenkonstruktion, wurde das Gebäude über das Dachwerk hinaus auch in den Vollgeschossen vollständig aufgemessen und dokumentiert[4].

Die »Kemenate« wird erstmals im Jahre 1728 von dem Stadtchronisten Olearius als Besonderheit in der Stadt Arnstadt erwähnt, wenn er schreibt, daß eine Kapelle mit mehreren Pfeilern und Kreuzgewölbe »in der großen Rosengaß nah an dem Wachsenburger Tor bei dess Ausgang zur rechten hand« stand[5], die zwischenzeitlich als Kemenate genutzt worden sei. Als Folge einer von Hatham im Jahr 1842 herausgebrachten Publikation wird das Steinhaus immer wieder auch mit einer ehemaligen Nikolauskapelle gleichgesetzt. Diese Vermutung läßt sich jedoch weder aus den Quellen und noch viel weniger aus dem Baubestand erhärten. Sie muß vielmehr so gedeutet werden, daß es damals dem Betrachter im 19. Jahrhundert unverständlich war, wieso ein mit anspruchsvoller Bauzier ausgestatteter Bau in untergeordneter Lage im Hinterhof steht. Die Gleichsetzung mit einer Kapelle diente als – gleichwohl untaugliche – Erklärung für diese Merkwürdigkeit. Nachdem dieser Irrtum durch Lappe[6] aufgeklärt werden konnte, wird der Bau heute gemeinhin als »Kemenate« bezeichnet.

## Baubeschreibung

Die »Kemenate« ist ein zweigeschossiges Gebäude auf rechteckigem Grundriß von etwa zwölf auf fünfzehn Metern mit massiven, aus Kalkbruchstein aufgeführten Außenwänden. Die Kanten sind mit weit in das Mauerwerk einbindenden, langen und hammerrecht gearbeiteten Quadern hochgemauert. Der östliche Giebel und die nördliche Traufwand waren in frühgotischer Zeit aufwendig gestaltet, während die beiden anderen Hausseiten weniger beachtet wurden. Die südliche Traufseite, heute die Grundstücksgrenze, war schon immer fensterlos. Die großen Kalksteine weisen eindeutig Brandverletzungen auf. Der westliche Giebel bleibt schlicht gestaltet. Nur in der obersten Giebelspitze findet man ein schmales Lanzettfenster. Sehr wahrscheinlich war das Haus hier weit gehend mit dem Vorderhaus, welches es ein wenig überragt haben mag, zusammengebaut. In der Nordwand finden sich im Erdgeschoß zwei zugesetzte Biforienfenster. Die Fenstergewände bestehen aus sorgfältig bearbeitetem Werkstein. Im östlichen Giebeldreieck hat sich ein aus Kalkstein gearbeitetes Vierpaßfenster der Bauzeit erhalten.

1 Gesamtansicht von Osten mit dem romanischen Vierpaßfenster in der Giebelspitze und der fensterlosen, deutlich brandgeschädigten Südwand.

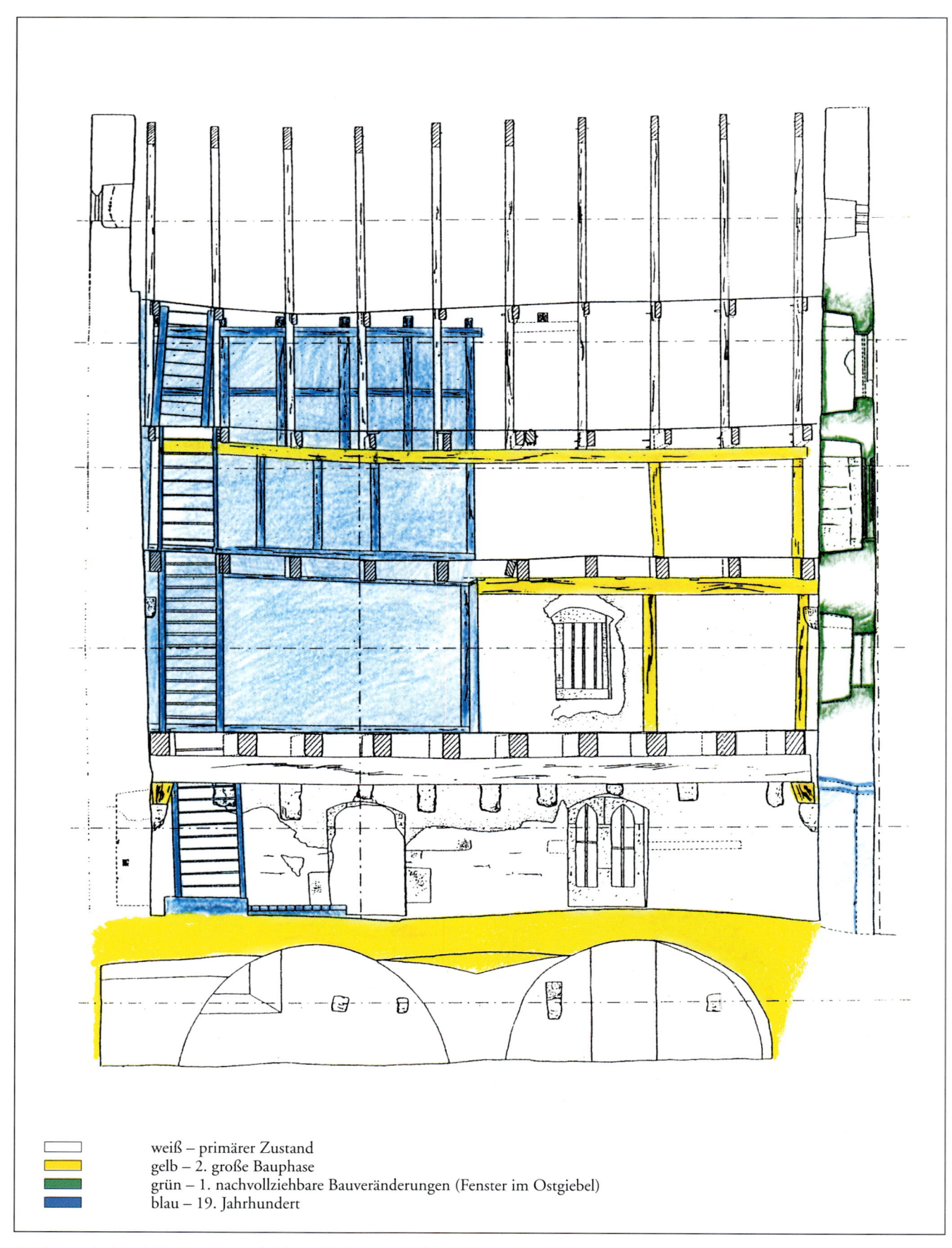

☐ weiß – primärer Zustand
▨ gelb – 2. große Bauphase
▨ grün – 1. nachvollziehbare Bauveränderungen (Fenster im Ostgiebel)
▨ blau – 19. Jahrhundert

2  Längsschnitt mit Bauphasenausscheidung. Blick nach Norden.
Der Keller ist nachträglich eingewölbt und eingefüllt. Die funktionslosen Konsolsteine geben die Lage der ursprünglichen Kellerdecke an. Durch die Niveauänderung mußte auch die Decke über dem heutigen Erdgeschoß angehoben werden. Im Erdgeschoß sind zwei frühgotische Doppelfenster erhalten.

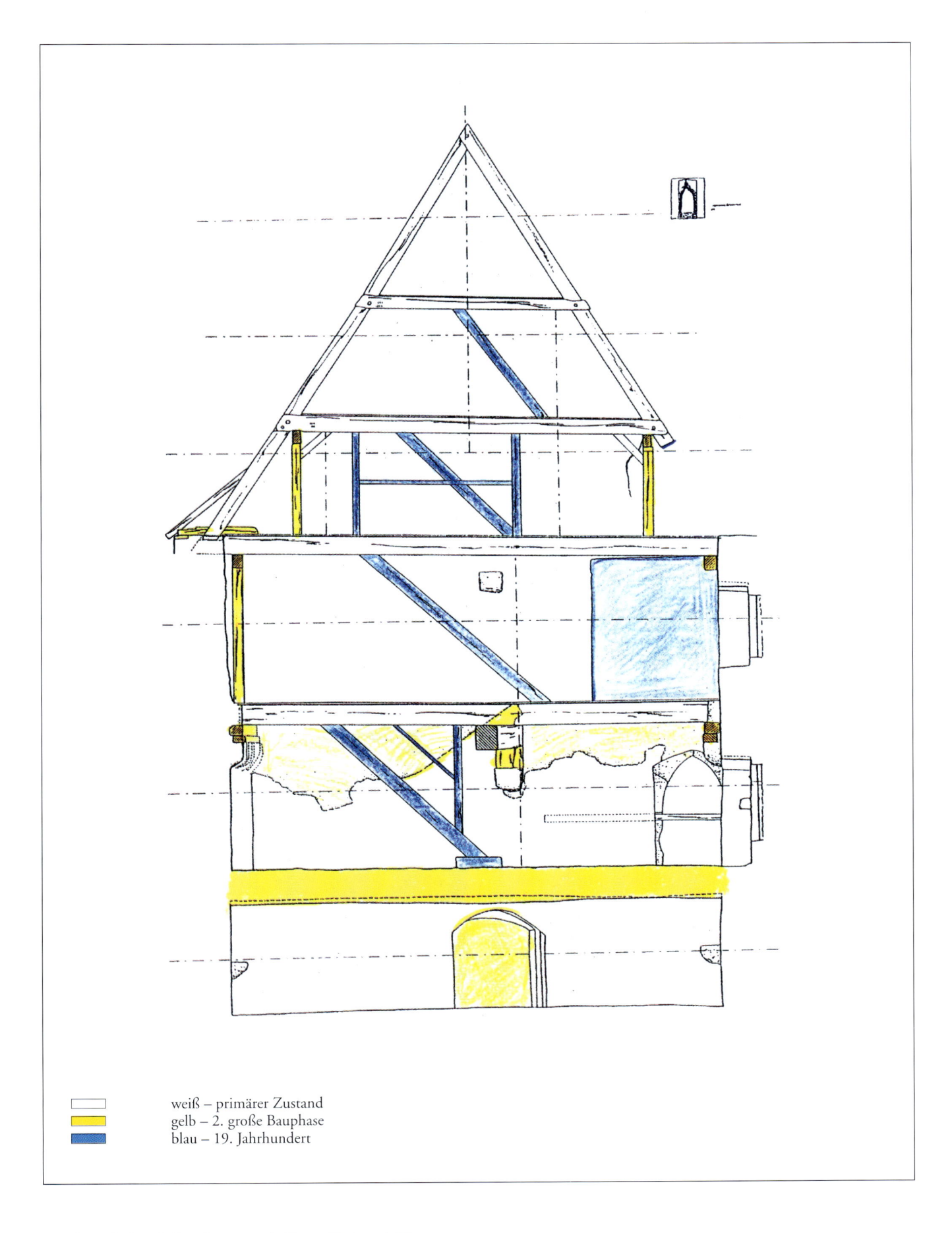

weiß – primärer Zustand
gelb – 2. große Bauphase
blau – 19. Jahrhundert

3   Querschnitt mit Bauphasenausscheidung. Blick nach Westen.
Die Stuhlkonstruktion im Dach ist nachträglich eingestellt.

Im Erdgeschoß findet sich in der Wand zum Vorderhaus ein spitzbogiges Türgewände mit Riegelbalken, welches aus der Bauzeit stammt. Die nicht mehr erhaltene Tür schlug nach innen auf. Der Riegelbalken läuft in der südlichen Türleibung etwa in Brüstungshöhe in einem mit Brettern ausgekleideten Kanal bis 1,80 m tief in das Mauerwerk hinein. Auf der Nordseite liegt er in geschlossenem Zustand in einer quadratischen, etwa 10 cm tiefen Aussparung. Der Riegel aus Eichenholz wird in der Führung hinter die geschlossene Tür geschoben, die so gegen ein Aufbrechen von außen gesichert ist. Der Riegel muß aus der Bauzeit stammen, da der Einbau nur gleichzeitig mit der Aufführung des Mauerwerks möglich war.

In der nördlichen Traufwand waren zwei Doppelfenster eingebaut. Beide sind heute vermauert. Das östliche ist in seiner ursprünglichen Form noch gut ablesbar. In der segmentbogig übermauerten Fensternische werden zwei lanzettförmige Fenster von langen Gewändestücken begrenzt. Die Sohlbank liegt heute aufgrund späterer baulicher Veränderungen dicht über dem Fußboden. In den Fensteröffnungen sind schmiedeeisernen Gitter eingebaut, die wohl noch der Bauzeit zuzuordnen sind. An den Außengewänden sind jeweils zwei Kloben für einen Laden zu finden, der mit einem Haken am Mittelstock gehalten werden konnte. Im östlichen Gewände ist außerdem ein mit Brettern ausgekleideter Kanal im bauzeitlichen Mauerwerk zu sehen. In diesem lief wiederum ein Riegelbalken, der in eine Aussparung des westlichen Gewändes eingreifen konnte. Ein zweites, gewiß gleichartiges Fenster ist stärker verändert.

Der Keller wird heute durch zwei quer zur Firstlinie verlaufende Tonnengewölbe geschlossen. In den Schildwänden, teilweise auch halb von den Gewölben überschnitten, sind in regelmäßigen Abständen Konsolsteine zu finden. Diese Befundlage erweist eindeutig, daß die Gewölbe mit der Teilung des Kellers in zwei separate Räume erst nachträglich eingebaut wurden. Ursprünglich war der Keller ein einziger großer Raum, der wie die Vollgeschosse durch eine Balkendecke geschlossen wurde, welche über Streichbalken auf den Konsolsteinen aufgelegt war. Sehr wahrscheinlich wird man auch einen Mittelunterzug mit einer Mittelstütze rekonstruieren müssen. Die Erschließung des Kellers lag ursprünglich offenbar auf der Westseite. In der Folge der Einwölbung wurde der Zugang in die nördliche Schildwand des östlichen Kellerraumes verlegt.

Die beiden Vollgeschosse waren niemals durch Zwischenwände geteilt. Die Belichtung erfolgte ursprünglich auf der Nordseite durch die beschriebenen Doppelfenster sowie kleinere Kreuzstock(?)fenster im Obergeschoß. In der Ostwand finden sich größere Fenster, die an den Nasen in den außenliegenden Falzen unschwer als Kreuzstockfenster zu erkennen sind. Der Baubestand macht es wahrscheinlich, daß diese Fenster erst nachträglich ausgebrochen wurden. Möglicherweise befanden sich an ihrer Stelle in mittelalterlicher Zeit weitere kleine Lichtöffnungen ähnlich denen der Nordwand. Die heutige Eingangstür in der Ostwand ist ebenso wie das danebenliegende Fenster im Erdgeschoß erst im 19. Jahrhundert aufgebrochen worden. Auch hier mögen an gleicher Stelle kleinere Öffnungen gewesen sein. Das Vierpaßfenster im Dreieck des Ostgiebels ist zweifelsfrei dem frühgotischen Baubestand zuzuordnen. Gleiches gilt für ein schmales Licht im Giebel der Westwand.

**Deckenkonstruktion**

Das Gebäude war ursprünglich durch drei Holzdecken geteilt. Die Decke über dem Keller wurde – wie oben beschrieben – wohl in der frühen Neuzeit durch die beiden Tonnengewölbe ersetzt. Über dem Erdgeschoß ist ebenso wie über dem Obergeschoß eine Balkendecke erhalten. Die dendrochronologische Untersuchung der Hölzer hat eine Bauzeit im Jahr 1308 ergeben. Die Deckenbalken sind aus Tannenholz gearbeitet. Zum Teil sieht man an den Oberflächen noch die groben Schläge der Zimmermannsaxt. Eine weitere Verfeinerung der Oberflächen oder gar eine Bemalung unterblieb. Die Balken haben einen annähernd quadratischen, bisweilen und vor allem über dem Obergeschoß auch hochrechteckigen Querschnitt. Sie sind vor der Nord- ebenso wie vor der Südseite auf Streichbalken aufgelegt. Diese sind aufge-

4  Frühgotisches Vierpaßfenster im Ostgiebel.
Das Bauteil ist aus einem Werkstück gefertigt.

5  Frühgotische Tür mit ursprünglichem Riegelbalken aus Eichenholz.

6  Frühgotisches Fenster mit Führung für einen Riegelbalken in der Fensterleibung.

doppelt; über einem vergleichsweise flachen Holz liegt ein zweites ungefähr quadratisches. Beide liegen auf jeweils neun Konsolsteinen auf, welche in die Traufwände eingelassen und zum Teil offenbar verbrannt sind. Anders lassen sich die schaligen Abplatzungen, die die sonst scharfkantigen Konturen stark ausrunden, kaum erklären.

In Raummitte verläuft ein starker Mittelunterzug, der an der Ost- und der Westseite auf Konsolen aufliegt, ohne in die Wand einzubinden. Zwischen die Konsolen und den Unterzug sind kräftige Klötze von trapezförmiger Form gelegt, da die Oberkante der Konsolen heute fast dreißig Zentimeter unter der Unterkante der Deckenbalken endet. Hinweise auf eine Stütze in Raummitte finden sich nicht. Die Befunde zusammengenommen deuten darauf hin, daß die vorgefundene Situation nicht mehr den Zustand der Bauzeit wiedergibt. Der Mittelunterzug im Erdgeschoß lag ursprünglich sehr wahrscheinlich unmittelbar auf den Konsolsteinen der Giebelwände auf. Ein vergleichbarer Mittelunterzug mag auch im Obergeschoß vorhanden gewesen sein. Zwei funktionslose Konsolen in den beiden Giebelwänden legen eine solche Vermutung nahe. Die Oberkante der Konsolen liegt 40 cm unter der Unterkante der Zerrbalkenlage und mag uns eine ungefähre Vorstellung von den Dimensionen des heute fehlenden Unterzugs im Obergeschoß geben[7].

Die Baubefunde in allen drei Geschossen machen es wahrscheinlich, daß im Zusammenhang mit der Einwölbung des Kellers auch die Deckenbalkenlagen der Vollgeschosse und damit das Gehniveau aller Geschosse höher gelegt wurde. Mit der Einwölbung des Kellers wurde das Fußbodenniveau im Erdgeschoß um etwa 70 bis 80 cm angehoben. Um im Erdgeschoß nach diesem Umbau wieder eine brauchbare Raumhöhe zu gewinnen, setzte man die Decke über dem Erdgeschoß unter Verwendung der vorhandenen Balken hoch. Die alten, eher schwachen Streichbalken wurden aufgedoppelt, die Konsolen des Mittelunterzugs auf Holzklötze gelegt, und der Mittelunterzug im Obergeschoß einfach ausgebaut. Einzig die Zerrbalkenlage, die mit der Dachkonstruktion eine konstruktive Einheit bildet, konnte sinnvollerweise nicht verändert werden.

Die Erschließung des Hauses läßt sich nur noch näherungsweise beschreiben. Die heutigen Treppen stammen nicht mehr aus mittelalterlicher Zeit. Es ist aber nicht auszuschließen, daß der Ort der Treppe noch der alte ist. Das letzte Deckenfeld auf der Westseite ist etwas breiter als die übrigen. An den Seitenflächen der beiden angrenzenden Balken sind in Feldmitte Spuren einer Treppe zu erkennen, die geringfügig steiler gewesen sein mag als die heutige. Der durch die Balkenbefunde vorgegebenen Steigung entspricht eine Spur im Putz der Westwand, die als Abdruck einer Treppe gedeutet werden kann. Man wird deswegen nicht fehlgehen in der Annahme, daß die alte Treppe hier zu suchen ist.

Im 1. Obergeschoß wurde deutlich nach der Veränderung der Deckenhöhe vor der Nord- und der Südwand eine Hilfskonstruktion eingestellt. Auf dicht vor der Wand aufgestellten Stützen liegen Rähme, welche die Zerrbalken tragen. Der Einbau wurde offenbar notwendig, weil verschiedene Deckenbalken am Sparrenfußpunkt abgefault waren. Durch den Einbau konnte die übrige Konstruktion ohne weitere Eingriffe weiter verwendet werden.

Fachwerkeinbauten im 1. und 2. Obergeschoß, durch die heute jeweils ein Raum aus der früher ungeteilten Geschoßfläche ausgeschieden ist, stammen erst aus dem 19. Jahrhundert. Beide Räume sind vom Vorderhaus genutzt und nur von dort zugänglich.

## Dachkonstruktion

Das dreigeschossige Dach ist dendrochronologisch in das Jahr 1308 datiert. Es ist eines der wenigen bisher erfaßten einfachen Kehlbalkendächer in Thüringen. Jede Stuhlkonstruktion fehlt. Bei einer Breite von 8 m beträgt die Dachneigung 57°. Die Sparren und Kehlbalken haben deutlich hochrechteckige Querschnitte. Die Kehlbalken sind mit geraden Verblattungen und doppeltem Holznagel mit dem Sparren verbunden, während die Hahnenbalken nur jeweils einen Holznagel aufweisen.

7 Detail des nicht vollständig in den Sparren eingeblatteten Kehlbalkens mit doppeltem Holznagel. Der Sparren ist nachträglich abgesägt und durch die Stuhlkonstruktion ergänzt.

8 Deckenkonstruktion über dem Erdgeschoß.

Der Firstpunkt ist als Scherzapfen ausgebildet. Sparren und Kehlbalken sind von Osten nach Westen einheitlich mit Abbundzeichen in Strichaddition gekennzeichnet. Das zehnte und letzte Sparrenpaar wird mit einen X anstatt zehn kleinen Strichen versehen.

Die Sparren hat man mit den Zerrbalken durch Verzapfung verbunden. Eine Verstärkung mit einem horizontalen Vorholz wurde erst nachträglich eingebaut. Die Balkenköpfe sind heute vollständig in die Mauerkrone eingemauert. Eine Mauerlatte ist nicht nachzuweisen. Dieser Befund ist eigentümlich. Es kann aber nicht ausgeschlossen werden, daß die vorgefundene Situation erst nachträglich als (barocke?) Reparatur oder Modernisierung geschaffen wurde. Als Hinweis darauf mag gelten, daß auf der Außenseite der Mauerkrone im Bereich der Balkenköpfe ungewöhnlich viele vergleichsweise schmale Ziegelsteine verbaut worden, wie sie vor allem für das 18. Jahrhundert charakteristisch sind.

## Zusammenfassung

Das Mauerwerk der »Kemenate« dürfte noch aus dem 13. Jahrhundert stammen. Es muß älter sein als die in das Jahr 1308 datierte Holzkonstruktion, weil Teile der Konsolen ebenso wie die südliche Außenwand stark verbrannt sind, während sich Brandspuren am Holz nicht finden. Offenbar wurde der heute bestehende Bau in den Jahren nach 1308 in den bereits vorhandenen Umfassungswänden neu errichtet. Ob der heutige Keller damals bereits Keller war oder vielleicht auch ein Halbkeller, muß ohne archäologische Untersuchungen offen bleiben[8]. Die drei Geschosse (Keller und zwei Vollgeschosse) waren durch Balkendecken voneinander getrennt und nicht weiter unterteilt. Die Befensterung war vergleichsweise aufwendig, wenn man die Doppelfenster im Erdgeschoß oder die Kreuzstockfenster im Obergeschoß betrachtet. Der Bau konnte im Erdgeschoß durch schwere Läden und massive Riegelbalken – freilich nur von innen – verschlossen werden. Die Benutzer konnten den Bau bei gesicherten Öffnungen allenfalls noch durch eine Tür im Obergeschoß verlassen.

Die gesamte Situation legt es nahe, die »Kemenate« nicht als isolierten Bau zu verstehen, sondern als Teil einer umfangreicheren Baugruppe. Solche Baugruppen aus Vorderhäusern in Fachwerkbauweise und massiven Rückgebäuden charakterisieren die frühe Stadtentstehung in Mitteleuropa bis in die Mitte des 14. Jahrhunderts[9]. Sie sind zwischenzeitlich auch in anderen thüringischen Städten nachgewiesen[10]. Daß die »Kemenate« kein eigenständig genutztes Wohnhaus sein kann, ergibt sich nicht zuletzt aus dem Fehlen jeglicher Feuer- oder Ofenstelle. So wird man nicht fehlgehen in der Vermutung, daß der Steinbau nur ein Teil einer umfangreicheren Hausgruppe war, deren eigentliches Wohnhaus mit den Räumen für das tägliche Leben an der Rosenstraße lag. Die »Kemenate« diente dann vor allem Lagerzwecken. In dem steinernen Gebäude mögen auch wertvolle Handelsgüter besser vor Bränden geschützt gewesen sein als im Fachwerkbau. Daß die »Kemenate« im 14. Jahrhundert noch wehrhaften Charakter gehabt haben könnte, muß bezweifelt werden.

### Anmerkungen

1 Bisweilen umgangssprachlich auch zu Kemlette verballhornt.
2 Der Forschungsstand zum romanischen Wohnbau wurde zuletzt zusammengefaßt von Wiedenau, Anita: Katalog der romanischen Wohnbauten in westdeutschen Städten und Siedlungen (= Das Deutsche Bürgerhaus. Bd. XXXIV), Tübingen 1983. Weitere Literatur ist im Überblick zusammengetragen bei Cramer, Johannes: Mittelalterliche Wohnhäuser in Naumburg; in: Architectura 24, 1994, S. 56–70.
3 Der Kenntnisstand zum mittelalterlichen Bürgerhausbau in Thüringen kann hier nicht dargestellt werden.
4 Die Untersuchung wurde im Sommer 1994 durchgeführt. Das Bauaufmaß als Maschinen- und Handaufmaß fertigten Amy Prescher und Przemyslaw Zalewski.
5 Olearius, Johann Chr.: Historie der altberühmten Schwarzburgischen Residentz Arnstadt, Arnstadt 1701, S. 78–79.
6 Lappe, Ulrich: Denkmale im Kreis Arnstadt, Arnstadt, 1988, S. 55–58, sowie Lappe, U.: Nikolauskapelle in Arnstadt, in: Aus der Vergangenheit von Arnstadt und Umgebung, Arnstadt 1992.
7 Grundsätzlich könnte man auch überlegen, ob die Deckenbalken ursprünglich in die Wand eingelassen waren. Solche Konstruktionen sind besonders im 13. und 14. Jahrhundert vielfach nachgewiesen. So etwa Tajchman, Jan: Stropy drewniane w Polsce, Warszawa 1989. Dort beispielsweise S. 12, 42 die vier Bürgerhäuser am Breslauer Altmarkt 3, 6, 7, 8, die eine ähnliche, auf Konsolen aufliegende Deckenkonstruktion haben.
8 In Naumburg konnten solche Halbkeller, die ähnlich wie in Nürnberg, Prag oder Lübeck auch als Kaufkeller genutzt worden sein mögen, nachgewiesen werden. Auch in Schmalkalden wurden solche Halbkeller festgestellt.
9 Zur jüngeren Literatur vor allem der Katalog »Stadtluft, Hirsebrei und Bettelmönch«, Stuttgart und Zürich 1993.
10 Zum Beispiel Ziegengasse 2 in Schmalkalden oder Fischmarkt 27 in Erfurt (1245 d).

# Der Zinsboden in Stadtilm
*Przemyslaw Zalewski*

Das unweit von Arnstadt und Ilmenau gelegene Stadtilm wurde 1268 erstmals als Stadt urkundlich erwähnt. Neben den Resten der mittelalterlichen Stadtbefestigung und der aus dem 13. und 14. Jahrhundert stammenden Pfarrkirche prägt das seit dem Beginn der Neuzeit stark überformte Ensemble des ehemaligen Zisterzienserinnen-Klosters das Stadtbild.

Mit dem Bau des Klosters wurde 1275 begonnen. Nach der Aufhebung des Klosters im Jahr 1533 in der Folge der Reformation wurden die Baulichkeiten zunächst für ein Kammergut genutzt. Im Jahr 1599 folgte der Umbau als Schloß. Später wurde das Schloß zum Gasthof. Seit dem Jahre 1920 und bis heute befindet sich in den ehemaligen Klostergebäuden der Sitz der Stadtverwaltung.

Die vorliegende Untersuchung betrachtet nur ein Gebäude der umfangreichen Anlage, den ehemaligen Klosterzinsboden. Hier wurden zur Klosterzeit die Naturalabgaben der Zehntpflichtigen ebenso eingelagert wie die Erträge der klostereigenen Landwirtschaft.

Im Gegensatz zu ähnlichen Bauten der gleichen Zweckbestimmung, beispielsweise dem in seiner Holzkonstruktion neuzeitlich veränderten Klosterzinsboden in Paulinzella, ist der Speicher in Stadtilm nach wie vor relativ unbekannt. Dies, obwohl er in seiner Grundstruktur über die Jahrhunderte hin kaum überformt wurde und damit für die Bauforschung einige interessante Erkenntnisse bieten kann.

Als Bauzeit wurde bisher auf der Grundlage historischer Überlieferung und baugeschichtlicher Einordnung die Mitte des 14. Jahrhunderts vermutet. Die dendrochronologische Untersuchung der ursprünglichen Holzkonstruktion hat diese Datierung mit der Fällung des Bauholzes im Jahr 1349 bestätigt.

Der dreigeschossige Speicherbau mit Satteldach und Stufengiebel steht an der Ostseite des Klosterareals, nur wenige Meter von der parallel zur Traufwand im Norden verlaufenden Stadtmauer entfernt. An die Stadtbefestigung stößt leicht schräg ein niedriger Mauerstreifen, der das Klostergrundstück im Osten begrenzt und dicht vor der östlichen Giebelwand des Zinsbodens verläuft. Die östliche Giebelwand folgt dem schrägen Verlauf dieser Grundstücksmauer und schließt damit den im übrigen annähernd rechtwinkligen, langgestreckten Grundriß des Gebäudes trapezförmig ab. Der Bau besteht aus einem über das Gelände hinausragenden, teilweise gewölbten Kellergeschoß, welches während der Untersuchung im Herbst 1994 nicht zugänglich war, drei Vollgeschossen und zwei Dachgeschossen. Er ist aus Bruchsteinen mit langen, bis 1,15 m in das Mauerwerk einbindenden Kantenquadern aufgeführt. Der Zugang durch ein steinernes Portal, das man über eine breite Treppenanlage erreicht, lag wohl schon ursprünglich im westlichen Teil der Südwand.

Der westliche Giebel erscheint heute als Dreiecksgiebel. Es ist aber deutlich zu sehen, daß er nachträglich verändert wurde und ursprünglich ebenso als Treppengiebel ausgeführt war wie der Ostgiebel, der noch in seinem ursprünglichen Aussehen erhalten ist. Die Befensterung des Zinsbodens war schon ursprünglich auf den vier Gebäudeseiten differenziert. Die Gewände der ältesten Fenster zeichnen sich durch umlaufende äußere Falze aus, in die früher Holzläden einschlugen. Diese Läden sind nicht mehr erhalten. Einzig die Kloben sind in der Mehrzahl noch vorhanden. Auch die Vergitterung in den Gewänden ist dem ursprünglichen Baubestand zuzurechnen und noch in einigen Fenstern erhalten.

1 Der Zinsboden von Nordwesten

2  Geschwungenes Sattelholz unter dem Mittelunterzug der Dachkonstruktion von 1349

Der älteste Fensterbestand läßt sich wie folgt beschreiben. Die westliche Giebelwand hatte wohl schon ursprünglich nur vergleichsweise wenige Fenster, die ausschließlich der Belichtung der Treppen dienten. Sie sind in den Geschossen versetzt angeordnet. Die Fenster sind schmal und nicht weiter geteilt. Im Gegensatz dazu sind die Fenster der südlichen Traufwand, die sich zum Hof richtet, in den beiden obersten Geschossen spürbar repräsentativ gestaltet. Es finden sich sechs große Fenster mit steinernem Fensterstock je Geschoß. Gleichartige Fenster sind auch in den zwei Achsen vom 1. Obergeschoß bis zum 2. Dachgeschoß auf der östlichen Giebelseite eingebaut. In der nördlichen, die Stadtbefestigung weit überragenden Traufwand findet sich im Bereich des 3. Obergeschosses eine Reihe von sechs Schießscharten. Die Wandgliederung der darunterliegenden Bereiche ist nicht mehr sicher nachzuweisen, da die heute vorhandenen Fenster nachträglich ausgebrochen wurden. Diese Gewände sind scharriert. Es ist nicht unwahrscheinlich, daß der Speicher hier auf der Feldseite ursprünglich wehrhaften Charakter hatte, so daß die Wand im unteren, durch Angriffe von außen gefährdeten Bereich, ohne jede weitere Öffnung blieb.

Drei in der südlichen Traufwand ebenerdig neben dem Haupteingang sichtbare Bögen dienten ursprünglich gewiß als Zugang zu dem hochgelegenen Kellergeschoß. Man mag sich vorstellen, daß hier vor allem Fässer und schwere Ballen in die kühlen Gewölbe geschafft werden konnten. Einen Aufzugsschacht innerhalb des Gebäudes, wie man ihn in manchem anderen Lagergebäude findet, gab es im Zinsboden offenbar nicht. Dennoch ist offenkundig, daß das Gebäude der Einlagerung schwerer Güter diente. Um die Tragfähigkeit der über etwa 9,40 m gespannten Deckenbalken zu verbessern, wurde eine den gesamten Baukörper durchziehende Mittelteilung eingebaut, die bis in das 1. Dachgeschoß hinaufreicht. Bis hierher wenigstens dürften damit die Geschosse als Lagerfläche genutzt gewesen sein.

## Dachkonstruktion

Das Dachwerk des Zinsbodens ist als zweigeschossiges Kehlbalkengefüge mit einem einfach stehenden Stuhl im 1. Dachgeschoß abgezimmert. Es hat eine minimal unsymmetrische Neigung von ca. 60° und eine Spannweite von 9,40 m. Die Stuhlsäulen in der Flucht der darunter befindlichen Mittelteilung sind als vergleichsweise weit voneinander gestellte, quadratische Pfosten mit den charakteristischen, den Mittelunterzug tragenden Sattelhölzern ausgebildet. Diese Sattelhölzer haben eine an den Enden geschwungene Form und sind mit dem Unterzug auf jeder Seite einmal mit einem kräftigen Holznagel verbunden. Die Stuhlsäulen selbst sind direkt auf den Längsunterzug des darunter liegenden Geschosses gestellt und nicht, wie sonst vielfach üblich, auf die Zerrbalken der Gespärre. Deswegen ist ihr konstruktiver Zusammenhang mit dem Baugefüge des Jahres 1349 weniger aus dem Dachwerk zu erklären, als vielmehr mit der Zweischiffigkeit des Gebäudes insgesamt. Bei einer Nutzung als Lagergebäude ist es fast selbstverständlich, daß bei einer Gebäudebreite von mehr als 9 m die mittlere Stützkonstruktion der Vollgeschosse auch im Dachbereich unentbehrlich ist und zur ursprünglichen Konstruktion gerechnet werden muß. Die dendrochronologische Datierung hat diese Schlußfolgerung bestätigt.

Die ursprünglichen Fußpunkte der Sparren sind im Laufe der Zeit durch Reparaturen verloren gegangen. Die Konstruktion von 1349 ist in diesem Detail heute deswegen nicht mehr nachvollziehbar. Alle Kehlbalken sind mit geradem Blatt, bisweilen auch mit schwalbenschwanzförmiger Verblattung mit den Sparren verbunden. Die Sparren hat man im First mit Scherzapfen aneinandergefügt. Sowohl die Sparren wie auch die Kehlbalken sind systematisch mit Abbundzeichen versehen. Die ersten zehn Gebinde von Osten wurden durch Kästchen, die folgenden zehn Gebinde in westlicher Rich-

☐ gelb – nachträglich eingebaute Teile

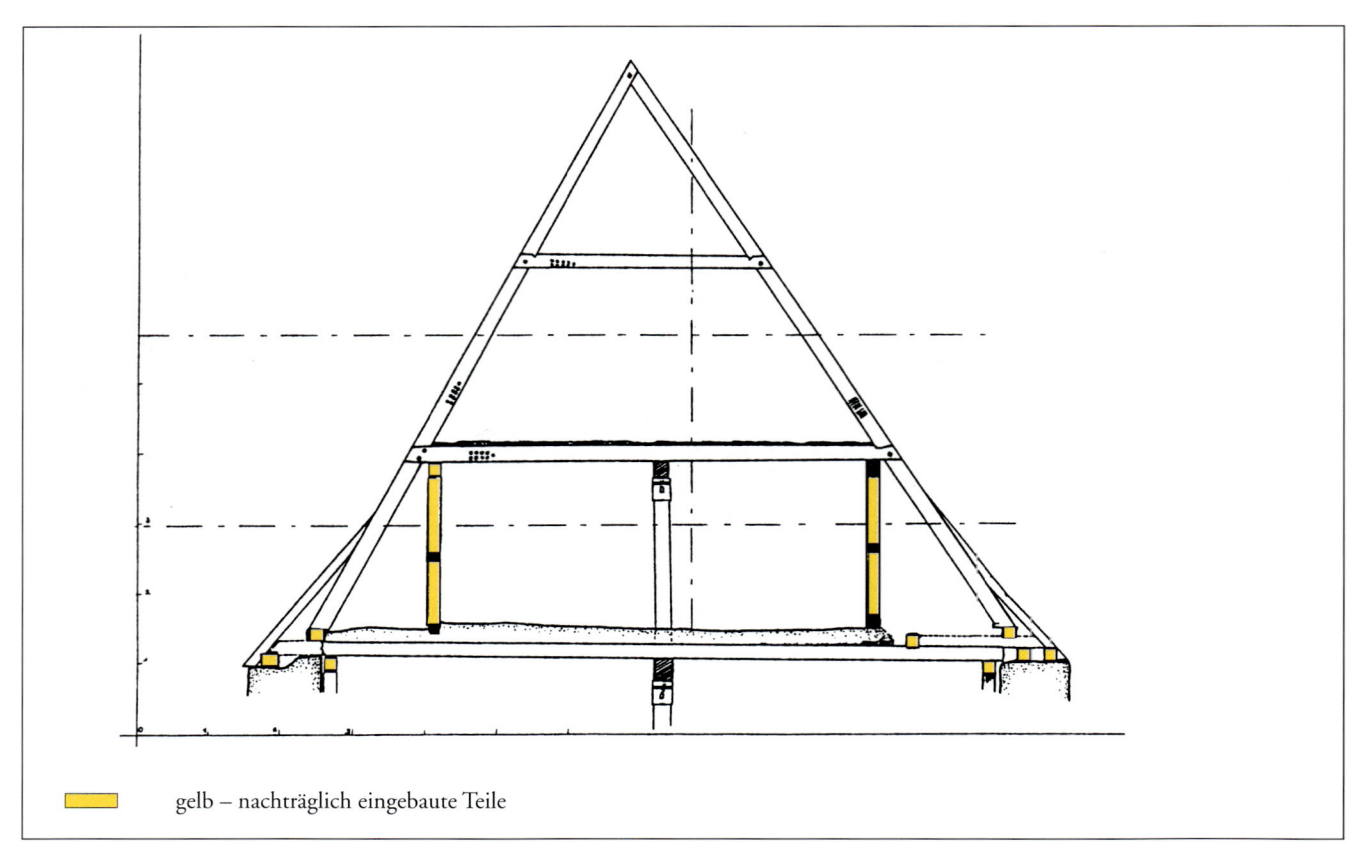

3  Querschnitt durch die Dachkonstruktion mit Bauphasenausscheidung. Ursprüngliche Bauphase von 1349 und nachträgliche, seitliche Verstärkungskonstruktion neu im Bereich des 2. OG und 1. DG, wohl von 1599

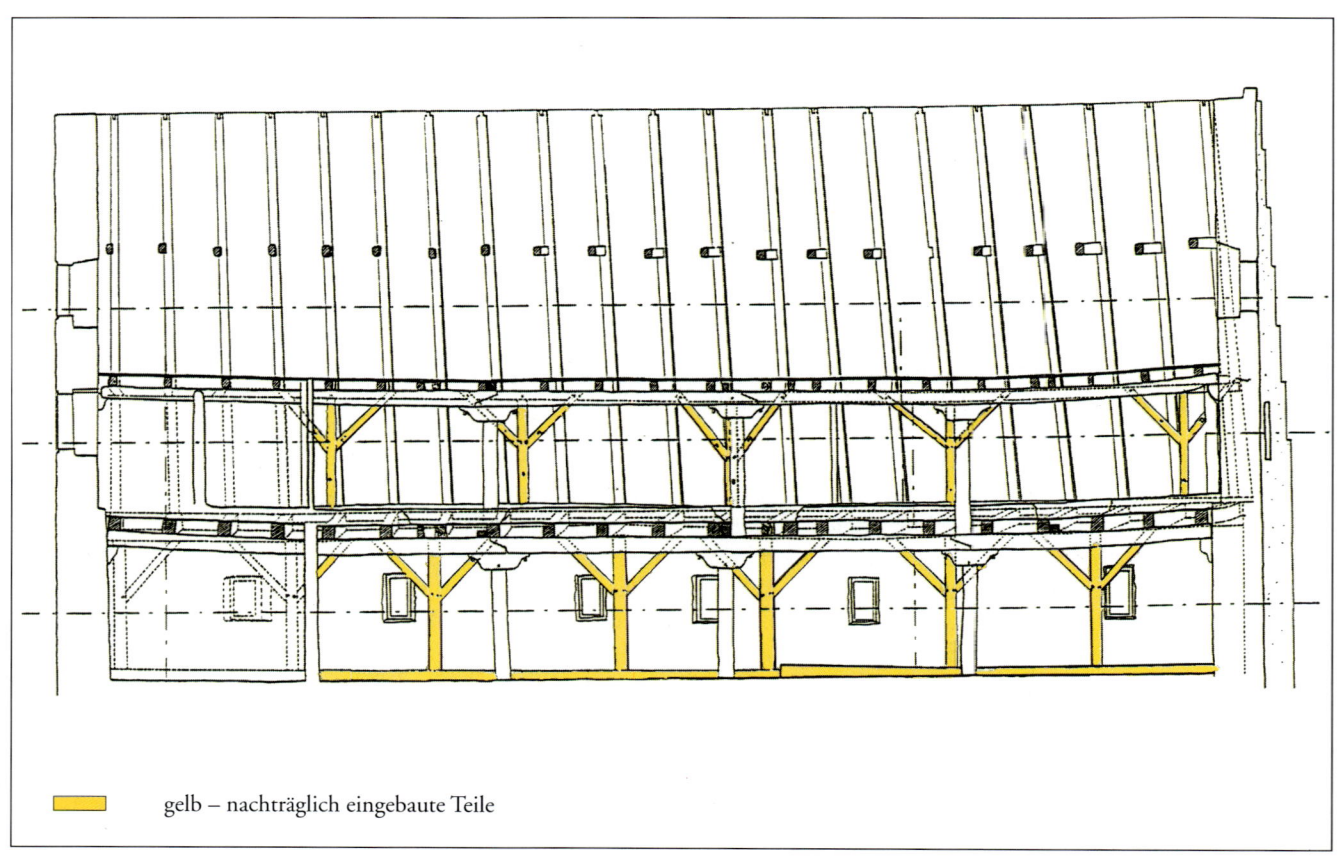

☐ gelb – nachträglich eingebaute Teile

4  Längsschnitt durch das 2. Obergeschoß und Dachkonstruktion. Die hinten stehenden Stützkonstruktionen mit Kopfbändern wohl von 1599

5/5a Dachraum mit ursprünglichem einfach stehenden Stuhl und nachträglich eingestellter Verstärkungskonstruktion hinten.

6 Fußpunktreparatur

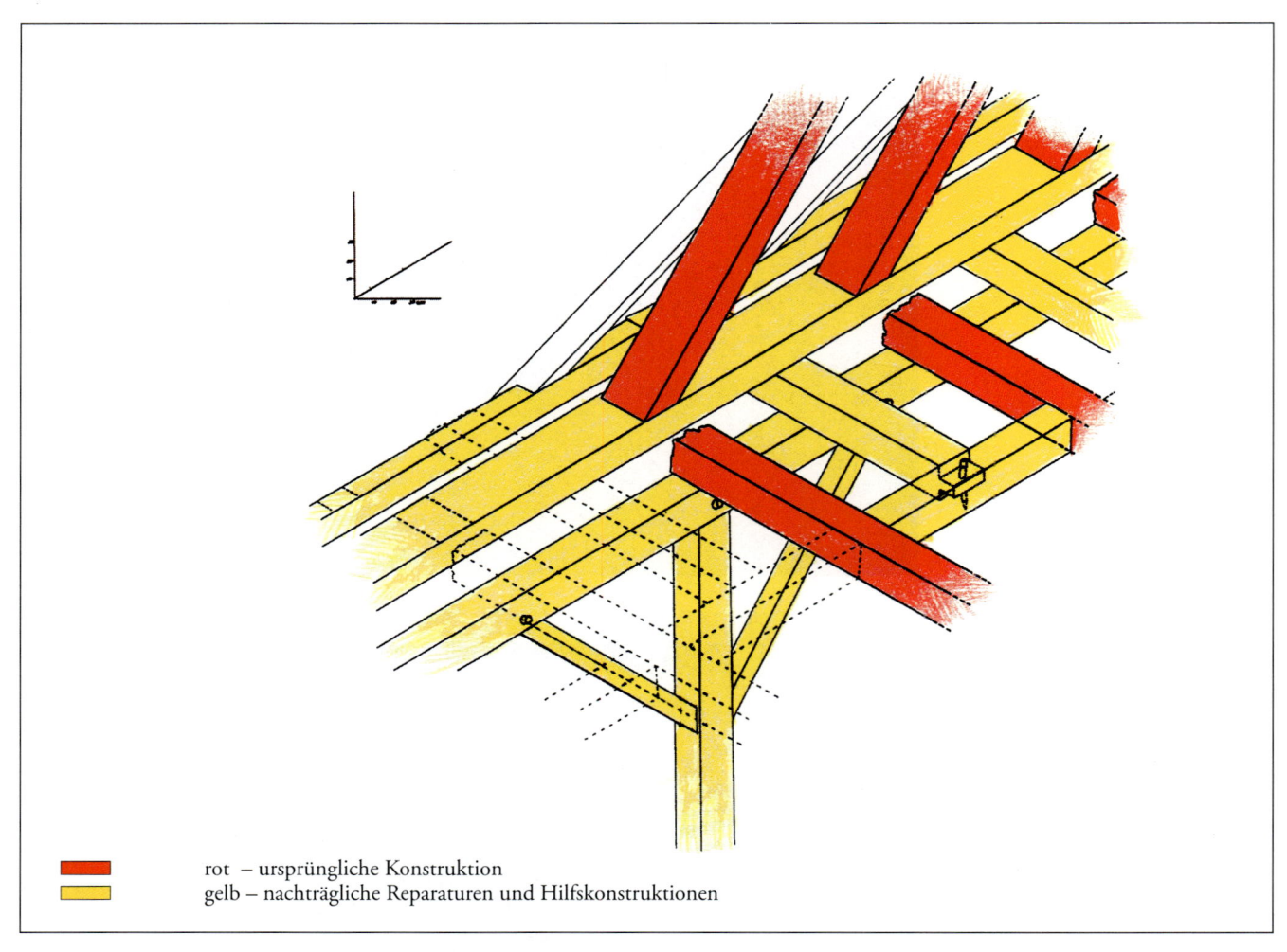

rot – ursprüngliche Konstruktion
gelb – nachträgliche Reparaturen und Hilfskonstruktionen

7   Isometrische Darstellung der Fußpunktreparatur von 1599 (?)

tung durch additive Striche gekennzeichnet. Beide Zählsysteme sind unabhängig voneinander aufgebaut und zählen aufsteigend in westliche Richtung. Der Wechsel im Zählsystem korrespondiert offenbar mit einem Stoß im Mittelunterzug des 1. Dachgeschosses. Trotz dieses Befunds besteht aufgrund der dendrochronologischen Untersuchung kein Zweifel, daß die Dachkonstruktion einheitlich errichtet ist.

## Reparaturkonstruktion

In der historischen Dachkonstruktion verdient eine neuzeitliche Reparaturmaßnahme auf der Nordseite Beachtung. Offenbar durch Feuchtigkeitseinwirkung wurden die Köpfe der Zerrbalken durchgehend zerstört – ein häufiger Schaden, wenn die Dachdeckung nicht regelmäßig gewartet wird. Zur Reparatur des Schadens wurden zunächst im 2. Obergeschoß dicht vor beiden Traufwänden jeweils sieben und im 1. Dachgeschoß jeweils fünf (ursprünglich sechs) hölzerne Stützen aufgestellt. Auf diesen Stützen liegen Rähmhölzer, die wiederum als Auflager für die zerstörten und vor der Wand abgesägten Zerrbalken dienen. Ständer und Rähm sind im 2. Obergeschoß durch gezapfte, im 1. Dachgeschoß durch verblattete Kopfbänder verbunden. Zwischen die verbliebenen Zerrbalken ist mit einem Abstand von etwa 70 cm von der Wand jeweils ein Wechsel eingefügt, in den regelmäßig ein Stichbalken eingezapft ist. Dieser neue Stichbalken liegt wie die ursprünglichen Zerrbalken auf dem Hilfsunterzug, endet aber im Gegensatz zu diesen nicht, sondern läuft auf der Mauerkrone bis auf die äußere Mauerlatte durch. Die Stichbalken wiederum tragen eine Hilfsschwelle, auf der dann die unten verkürzten alten Sparren stehen. Eine nachträglich im 1. Dachgeschoß eingefügte seitliche Stuhlkonstruktion verstärkt die Kehlbalken am Anschlußpunkt an die Sparren. Das Holz der Reparaturbalken ließ sich wegen der zu geringen Jahrringzahl der entnommenen Proben nicht datieren. Es bleibt also eine Vermutung, daß die Reparaturkonstruktion mit der großen Umbauphase im Bereich der Klostergebäude im Jahr 1599 in Verbindung gebracht werden könnte.

# Historischer Dachausbau
*Amy Prescher*

## Einleitung

Die systematische Untersuchung von Dachwerken über Bürgerhäusern muß neben Fragen nach der Konstruktion und der Gestaltung des Dachwerks auch die historische Nutzung der Dachräume einschließen. Dächer über Bürgerhäusern wurden nicht nur errichtet, um das Haus gegen Regen und Witterung zu schützen. Veränderungen in der Warenproduktion und dem Handel in den Städten seit der Mitte des 13. Jahrhunderts machten in zunehmendem Umfang Lagerraum erforderlich. Seitdem wurden die Dächer der Bürgerhäuser genutzt – oft bis auf die zweite Kehlbalkenlage. Die früher intensive Dachraumnutzung wird heute durch das Gerümpel und den Trödel, der sich im Dachraum offenbar unweigerlich ansammelt, verunklärt. Nicht wenige Beobachtungen deuten darauf hin, daß die Dächer der Bürgerhäuser ungleich intensiver für Wohn-, Lager- oder Gewerbezwecke genutzt wurden als Kirchen- oder Rathausdächer. Diese Nutzung war häufig mit unterschiedlich anspruchsvollen Ausbauten verbunden. Solche Dachausbauten lassen sich nach zwei unterschiedlichen Nutzungsarten unterscheiden. Im ersten Fall wurde der normalerweise ungeteilte Dachraum durch einfache Trennwände in Kammern untergliedert. Die Trennwände konnten die Stuhlkonstruktion und die Bindergespärre in die Wandkonstruktionen integrieren. Die derart ausgeschiedenen Kammern wurden zum Teil mit einer Fachwerkmalerei versehen. Sie hatten wahrscheinlich eine rein wirtschaftliche oder allenfalls eine untergeordnete wohnliche Nutzung. Die zweite Gruppe von Dachräumen besteht aus erstaunlich aufwendig ausgestatteten Stuben, die sich in Anspruch und Ausstattung nur wenig von den Wohnräumen der Vollgeschosse unterscheiden. Bei diesen Räumen handelt es sich vermutlich um sogenannte Sommerstuben oder Studierzimmer. Hierhin konnte sich der Hausherr entweder allein oder mit einer kleinen Trink- oder Festgesellschaft zurückziehen und dem Familienleben in der Wohnstube entfliehen[1].

In der Folge sollen einige Beispiele vorgestellt werden, die im Rahmen der Untersuchung dokumentiert werden konnten.

## Neustadt an der Orla, »Lutherhaus«, *Rodaerstr. 12*

Das »Lutherhaus« in Neustadt an der Orla ist ein reich ausgestattetes Bürgerhaus mit einem beachtenswerten dreigeschossigen Dachwerk. Die Holzkonstruktion ist in das Jahr 1489 datiert. Der Reichtum und hohe Anspruch des Bauherrn zeigt sich unter anderem in einer Bohlenstube im 1. Obergeschoß, einer Bohlenbalkendecken mit geschnitztem Unterzug, bemalten Wandvertäfelungen und Kassettendecken und einem Erker mit Kreuzrippengewölbe und Freskomalerei. Die Massivwände waren ebenso wie die Fachwerkwände farbig gefaßt.

Das Dachwerk diente offenbar überwiegend der Einlagerung von Waren. Dafür spricht nicht nur eine Hängekonstruktion zur Verbesserung der Tragfähigkeit des

1 Neustadt an der Orla, »Lutherhaus«. Wandfassung im Dachraum mit grauen Balken-, Kontur- und Begleitstrichen

Daches, sondern auch eine Seilwinde der Bauzeit, mit der vermutlich bis in unser Jahrhundert hinein Waren in das Dach aufgezogen wurden.

Die farbige Innenraumgestaltung der Wohngeschosse wird auch im Dachraum fortgeführt. Das Fachwerk des rückwärtigen Giebels ist im Dachraum des 1. Dachgeschosses in der gleichen Weise farbig gestaltet, wie man dies sonst eher für die Außenfassaden oder Wohnräume gewohnt ist (Abb. 1). Das Holzwerk ist grau gefaßt, wobei die Balkenfarbe bis zu 10 cm in die Gefache hinein verbreitet ist, um Unregelmäßigkeiten der Holzkonstruktion auszugleichen. Die Balkenfarbe wird von einem Konturstrich begrenzt, dem im Abstand von wenigen Zentimetern ein zweiter Begleitstrich folgt. Die Begleitstriche überkreuzen sich in den Gefacheecken. Die Fassung mag durchaus noch aus der Bauzeit stammen[2].

### Neustadt an der Orla, *Ernst-Thälmann-Straße 39*

Das zweigeschossige Haus steht auf einer langen, recht schmalen Parzelle mit der Giebelseite zur Straße. Das Dach mit nur einer Kehlbalkenlage und einer Dachneigung von etwa 50° wirkt nicht sonderlich repräsentativ. Es ist in das Jahr 1561 datiert und besteht aus einundzwanzig Sparrenpaaren, die vom Nordgiebel an der Straße beginnend durchgehend bis zum Hof numeriert sind. In das vierzehnte Sparrenpaar ist bereits bauzeitlich eine Fachwerkwand integriert. Anhand der Abbundzeichen der Hölzer in der Fachwerkwand, die mit denen der Sparren übereinstimmen, ist zu erkennen, daß die Wand gleichzeitig mit dem Dachwerk im Jahr 1561 errichtet wurde. Die Wand trennt den Dachraum in zwei unterschiedlich große Räume. Die Gefache beider Seiten der Trennwand sind mit einer ähnlichen Fassung versehen, wie sie auch im »Lutherhaus« zu finden ist. Die Balken sind grau gefaßt und in das helle Gefach hinein verbreitert. Ein schwarzer Konturstrich und ein Begleitstrich vervollständigen die Fassung. Anders als im »Lutherhaus« setzt sich die Fassung hier auch im Deckenbereich fort. Die Unterseiten der Dielen auf der Kehlbalkenlage sind in gleicher Weise behandelt; einzig der Begleitstrich fehlt (Abb. 2). Die Unterseite der Blockstufentreppe zur Kehlbalkenlage ist in gleicher Weise verziert[3].

### Neustadt an der Orla, *Kirchplatz 4*

Das Gebäude wurde um die Mitte des 16. Jahrhunderts errichtet. In dem Bau sind zahlreiche interessante Baudetails erhalten. So sind in der Fassade im 1. Obergeschoß Reste einer Bohlenstube zu erkennen. Der alte Zugang zu diesem Raum mit einem hölzernen Rundbogensturz ist heute zugesetzt.

Im 1. Dachgeschoß ist der Grundriß durch Fachwerkwände in drei Räume geteilt. Die Teilungswände sind, wie die Abbundzeichen beweisen, nicht in einem Zug mit der Dachkonstruktion eingebaut. Die Teilung muß aber wenig später erfolgt sein. Dafür spricht die vergleichsweise aufwendige Fachwerkfarbigkeit, die sich auf weiten Bereichen der Wände ebenso wie auf der Innenseite des südlichen Giebels erhalten hat. Die Fassung ist wiederum in Grau ausgeführt. Abweichend von den zuvor behandelten Bauten finden wir hier ein aufwendigeres System mit geometrischen Mustern über der Tür (Abb. 3/3a). Die Ecklösung in den Gefachen wird wiederum durch Überkreuzen der Begleitlinien ausgeführt.

Der südöstliche Raum diente wahrscheinlich schon zur Bauzeit als Schlafkammer. Er wird durch zwei Fenster im Giebel belichtet. In den mit Andreaskreuzen gefüllten Brüstungsfeldern unterhalb der Fenster sind die rautenförmigen Ecken der dreieckigen Gefache mit grauer Farbe gefüllt (Abb. 4/4a).

2 Neustadt an der Orla, Ernst-Thälmann-Str. 39. Graue Farbfassung über der Tür und an den Deckenbrettern

3  Neustadt an der Orla, Kirchplatz 4.
Dekorationsmalerei über der Tür

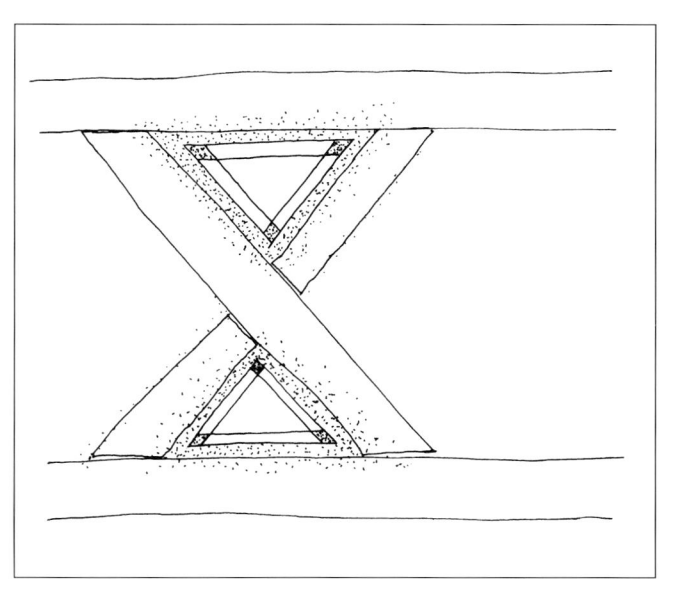

4  Neustadt an der Orla, Kirchplatz 4.
Bemaltes Andreaskreuz am Giebel

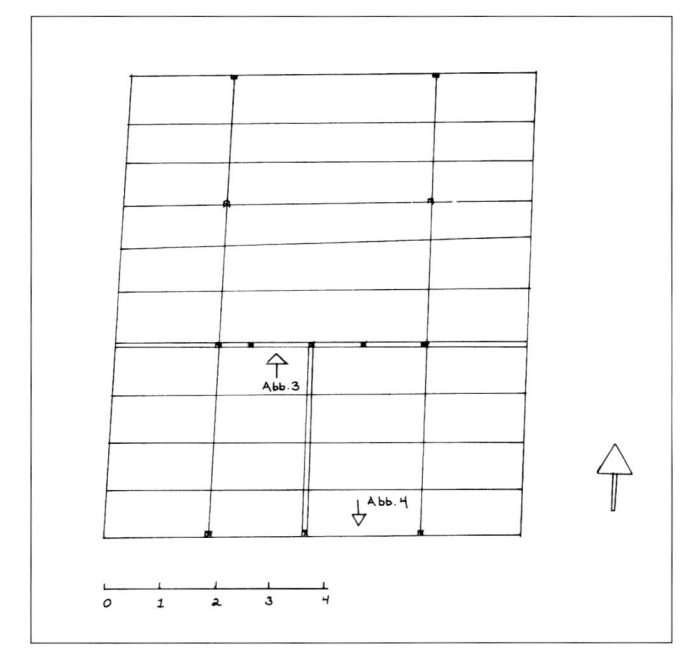

3a  Neustadt an der Orla, Kirchplatz 4.
Schematischer Grundriß

4a  Neustadt an der Orla, Kirchplatz 4.
Detail der Fachwerkfassung in Grau

## Saalfeld, *Köditzgasse 3* (1518) und Pößneck, *Kirchplatz 14* (1505)

In den beiden noch spätmittelalterlich geprägten Bürgerhäusern war der Dachraum schon zur Bauzeit durch Fachwerkwände geteilt. In Saalfeld wird die Fläche durch zwei quer zum First eingebaute Wände im achten und dreizehnten Gespärre gegliedert. Die Gleichzeitigkeit des Dachwerks mit den beiden Fachwerkwänden ergibt sich aus der durchgehenden und systematischen Anordnung der Bundzeichen. Die Sparren werden von einem liegenden Stuhl mit aufgeblatteten, verzierten Kopfbändern getragen. In die Stuhlsäulen sind zwei lange Riegel eingezapft. Der Sturzriegel reicht von Stuhlsäule zu Stuhlsäule, während der Brustriegel an den mittig eingestellten Türstöcken endet. Der Sturz der Tür ist als Schulterbogen ausgebildet (Abb. 5). Die Gefache sind durchgängig mit einer Lehmfüllung verschlossen. Eine farbige Fassung ist nicht mehr zu finden.

Zwei ähnliche Schulterbogenportale finden sich auch im Dach des Hauses Kirchplatz 14 in Pößneck. Hier ist der Grundriß des Dachgeschosses im Laufe der Zeit offenbar mehrfach verändert worden. Vor einer der zugesetzten Schulterbogentüren steht heute eine Treppe. Eine zweite gleichartige Tür am Westgiebel wird noch genutzt (Abb. 6). Wenn auch die Datierung des Hausgerüstes in das Jahr 1505 nicht eindeutig auf die Teilungswände

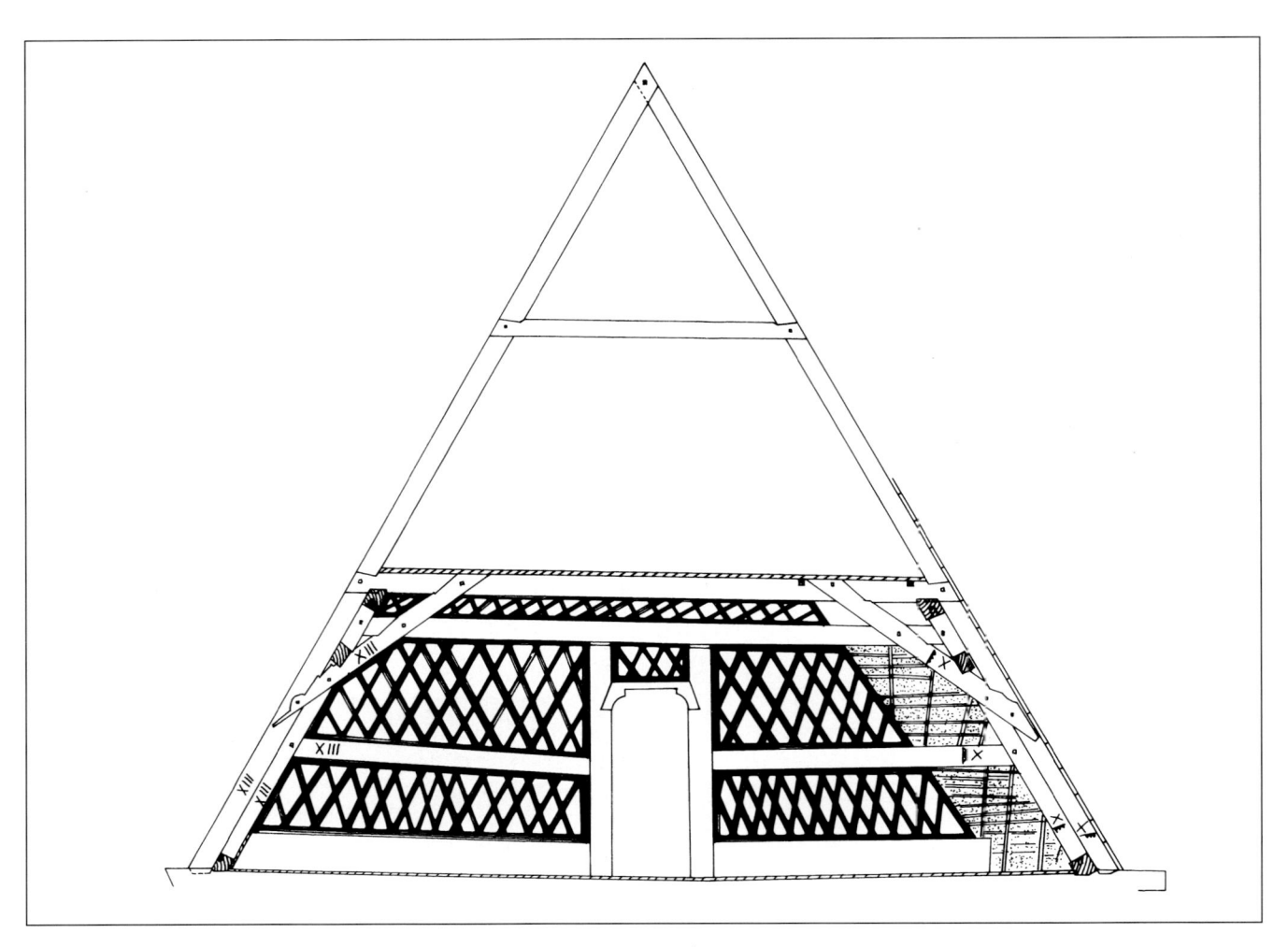

5   Saalfeld, Köditzgasse 3.
Querschnitt mit Fachwerkwand und Schulterbogentür (Schnitt A-A)

übertragen werden kann, so sprechen doch die Stürze für eine Entstehung schon in der ersten Bauzeit. Beide Holzstürze in Pößneck unterscheiden sich in der Gestaltung nur wenig von den Schulterbögen in Saalfeld. Während der Sturz in Pößneck die Hirnholzseiten mit einer senkrechten Kante im Türpfosten verzapft sind, wurden diese Kanten in Saalfeld nach oben hin abgeschrägt. Ähnliche Lösungen sind auch im »Lutherhaus« in Neustadt im 2. Obergeschoß und in einer Dachkammer des Pößnecker Rathauses belegt.

In drei Bürgerhäusern in Pößneck, Neustadt/Orla und Saalfeld wurden Dachräume gefunden, die jedenfalls in der vergleichsweise aufwendigen Getaltung Ähnlichkeiten mit einer Wohnstube haben. Die Stube ist der eigentliche Wohnraum im Haus[4]. Sie liegt gewöhnlich in dem der Straße zugewandten Teil des Hauses. Bis in die Barockzeit blieb die Stube der einzige beheizbare Raum des Hauses. Mittelalterlicher Tradition folgend waren die Wände oft als Bohlenwände errichtet und die Decken als Bohlen-Balken-Decken mit profilierten Hölzern gebaut. Diesen Gestaltungsgewohnheiten folgen auch die nachfolgend vorgestellten Räume.

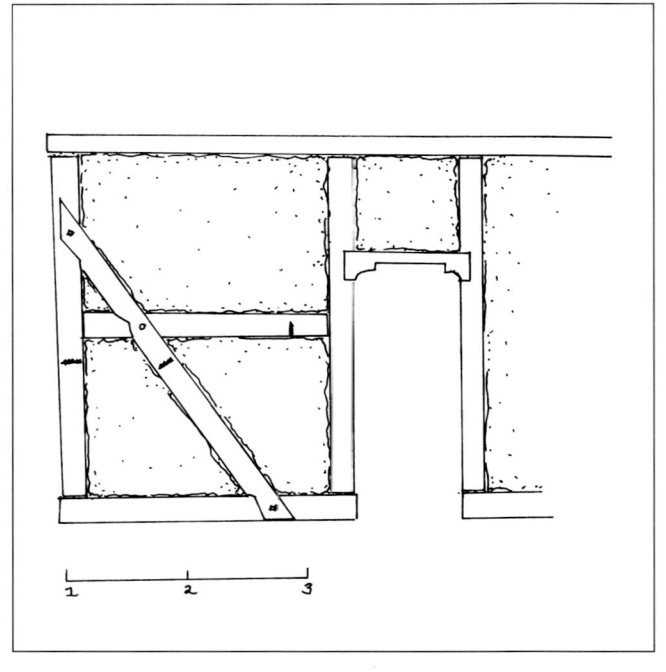

6   Pößneck, Kirchplatz 14.
Ansicht Fachwerkwand mit Schulterbogentür

## Pößneck, *Steinweg 18*

Das traufständige Haus besteht aus zwei massiven Geschossen und einem aufgesetzten Fachwerkgeschoß. In diesem hat sich eine Fachwerkfassung mit ausgedehnter Rankenmalerei in den Deckenfeldern erhalten. Durch das einfache Kehlbalkendach wird das Gebäude in das Jahr 1528 datiert. Zur Straße hin ist im nördlichen Teil des Daches eine aufwendig ausgebaute Kammer erhalten, während der südliche Bereich immer einfach gestaltet war. Daß diese Situation der Bauzeit zugerechnet werden kann, ist erwiesen, weil das Stuhlrähm zwischen den Außenwänden in der Kammer mit einer Schiffskehlenprofilierung versehen ist. Im übrigen Dachraum außerhalb der Kammer fehlt eine Profilierung. Die Decke der kleinen Stube wird durch schmale profilierte Bohlen gebildet, in welche die Fußbodenbretter der darüberliegenden Spitzbodenebene eingenutet sind (Abb. 7). Die Gestaltung der Decke in dem Dachstübchen folgt damit ähnlichen Grundsätzen wie die der Bohlen-Balken-Decke der Wohnstube im 1. Obergeschoß. Die Befundlage mit der fast isoliert in den Dachraum eingebauten, gleichwohl bauzeitlichen und recht anspruchsvoll ausgestatteten kleinen Stube zeigt damit insgesamt alle Merkmale einer Sommerstube, wie sie aus vergleichbaren Bauten bekannt sind: abgeschiedene Lage im Dach, Erreichbarkeit nur durch den sonst nicht ausgebauten Dachraum, aufwendiger Ausbau und fehlende Beheizungsmöglichkeit.

## Neustadt an der Orla, *Rodaerstr. 4*

Das in das Jahr 1599 datierte Dach über dem traufständigen und dreigeschossigen Massivbau ist mit ungewöhnlicher Sorgfalt abgezimmert. In der Dachmitte ist zur Straße hin ein Zwerchhaus aufgebaut. In dem Zwerchhaus ist schon zur Bauzeit eine Stube eingerichtet worden. Daß die Dachstube gleichzeitig mit dem Bau des Hauses entstand und nicht etwa später ausgebaut wurde, ist aus der Dachkonstruktion eindeutig ersichtlich. Das Dachwerk besteht aus einem dreifach stehenden Stuhl mit Aussteifung durch Kopfbänder in der Längsrichtung. Die Stuhlsäulen sind Teil der Stubenwände. Man betritt das Dachstübchen von dem auf der Rückseite des Hauses gelegenen Wendelstein durch einen Vorraum im 1. Dachgeschoß. Die Tür zur Stube wird durch eine in Renaissanceformen reich gestaltete Rahmung mit Bekrönung betont. Der Raum selbst ist längsrechteckig. Er wird durch Fenster im Giebel des Zwerchhauses belichtet. Die Decke ist vertäfelt. Mit kräftig profilierten Deckleisten werden Kassetten gebildet.

Zu dieser Gestaltung gehört eine Wandvertäfelung, die gegenwärtig übertapeziert ist (Abb. 8). Im Fußboden der Nordwestecke ist die Grundplatte für einen ehemaligen Kachelofen erhalten, der vom Vorraum beheizt werden konnte. Wie in dem zuvor beschriebenen Haus entspricht die Decke in der Sommerstube in der Detailgestaltung einer ähnlichen Decke im darunterliegenden Vollgeschoß.

Der übrige Dachraum außerhalb des Dachstübchens ist weniger aufwendig, gleichwohl anspruchsvoll gestaltet. Die Fachwerkgiebel sind mit Ziegeln und Bruchsteinen ausgefacht. Das Holzwerk bleibt sichtbar. Die Gefache sind verputzt. Bis zur Oberkante der Kehlbalkenlage ist im Gegensatz zu den bisher regelmäßig festgestellten Graufassungen erstmals eine Fachwerkfassung mit roter Balkenfarbe und einem schwarzen Kontur- und Begleitstrich der Bauzeit erhalten. In der Giebelspitze ist der Hahnenbalken auf das größere Gefach aufgemalt. Hier hat der Maler auf den Konturstrich der Holzteile verzichtet und den Begleitstrich rot ausgeführt (Abb. 9). Im Nordgiebel sind die heute mit Brettern verschlagenen Fenster mit roten Blumen gerahmt.

7 Pößneck, Steinweg 18. Bretterdecke mit profilierten Bohlen und Rähm mit Schiffskehlprofilierung

Die Außenseiten der Stubenwände sind wie die Giebeldreiecke farbig gefaßt. Über der beschriebenen Erstfassung der Bauzeit liegt eine zweite Graufassung, die aber nur einen Teilbereich des beschriebenen Dachraumes einnimmt. Hier mag zeitweise eine zweite, kleinere Stube abgeteilt gewesen sein.

### Saalfeld, Stadtapotheke, *Saalstr. 11*

Die Stadtapotheke ist in den Jahren bis 1620 errichtet. Die ausgesprochen repräsentative und reiche Außengestalt des in den Vollgeschossen massiv gebauten Hauses wird durch ein aufwendiges Portal und drei Zwerchhäuser in den Architekturformen der späten Renaissance geprägt. Zwei Zwerchhäuser sind auf der Straßen- und eines auf der Hofseite angeordnet. Das Zwerchhaus auf der Hofseite muß als höchst eigentümliche Lösung gewertet werden. Es ist in einem Bauzusammenhang mit dem Dachwerk entstanden. Zahlreiche Befunde in der Holzkonstruktion beweisen diese Feststellung. So ist die Bundseite aller achtundzwanzig Sparrenpaare nach Osten hin angeordnet. Einzig das neunzehnte und letzte Sparrenpaar ist als Randsparren in der westlichen Außenwand des Zwerchhauses verständlicherweise gedreht. Die Abbundzeichen zeigen, daß es sich hier nicht um eine nachlässige Bauausführung oder eine spätere Anpassung im Rahmen des Baufortschritts handelt, sondern daß die gesamte Konstruktion schon auf dem Zimmerplatz so abgebunden wurde.

Die gleiche Beobachtung gilt auch für die beiden Zwerchhäuser auf der Straßenseite. Wieder geben die Abbundzeichen den eindeutigen Hinweis, daß der Zimmermann das Dachwerk von vornherein so geplant hat.

Ein zum ältesten Baubestand gehörender steinerner Wendeltreppenturm führt auf der Rückseite des Hauses bis in das 1. Dachgeschoß. Hier befindet sich zunächst in

8 Neustadt an der Orla, Rodaerstraße 4. Dachstübchen mit kassettierter Decke und (tapezierter) Wandvertäfelung

9 Neustadt an der Orla, Rodaerstraße 4. Rotfassung auf der Innenseite des Giebels

10  Saalfeld, Saalstraße 11.
Türbekleidung vor der Sommerstube

11  Saalfeld, Saalstraße 11.
Tür zum Taubenhaus

dem rückwärtigen Zwerchhaus eine zur Hofseite angeordnete Dachkammer. Das Zwerchhaus liegt in der Achse eines rundbogigen Portales, durch das man den Hofraum betritt. Über der Traufe sind zwei Geschosse aufgebaut. In jedem der Geschosse ist heute wie schon zur Bauzeit ein längsrechteckiger Raum angeordnet. Im ersten Dachgeschoß befindet sich eine aufwendig ausgestattete Stube (Abb. 10). Sie wird zu allen Zeiten als Wohnraum genutzt worden sein. Der Raum wird durch eine Reihe von Fenstern vom Hof her belichtet. Die Wände sind vertäfelt. Die Flächen werden durch vertikale Leisten gegliedert, die in der vorgefundenen Form kaum mehr der Bauzeit zuzurechnen sein dürften. Sie geben aber auch mit dem unteren Abschluß eine Situation wieder, die für vergleichbare Stuben gut belegt ist: An den Wänden muß man sich eine umlaufende Bank vorstellen, auf der die Festgesellschaft saß und fröhlich zechte. In der Höhe des Türsturzes läuft ein Gesims mit Zahnfries um, das von Konsolen getragen wird. Das Gesims diente seinerzeit als Bord für die Trinkbecher und anderes Gerät. Es bildet mit einer geringen Verkröpfung in den Raum hinein zugleich den Sturz der Eingangstür. Diese wird von zwei flachen kannelierten Pilastern auf beschlagwerkverziertem Sockel gerahmt.

Oberhalb der Sommerstube ist im 2. Dachgeschoß ein Taubenhaus eingebaut. Es spricht für den architektonischen und gestalterischen Anspruch des gesamten Bauwerks, daß sogar der Zugang zu diesem Taubenhaus durch eine Türumrahmung mit Pilastern betont ist (Abb. 11). Die Formen sind gegenüber dem Wohngeschoß vereinfacht. Eine Verdachung mit Zahnfries fehlt hier ebenso wie die Farbfassung.

Die Einzelformen der Ausstattung lassen keinen Zweifel daran, daß der gesamte Dachausbau gleichzeitig oder allenfalls wenige Jahre nach der Fertigstellung des Hauses erfolgte. Die erhaltenen Türblätter sind als Rahmen-Füllungstüren gebaut und in den Ecken mit Holznägeln gesichert. Die Profile und die Zierformen in den Füllungen mit Ohrungen und Verdachungen sowie Rundbogenmotiven und Diamantierungen fügen sich ohne Zwänge in das Formengut des frühen 17. Jahrhunderts. Die Bockshornbeschläge der Türen auf kräftigen Kloben sind gute Arbeit. Die Türrahmungen zeigen verschiedenartige Motive von der Schuppung über die Kanellur bis zur Diamantierung. Unterschiedliche Verdachungen, meist mit Zahnfries und Konsolen, runden das Bild im 1. Dachgeschoß ab.

## Zusammenfassung

Die vorgestellten Räume in den Dächern von Bürgerhäusern haben bei aller Verschiedenheit des Einzelbefundes eines gemeinsam: Sie liegen isoliert in der »unwirtlichen« Umgebung des Dachraumes und sind häufig nur durch den unausgebauten Dachraum erreichbar. Auch wenn bisweilen der Durchgang eine bewußte Gestaltung erfahren hat: Die Zurückgezogenheit der Dachstuben ist ganz offensichtlich gewollt und geplant. Alle Dachstuben sind zeitgleich mit dem Wohnhaus errichtet und ausgestattet worden. Es ist nicht möglich, die Entstehung der Räume mit einer Nutzungsänderung oder einer unvorhersehbaren Intensivierung der Nutzung zu erklären. Weil die Ausstattung der Dachräume der Gestaltung der Wohnräume in den meisten Fällen in nichts nachsteht, ist auch keine zwingende Hierarchie in der Nutzung der Räume zu erkennen. Die Dachstuben unterscheiden sich von den Wohnstuben vor allem darin, daß ein Stubenofen in aller Regel fehlt. Damit ist es naheliegend, diese Räume als Sommerstube in dem eingangs beschriebenen Sinne zu deuten.

Unter den besprochenen Beispielen lassen sich zwei grundsätzlich unterschiedliche Lösungen für diese Aufgabe beschreiben. Die einfachere Lösung nutzt die Stuhlkonstruktion des Dachwerks für den Einbau von Teilungswänden, die dann quer zum First verlaufen müssen. In diesen Wänden ist die Zugangstür eingebaut. Die Fenster der Stuben liegen folgerichtig in den Giebeln. Zwei oder doch wenigstens eine Seitenwand wird durch die schräge Dachfläche gebildet, die man sich dann gewiß mit einer Vertäfelung auf der Unterseite der Sparren vorstellen muß. Durch die schrägen Wände wird der Wert einer solchen Stube jedoch möglicherweise schon im Verständnis der Zeitgenossen beeinträchtigt.

Die zweite Lösung vermeidet diesen Nachteil, indem die Dachstuben in Zwerchhäuser eingebaut werden. Diese Zwerchhäuser haben dann ein deutlich größeres Volumen als eine normale Belichtungs- oder Aufzugsgaube. Besonders die Stadtapotheke in Saalfeld zeigt, wie nachhaltig die drei Zwerchhäuser gerade in einem solchen Fall auch das äußere Erscheinungsbild des Hauses prägen. In den Zwerchhäusern können nun Stuben mit allseits geraden Wänden eingerichtet werden. Einzig in einem solchen Raum ist der Einbau einer an allen Wänden der Stube umlaufenden Bank vor einer reichen Täfelung möglich, wie sie für die Trinkgelage und Feiern der Renaissancezeit üblich war. Insgesamt kann kein Zweifel daran bestehen, daß die Dachstuben schon immer einer anspruchsvollen Nutzung dienten und für das Verständnis des bürgerlichen Wohnens in der frühen Neuzeit eine wichtige Rolle spielen. Für den heutigen Nutzer sind sie so attraktiv, wie sie es für den Bauherrn der Renaissance waren.

### Anmerkungen

1 Norbert Bongartz hat für Baden-Württemberg über einhundert Beispiele solcher Sommerstuben zusammengetragen und damit nachgewiesen, daß das Phänomen durchaus keine Seltenheit war und ist. Eine Publikation steht noch aus. Bongartz sieht die Sommerstube, die nicht selten mit Blick über die Enge der ummauerten Stadt hinaus in die Landschaft angelegt ist und sich entweder in einem Nebengebäude im Hof oder im Dachbereich des Wohnhauses befunden hat, als einen Vorläufer des barocken Gartenpavillions. Zum gleichen Thema auch: Cramer, Johannes: Farbigkeit im Fachwerkbau, München 1990, S. 161-172.
2 Cramer, wie Anm. 1, S. 55/56.
3 Eine ähnliche Fassung wurde auch im Haus Marktstraße 10 nachgewiesen; hier wurde aber statt der Graufassung Ocker verwendet.
4 Zum Themenkreis einführend und zusammenfassend Bedal, Konrad: Historische Hausforschung, Bad Windsheim 1993, S. 111–117. Mit zahlreichen Wortbelegen vor allem Hänel, Joachim: Stube – Wort- und sachgeschichtliche Beiträge zur historischen Hausforschung; Münster 1975. Eine umfassende Behandlung des Themas unter baugeschichtlichen und hauskundlichen Aspekten steht noch aus. Einen ersten Versuche unternahm Bedal, Konrad: Wohnen im hölzernen Gehäus', in: Hausgeschichten (Ausstellungskatalog), Schwäbisch Hall 1994, S. 93–124.

# Dachreparatur

*Johannes Cramer*

*In Dach und Fach erhalten,* verstehet ... die sorgfältige Aufsicht und Bemühung eines guthen Hauswirthes, ... ein Haus nicht nur in Ansehung des Daches dergestalt zu bewahren, daß Wind, Wetter und Regen nicht eindringen und dasselbe schadhaft machen ...
(Johann Georg Krünitz 1797)

*Dach(n)* ... *Eigentlich das Schädeldach. Beruht auf der volkstümlichen Gleichstellung des Menschen mit einem Haus. Bei ihm regnet's durchs Dach = nicht recht bei Verstande.*
(Küpper 1963)

## Dachdeckung

*Ziegeln sind mancherley. Holwercke / da über zwey hole Ziegel der dritte mit verkehrter Hölung lieget / werden Mönch und Nonnen genennet / und wegen ihrer Schwere wenig mehr gebraucht. Flachwercke / die von glatten Ziegeln / so am Ende abgerundet zusammen gesetzet / sind leicht und zierlich / daher sie am meisten gebraucht werden. Diese Art heisset Biber=Schwänze. Eine dritte Art / so Dach=Pfannen heissen / haben hohle Ecken / womit sie aneinander fassen / und wohl schliessen. Schiefer giebt ein zierlich Dach / will aber abschüßig geleget seyn.*
(Adrian Beier, Handwercks=Lexicon, 1722)

Ein historisches Dach ist langmütig. Die Zimmerleute haben solide gearbeitet und Holzwerk und Dachdeckung aufeinander abgestimmt. Ein historisches Dach ist langlebig, wenn man es pflegt. In diesem Heft sind zahlreiche Dächer dokumentiert, die – in traditioneller Handwerkskunst erbaut – über 600 Jahre alt sind. Allerdings: Bleibt die Pflege aus, so setzt schon nach zehn oder fünfzehn Jahren der Verfall ein. Erst langsam, dann immer schneller. Zuerst fehlt nur ein einziger Dachziegel; am Ende wird das gesamte Dach und zuletzt das Haus insgesamt zerstört. Die Ergebnisse solcher Entwicklungen konnte und kann man teilweise noch heute in den historischen Stadtkernen Mitteldeutschlands sehen.

Ursache dieser Zerstörungen ist der einzige wirkliche Feind jeden historischen Hauses: das Wasser. Durchfeuchtung weicht das Holz zuerst auf und bildet dann einen idealen Nährboden für alle Arten von Pilzen und Bakterien. Die organischen Bestandteile beginnen zu verfaulen. Wenn das Holz wieder trocknet, zerbröselt der Rest. Kalkmörtel wird vom Wasser ausgewaschen, Lehm aufgeweicht. Eisen verrostet und sprengt dann sogar Steine. Im feuchten Milieu findet der Hausschwamm einen idealen Nährboden. Deswegen wissen die Denkmalfeinde schon längst: Die einfachste Methode, ein historisch bedeutsames Gebäude zu ruinieren, ist das Aufdecken der Dachfläche. Leider muß man bis heute immer wieder beobachten, daß eben das passiert.

Der Denkmalfreund und Denkmalpfleger wird sich aus den genannten Gründen bemühen, zuallererst das Dach in Ordnung zu bringen. Nach der politischen Wende 1989 wurden allein in Thüringen in einer großen Kraftanstrengung tausende von Dächern aus diesem Grund neu eingedeckt. Diese Anstrengung hat zahllose Häuser vor dem schon beinahe sicheren Untergang bewahrt. Nachdem die drängendsten Aufgaben gelöst sind, mag es heute nützlich sein, einige grundlegende Fragen der Dachreparatur differenzierter zu betrachten, als dies zunächst möglich war.

In Thüringen sind heute noch drei ganz unterschiedliche Arten von historischen Dachdeckungen der einstmals vier traditionellen Möglichkeiten zu finden. Holzschindeldeckungen und Strohdächer sind nicht mehr erhalten. Sie wurden seit der Mitte des 19. Jahrhunderts systematisch gegen harte Deckungen aus Schiefer oder Ton, wie sie gleichfalls schon immer verwendet wurden, ausgetauscht.

Die Schieferbrüche im Thüringischen Schiefergebirge machen den Naturschiefer im ganzen Land, besonders aber im südlichen Thüringen zu einem selbstverständlichen, seit langer Zeit bekannten und verwendeten Bedachungsmaterial. Die in den unterschiedlichen Färbungen des natürlichen Schiefers kunstvoll gestalteten Fassadenbekleidungen geben den Häusern im Thüringer Wald einen ganz eigenen Reiz. Der Naturschiefer ist auch in den besten und einheitlichsten Varietäten niemals einfarbig, wie dies für alle Ersatzmaterialien gilt. Deswegen gibt es zum echten Schiefer auch keine wirkliche Alternative.

Alle Reparaturmaßnahmen an historischen Deckungen sollen in Naturschiefer ausgeführt werden. Auch Neueindeckungen, die nach 100 bis 120 Jahren infolge des gewöhnlichen Verschleißes erforderlich werden, müssen unbedingt in Naturschiefer ausgeführt werden. Die Kosten für eine solche Deckung sind zwar etwas höher als eine Deckung mit Ersatzmaterial; der gestalterische Gewinn ist aber ungleich größer.

Schieferdeckungen sind auf den großen Kirchendächern schon seit langer Zeit üblich, wenngleich sich Dacheindeckungen aus der Zeit vor 1800 technisch bedingt nicht erhalten konnten. Der Dom in Erfurt ist spätestens seit dem 19. Jahrhundert ebenso wie die Kirche in Bad Langensalza mit Schiefer gedeckt. Auch für Bürgerhäuser sind Schieferdächer historisch seit langem belegt. Im 19. Jahrhundert sind sie besonders beliebt.

Auf Bürgerhäusern der Zeit vor 1800 findet man heute in aller Regel eine Deckung mit Ton-Dachplatten oder Krempziegeln. Die geläufigere und schon im 18. Jahrhundert von Adrian Beier für Thüringen bezeugte Bezeichnung »Biberschwanz«-Deckung ist deswegen ungenau, weil es flache Dachplatten mit ganz unterschiedlichen Formen gibt. Neben dem Rund- und Segmentschnitt sind auch Geradschnitt, Spitzschnitt und sogar Eselsrückenformen bekannt. Dachplatte ist nicht gleich Dachplatte. Das gilt auch für die Formate, die sich regional und zeitlich teilweise erheblich unterscheiden. Will man eine historische Dachdeckung denkmalgerecht instandsetzen, so kommt es darauf an, hier die dem Einzelbau angemessene Lösung zu finden.

Dachplatten wurden bis in das 19. Jahrhundert hinein ausschließlich von Hand hergestellt. Die industrielle Fertigung setzt erst seit dem letzten Drittel des 19. Jahrhunderts ein. Erst seit dieser Zeit sind auch Falzziegel bekannt.

Auf einem Bürgerhaus der Zeit vor 1800 wird man deswegen in aller Regel eine harte Deckung mit Dachplatten erwarten. Die älteste, einfachste und billigste Art der Dachdeckung mit flachen Dachsteinen ist die Einfachdeckung mit Splißen (oder Spänen). Der Spalt zwischen zwei Dachziegeln wird mit einem aus Lärchenholz gespaltenen Span unterlegt. Solange er dort liegt, ist das Dach zuverlässig dicht. Nur wenn die Späne infolge von Wind oder Erschütterung verrutschen, rinnt Wasser in das Dach. Ein Splißdach soll deswegen regelmäßig vom Dachraum aus durchgesehen und nachgesteckt werden. Das setzt natürlich voraus, daß der Dachraum nicht ausgebaut ist. Die heute regelmäßig eingebaute Unterspannbahn ist in einem solchen Falle natürlich auch fehl am

1  Der Verfall historischer Bausubstanz beginnt (fast) immer mit Schäden am Dach. Erst fehlen wenige Ziegel, dann hilft nur noch die Notsicherung mit Planen, dann stürzt das Dach in sich zusammen.

2  Deckung in Naturschiefer (vorn) und mit Kunstschiefer (hinten). Der natürliche Schiefer ist vielgestaltig in der Farbe und belebt die Dachfläche; der Kunstschiefer wirkt optisch tot.

Platze. Sie ist im übrigen längst nicht so dicht und kein so guter Schutz, wie die Firmen immer wieder behaupten. Jeder, der eine nur eingeplante und noch nicht gedeckte Dachfläche einmal bei Regen von innen ansieht, kennt diese Beobachtung. Wenn die Dachfläche von innen zugänglich bleibt, ist das Spließdach das reparaturfreundlichste Dach, das man sich überhaupt vorstellen kann.

Schon Krünitz wußte im Jahr 1797, *daß diese Arten Ziegel ein Gebäude nicht so sehr belästigen, als die übrigen Arten. Außerdem läßt sich auch ein solches Dach leicht reparieren, in dem man inwendig ohne viele Mühe die zerbrochenen (Ziegel) herein ziehen und an deren statt einige andere hinein schieben kann.* So läßt sich jeder kleine Schaden ohne Gerüst mit geringstem Aufwand von innen beheben.

Die Doppeldeckung als gewöhnliche Doppeldeckung oder auch als Kronendeckung ist deutlich schwerer als die Einfachdeckung. Deswegen ist manches alte Dach, dessen Sparren vielleicht ursprünglich nur eine leichte Strohdeckung trugen, für eine Doppeldeckung ungeeignet. Dennoch wird man sich in der Regel bemühen, die technisch zuverlässigere Doppeldeckung auf das Dach zu bringen. Die Spließe können dann entfallen.

Neue Ziegel auf dem Dach sind in den letzten Jahren zum Synonym für eine erfolgreiche Denkmalpflege geworden. Das ist gut so – wenn löchrige Dächer wieder dicht werden. Freilich: Man soll die neuen Ziegel nicht überschätzen – oder die alten nicht unterschätzen. Die Lieferanten geben heute eine Garantie von höchstens dreißig Jahren für ihre Produkte. Manches neu eingedeckte Dach mußte aber auch schon früher erneuert werden, weil die industriell gefertigte Dachplatte nicht hielt, was der Lieferant versprach.

Es lohnt sich deswegen, die Qualität der handwerklich hergestellten alten Produkte zu prüfen. Noch heute kann man auf alten Dächern Feierabendziegel sehen, die mehr als 400 Jahre klaglos das Haus geschützt haben. Komplette Dachdeckungen aus dem 19. Jahrhundert sind nicht selten. Die oft sehr hart gebrannten Dachplatten haben Jahrzehnte und Jahrhunderte dem Wetter getrotzt und können das nicht selten noch sehr viel länger. Es ist deswegen ein wirtschaftlicher und denkmalpflegerischer Fehler, die alten Ziegel ungeprüft auf den Müll zu werfen. Fast immer kann man wenigstens Teilflächen eines Hauses mit dem weiter brauchbaren alten Material neu eindecken. Die guten Ziegel werden geborgen, während der Dachreparatur sachgerecht, das heißt senkrechtstehend und auf Paletten mit zwischengelegten Hölzern gelagert und am Ende wieder aufgezogen und eingebaut. Alle Ziegel mit Fehlern (Risse, große Abplatzungen in der Oberfläche, Kalknester, ausgewitterte Oberfläche) werden aussortiert.

Die Qualität der alten Dachplatten kann man auch dadurch feststellen, daß man sie ins Wasser legt. Schlechte Ziegel saugen viel, gute wenig – Stichproben reichen. Eine derart sorgfältig ausgesuchte Neueindeckung mit altem Material ist den Industrieprodukten technisch wenigstens ebenbürtig – oft sogar überlegen – und gestalterisch weitaus besser. Der Denkmaleigentümer geht mit der Verwendung von altem Material kein größeres Risiko ein als sonst auch. Wenn der Handwerker aus nachvollziehbaren Gründen die Gewährleistung für das alte Material ablehnt, so muß er sie doch für den fachgerechten Einbau übernehmen.

3  Historische Dachdeckung mit einem in das Jahr 1599 datierten Feierabendziegel (unterste Reihe, Mitte). Der Traufbereich ist durch jüngere Falzziegel ersetzt.

## Dachwerk

*Dach-Stuhl; Ein Zimmer-Werck / so unter das Sparrwerck gesetzt wird / dasselbe tragen zuhelffen.*
(Adrian Beier 1722)

Ein historisches Dachwerk besteht aus dem Dachstuhl und den Dachsparren, welche auf dem Stuhl »sitzen« (richtiger: liegen) – daher der Begriff Dachstuhl. Die Holzkonstruktion ist schon bei den frühesten erhaltenen Bauten immer zweckmäßig und wirtschaftlich, kurz: durchdacht gebaut. Wenn die Dachdeckung regelmäßig gewartet wird, entstehen keine Schäden und das Dachwerk hält ewig. Obwohl diese Erkenntis einfach ist, vernachlässigt mancher Hauseigentümer bisweilen die regelmäßige Wartung. Dieses Versäumnis führt dann zu einigen wenigen Schadensbildern, die immer wieder an charakteristischen Stellen auftreten und auch bei Neubauten in gleicher Weise auftreten werden, wenn die notwendige Wartung ausbleibt. Diese wenigen, immer wieder gleichen Schäden veranlassen den Laien nicht selten zu der Annahme, ein altes, teilweise reparaturbedürftiges Dachwerk sei so stark zerstört, daß es vollständig abgebrochen oder wenigstens in großen Teilen ersetzt werden müßte. Die irrige Annahme wird dadurch gefördert, daß sich die wenigen Schäden gewöhnlich auf den unteren Teil des Daches, den man bei einer kurzen Begehung als einzigen sieht, konzentrieren; weiter oben, wo keiner mehr hinsieht, ist meist alles in Ordnung. So ist die Behauptung, ein altes Dach müsse wegen gravierender Schäden vollständig abgerissen werden, fast immer unberechtigt. Sie führt zur überflüssigen Zerstörung interessanter Zeugnisse alter Handwerkskunst und ist deswegen für den Denkmalpfleger nicht akzeptabel. Das neu gebaute Dach kostet außerdem den Bauherrn unsinnig viel Geld, das er besser

4   Schäden am Randsparren eines (heute abgetragenen) Kamins. Das alte Holz ist fast vollständig zerstört und mit einer beigelegten Bohle nur notdürftig geflickt. Der neue Sparren links gibt die ursprüngliche Durchführung des alten Kamins mit großem Querschnitt an.

5   Typischer Schaden am Fußpunkt des Sparrens (Erfurt, Fischmarkt 27). Durch auf dem Sparren herunterlaufendes Wasser (weiße Verfärbungen) wird der Fußpunkt so lange geschwächt, bis er am Ende bricht.

6a bis 6e und 7a/b
Schadenserhebung und Reparatur des Dachwerks auf dem Haus Futterstraße 17 in Erfurt (1519).
Die Dachkonstruktion hatte sich infolge Kriegseinwirkung, durch unsachgemäße Eingriffe in die Konstruktion und auch durch Wasserschäden stark geneigt. Der vollständige Abbau des Dachwerks wurde längere Zeit diskutiert und genehmigt. Eine systematische Schadenserhebung konnte zeigen, daß die vergleichsweise geringen Schäden mit deutlich geringerem Aufwand am Ort mit handwerklicher Technik zu reparieren waren. Die sorgfältige Zimmermannsarbeit hat ein Dachwerk aus dem Jahr 1519 mit geringen Verlusten erhalten und dem Bauherrn Kosten gespart.

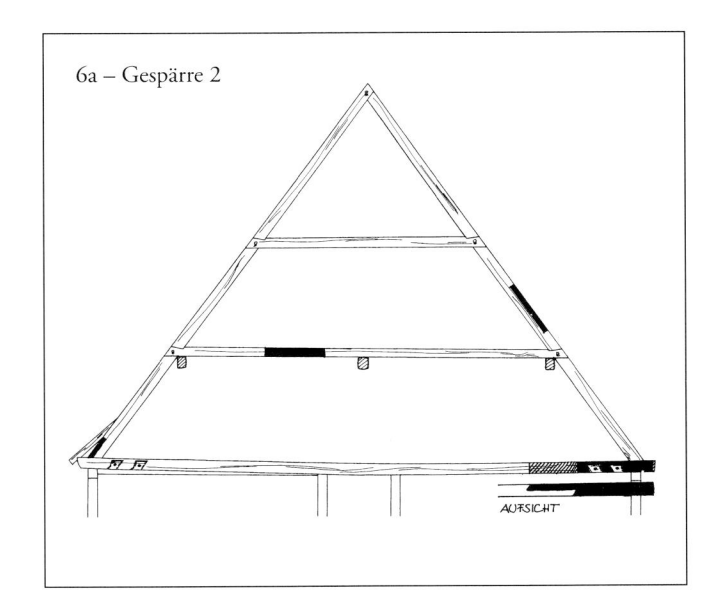

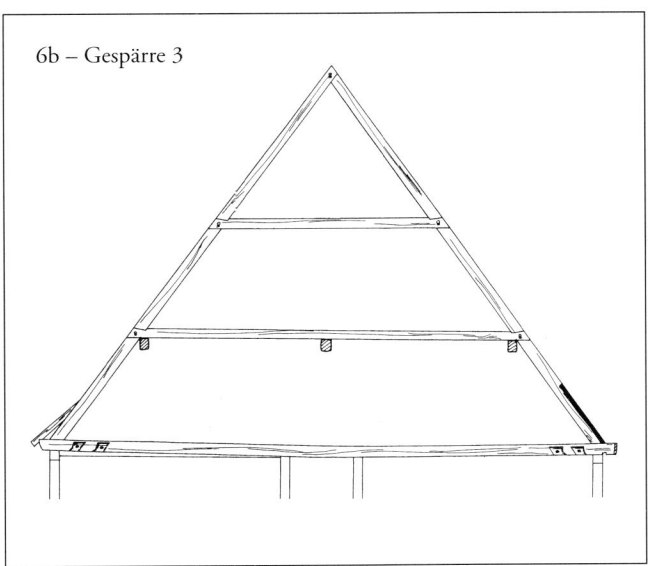

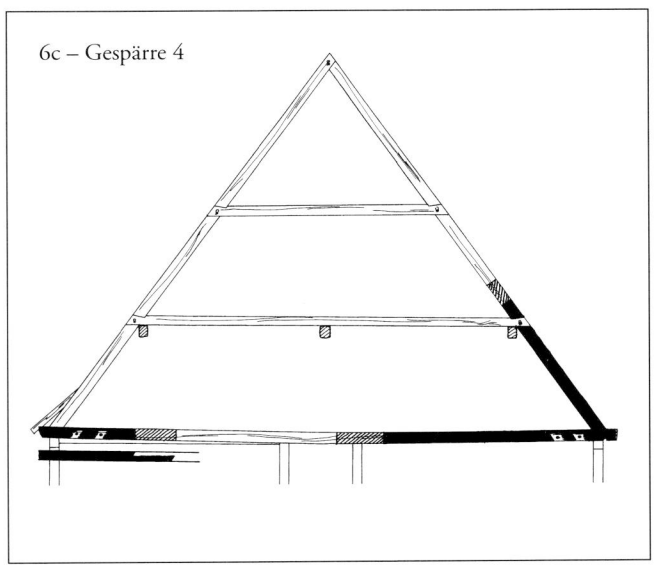

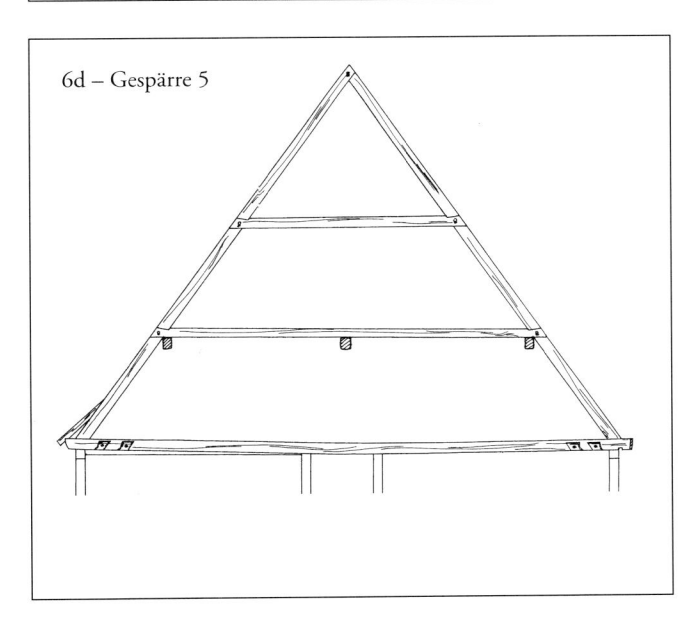

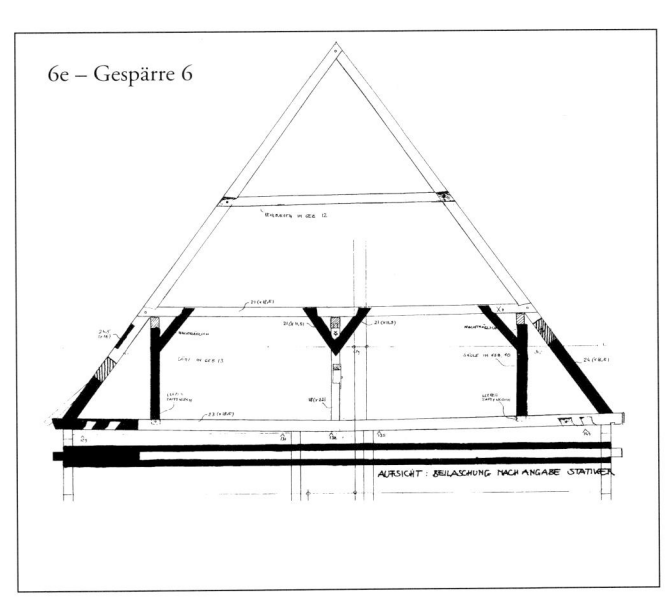

6a – Gespärre 2

6b – Gespärre 3

6c – Gespärre 4

6d – Gespärre 5

6e – Gespärre 6

6a bis 6e   Auszug aus der Maßnahmeplanung für die Gespärre 2 - 6. Nur die schwarz gekennzeichneten Teile werden bearbeitet. Manche Gespärre – z.B. Nr. 5 – sind vollständig schadensfrei.

fehlend
später

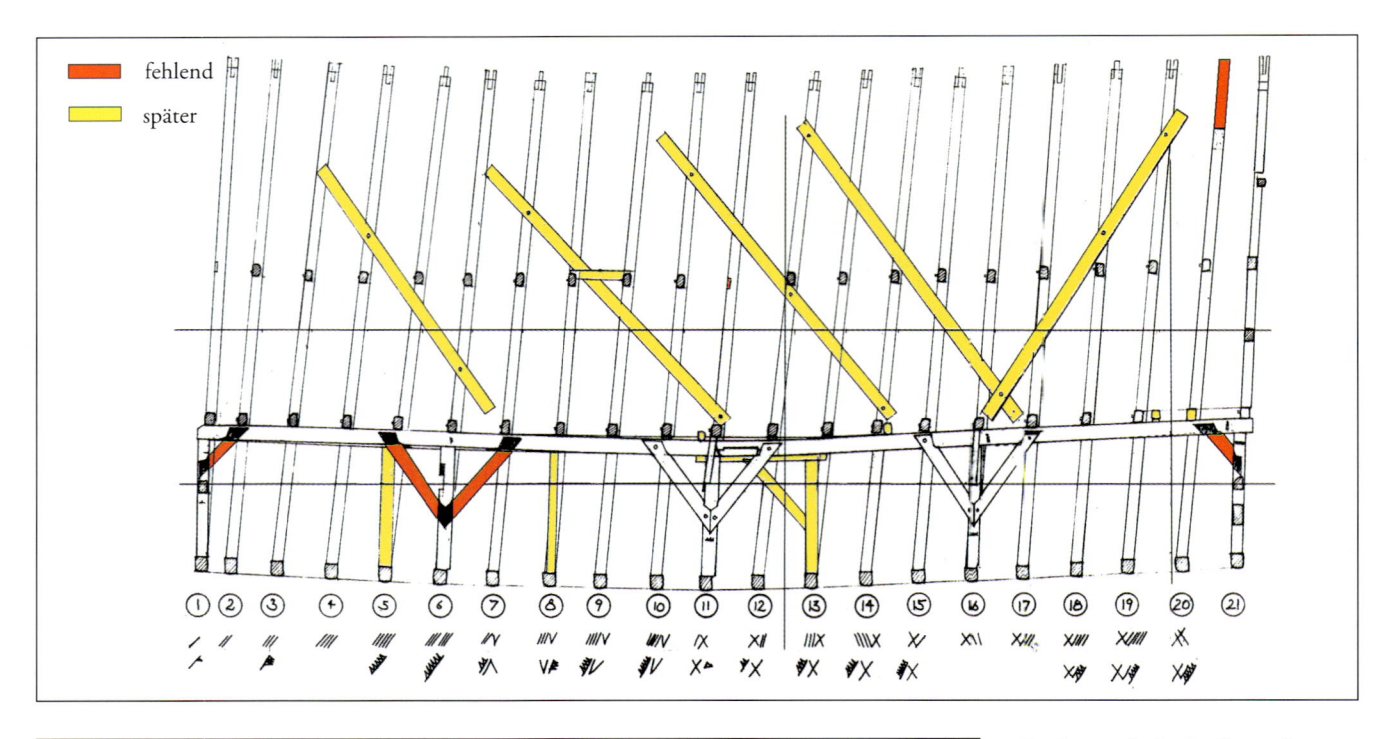

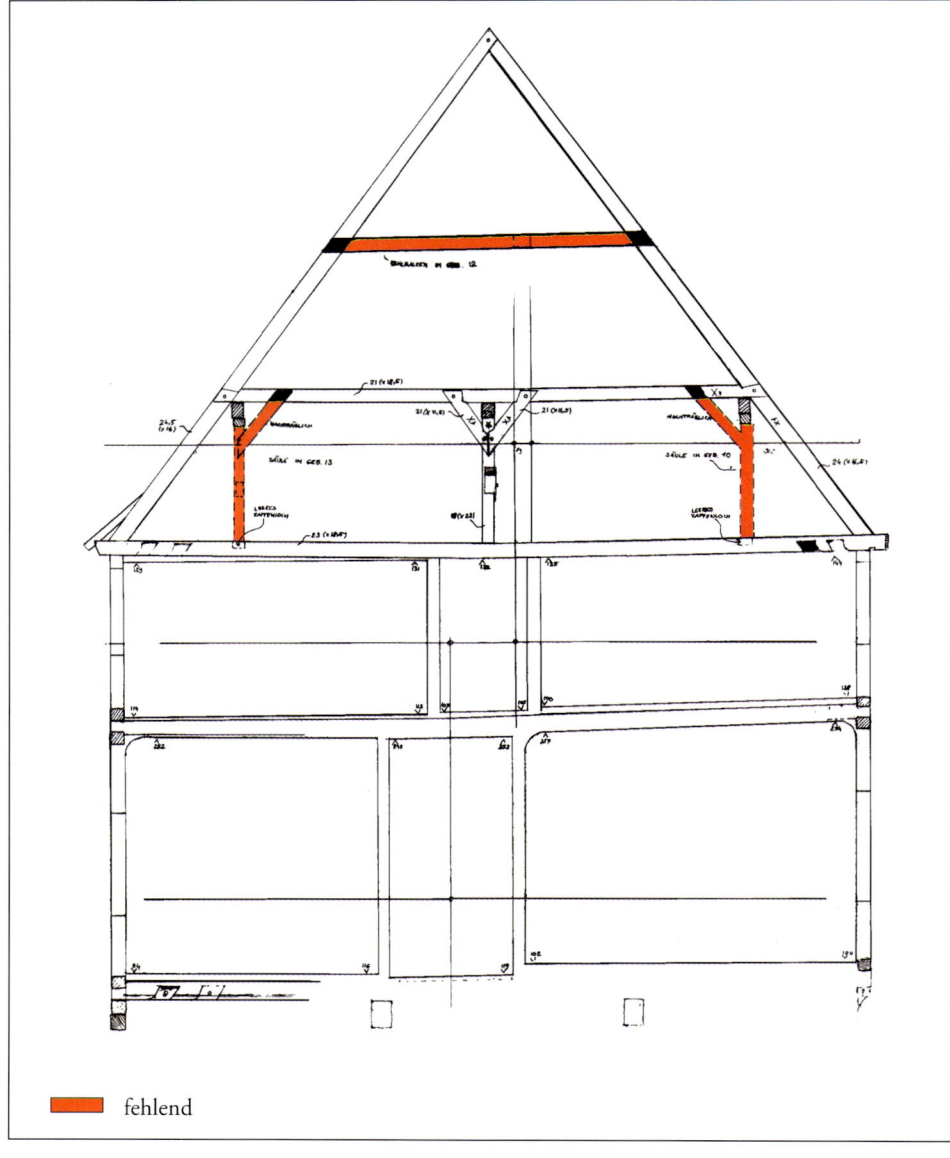

7a Längsschnitt des Bestandes – Original im Maßstab 1:50 – mit Darstellung der späteren Zufügungen (gelb) und fehlender Bauteile in der ursprünglichen Konstruktion (rot) mit Numerierung der Gespärre entsprechend den historischen Bundzeichen.

7b Querschnitt des Bestandes – Original im Maßstab 1:50 – mit Darstellung der späteren Zufügungen (gelb) und fehlender Bauteile in der ursprünglichen Konstruktion (rot) als Grundlage der Schadenskartierung und Maßnahmeplanung.

fehlend

an anderer Stelle ausgäbe. Die Erhaltung der historischen Bausubstanz ist deswegen denkmalfachlich und wirtschaftlich fast immer der bessere und damit einzig richtige Weg.

Beim First beginnend finden sich folgende Schäden immer wieder, wobei die Schwere der Schäden nach unten zu im allgemeinen zunimmt. Der Grund für diese Zunahme ist leicht gefunden: Das Wasser läuft auf der intakten Dachfläche so lange nach unten, bis es ein Loch findet. Ein Schaden im Firstbereich hat fast keine Folgen; allenfalls einige Wassertropfen dringen ein. Ein Schaden im Traufbereich läßt dagegen einen kleinen Bach in das Haus strömen, weil hier das Wasser der gesamten Fläche »vorbei« kommt.

Am Firstpunkt sind die Sparren nur dann gelegentlich geschädigt, wenn über sehr lange Zeit der Firstziegel fehlte. Dieser Schaden ist mit einfachsten Mitteln zu reparieren. Eine kurze Beilaschung oder eine angeblattete Erneuerung des Sparrenendes beheben das Problem für wenig Geld.

Im Bereich alter Kamindurchführungen war häufig die seitliche Verwahrung schadhaft. Dann sind die Sparren zu beiden Seiten des Kaminzugs nicht selten stark zerstört. Manchmal reicht dieser Schaden bis an den Sparrenfuß, weil das unter die Dachdeckung eingedrungene Wasser auf den Sparren nach unten lief. Hier – im unzugänglichen Zwickel von Zerrbalken und Traufe – häufen sich die Schäden an der Dachkonstruktion erfahrungsgemäß.

8 Reparierte Fußpunkte vor dem Zurückschneiden der Zerrbalken auf einheitliche Länge. Die Arbeitsstelle ist durch Planen gegen Witterungseinflüsse gesichert und ermöglicht sorgfältiges Arbeiten.

9 Reparatur der Sparrenfußpunkte mit Einbau der völlig zerstörten Fußschwelle des liegenden Stuhls sowie Ansetzen der Stuhlsäulen und Windaussteifungen. Die zwischen verputzter Decke und Fußboden unsichtbaren Deckenbalken sind mit beidseitigen Beilaschungen angesetzt. Für die Reparaturzeit wird der jeweils bearbeitete Balken an einem Überzug angehängt, weil in den darunterliegenden Räumen Sprießungen nicht möglich sind. Die Sparren sind mit konischen Blattstößen verlängert, die Andreaskreuze mit geraden. In den Füßen der Stuhlsäulen sind wegen der hohen Lasten aus dem riesigen Dach Stahlteile eingebaut.

Niemand hatte Lust, in die dunklen, häufig mit Gerümpel und Schmutz zugeworfenen Abseiten zu kriechen. Kleine Schäden bleiben deswegen häufig so lange unbemerkt, bis große daraus geworden sind. Im Traufbereich, dort wo die Aufschieblinge ansetzen, werden die Dachziegel außerdem am ehesten schadhaft. Hier bleiben im Winter Schneepolster liegen, die tags auftauen und nachts wieder frieren. Das geht an die Substanz eines jeden Ziegels – ob alt oder neu.

Deswegen ist der Sparrenfußpunkt und der Kopf des Zerrbalkens (oder Dachbalkens) der häufigste Schadenspunkt an einem Dachwerk. Beide Hölzer sind aber – wenn überhaupt – erfahrungsgemäß kaum mehr als einen halben bis einen Meter weit vom Fußpunkt zerstört oder geschädigt. Nur wenn die Zerrbalken Gefälle nach innen haben, läuft auch hier das Wasser auf dem Balken entlang und kann zu einer Vergrößerung des Schadens bis weiter in das Gebäude hinein führen. Nicht selten sind aus dem gleichen Grund bei Dachwerken mit liegendem Stuhl außerdem noch die Schwelle und das untere Ende der Stuhlsäule von Feuchtigkeitsschäden betroffen.

Setzt man diese wenigen Schäden ins Verhältnis zum gesamten Dach, so sind in aller Regel nur ein Viertel bis ein Drittel aller Hölzer und kaum mehr als 5% der Holzlängen betroffen. Der Rest des Dachwerks ist erfahrungsgemäß ohne Schaden. Bei dieser Relation ist es offensichtlich, daß die vergleichsweise geringen Schäden keinesfalls den Abbruch des gesamten Dachwerks rechtfertigen. Zu einer solchen Entscheidung kann nur derjenige kommen, der sich nicht die Mühe machen will, die Erhaltung ernsthaft zu erwägen oder ein besonderes wirtschaftliches Interesse an der Aufrichtung eines neuen Daches hat. Nicht nur aus diesem Grunde sollte man die Entscheidung für den fachlich richtigen Weg keinesfalls der ausführenden Firma allein überlassen. Eine Reparatur ist – wie schon bei den Dachziegeln – historisch besser und finanziell fast immer günstiger.

Das Ziel der Instandsetzung eines historischen Dachwerks muß es sein, die alte Konstruktion mit ihren Eigenarten zu erhalten, so wenig wie möglich zu verändern und doch die aufgetretenen Schäden dauerhaft zu beheben. Die Reparatur ist nach den in den letzten Jahren erarbeiteten Erfahrungen fast immer in großenteils handwerklicher Technik möglich. Das ist auch der beste Weg zu einer dauerhaften und schadensfreien Reparaturmaßnahme. Exzessive Stahleinbauten bringen nicht selten bauphysikalische Probleme; chemische »Krücken« sind in ihrem Langzeitverhalten problematisch und in bewitterten Bereichen fast immer falsch. Gesundes Holz dagegen ist – wie die alten Dachwerke zeigen – sehr langlebig, kostengünstig und außerdem ökologisch völlig unbedenklich.

Grundlage einer seriösen Reparatur muß die genaue Kenntnis des Bauwerks und der vorgefundenen Schäden sein. Die Anweisung an eine Baufirma, »alles zu reparieren«, ist der sichere Weg in eine planlose, unbefriedigende und übertreuerte Maßnahme. Besonders im Denkmal ist eine durchdachte und bauteilgenaue Planung unverzichtbar. Grundlage dieser Planung, die vom Tragwerksplaner oder Architekten vorgelegt werden muß, ist ein zuverlässiges, gewöhnlich verformungsgenaues Aufmaß. Ein solches Aufmaß ist kein Zauberwerk, auch nicht teuer und zahlt sich späterhin in jedem Fall aus. Das Aufmaß muß in Längs- und Querschnitt die tatsächlich vorgefundenen Verhältnisse darstellen. Dazu ist es nötig, auch die unzugänglichen Punkte freizulegen. Das Abräumen von Gerümpel und Dreck gerade aus den Bereichen am Dachfuß ist notwendig. In der Regel muß man auch die Bodenbretter im Traufbereich aufnehmen, um den Zustand der Zerrbalken zu kontrollieren. Endoskopische Untersuchungen allein führen erfahrungsgemäß nicht zu den gewünschten zuverlässigen Ergebnissen.

Holzquerschnitte, Holzverbindungen, Schäden und Veränderungen am Holzwerk werden bauteilgenau erfaßt und ebenso dargestellt wie die Verbindungsmittel. Nur auf einer solchen Grundlage können zutreffende statische Beurteilungen und Berechnungen durchgeführt werden. Alle konstruktiven Bemessungen und »Vor-Ort-Entscheidungen« führen fast zwangsläufig zu Fehlern, Mehrkosten und Substanzverlusten – ganz allgemein zu vermeidbarem Ärger.

Auf der Grundlage der genauen Pläne wird sodann eine Schadenskartierung durchgeführt. Jedes Holz im Dachwerk wird auf seinen Zustand untersucht. Sämtliche Schäden werden kartiert: Holzschädlinge, Fäulnis, Schwammbefall, mechanische Beschädigungen, Verformungen, vorausgegangene Reparaturversuche etc. Erst die Summe aller vorhandenen Schäden erlaubt eine verantwortungsvolle Entscheidung darüber, wo eine Reparatur möglich und sinnvoll ist, und wo nicht. Erst mit diesen Informationen kann eine Planung entwickelt werden. Diese führt entweder zur Entscheidung, die alte Konstruktion im alten System wieder standsicher zu machen, zum Einbau einer Verstärkungskonstruktion, oder – schlimmstenfalls – zur Erkenntnis, daß das Dach doch nicht erhalten werden kann. Diese Entwicklung ist jedoch die seltene Ausnahme.

Für die Reparaturmaßnahme ist wie bei der Schadenserhebung eine bauteilgenaue Planung erforderlich. Für jeden Balken muß eine Aussage vorgelegt werden, welche Maßnahme wie durchgeführt werden soll. Das reicht von der Schwammbekämpfung über die Ergänzung fehlender Teile bis zur Reparatur der eingetretenen Schäden. Ebenso wie die Schäden fast immer auf eine begrenzte Zahl von Ursachen zurückzuführen sind, erfolgt auch die Reparatur der Dachkonstruktion in aller Regel anhand einer kleinen Zahl von Regeldetails.

Voraussetzung für eine qualitätvolle Arbeit am Dachwerk sind vernünftige Arbeitsbedingungen für die Handwerker. Wer bei Wind und Wetter ungeschützt arbeiten muß, hat verständlicherweise keine Lust, sich mit anspruchsvoller Detailarbeit zu befassen. Deswegen muß der Reparaturbereich für die Zeit der Baumaßnahme mit einem Schutzdach versehen werden. Oft wird ein Teildach über dem

Traufbereich ausreichen. Bei größeren Dächern kann man es so konstruieren, daß es mit dem Arbeitsfortschritt versetzt werden kann. Bei schwierigen Arbeiten, die wesentlich über den Traufbereich hinausgreifen, kann es erforderlich werden, insgesamt eine Einhausung der Baustelle unter einem Schutzdach vorzunehmen. In der Schweiz ist eine solche Baustelleneinrichtung seit Jahren gängige Praxis und ohne Frage erfolgreich und wirtschaftlich.

Betrachtet man die gewöhnlich durchgeführten Maßnahmen im einzelnen, so ergibt sich folgendes Bild: Die Bekämpfung von Befall durch Echten Hausschwamm darf man nicht vernachlässigen. Dennoch: Hier wird bisweilen stark übertrieben. Nicht jeder Pilzbefall ist Echter Hausschwamm. Nur der Fachmann kann hier zu einem sicheren Urteil kommen. Das von den technischen Vorschriften geforderte Zurückschneiden bis in nicht befallenes Holz »auf Verdacht« ist als Denkmalzerstörung abzulehnen. Die Möglichkeiten einer chemischen Bekämpfung sollten genutzt werden. Wenn die Schadensursache behoben ist, kommt vor allem dem konstruktiven Bautenschutz eine hervorragende Bedeutung zu.

Im Bereich der Holzreparatur ist der Wiedereinbau fehlender Teile eine vergleichsweise einfache Aufgabe. Hier mag allenfalls problematisch sein, daß die Einbaufolge nicht so ist, wie dies beim Aufschlagen des Dachwerks war. Beidseits eingezapfte Hölzer können nicht einfach wieder in ihre ursprüngliche Position eingesetzt werden. Mit einem Schiebezapfen auf einer Seite kommt man hier aber fast immer zu einer befriedigenden Lösung. Bei der Reparatur geschädigter Hölzer sind noch immer viele Unsicherheiten zu verzeichnen. Diese fangen schon bei der Beschaffung des neuen Bauholzes an. Es ist unschön und überflüssig, einen alten Dachstuhl mit grün imprägnierten Hölzern zu reparieren. Die Imprägnierung ist heute nicht mehr zwingend vorgeschrieben. Die Fachleute sind über den Wert der chemischen Behandlung der Hölzer stark in Zweifel geraten. Im durchlüfteten Dachraum kann man auf die Imprägnierung verzichten. Nicht zuletzt aus ökologischen Gründen sollte man deswegen chemische Mittel in diesem Zusammenhang sehr zurückhaltend einsetzen. Imprägniertes Holz ist nach der Behandlung verseucht und muß mit guten Gründen zukünftig als Sondermüll behandelt werden. Für die zukünftigen Bewohner eines solchen Bauwerks ist das nicht eben eine Beruhigung. Wenn man dennoch auf eine Imprägnierung nicht verzichten will, sollte man wenigstens farblose Produkte verwenden, die ohne Mehrkosten zu haben sind.

Die meisten Fehler werden beim Ansetzen der Hölzer gemacht. Allzuoft werden die Balken viel länger – meist von Auflager zu Auflager – abgeschnitten, als der wirkliche Schaden dies notwendig macht. Scheinbar ist in Vergessenheit geraten, daß es uralte handwerkliche Methoden gibt, einen Balken auch im Feld technisch einwandfrei anzusetzen. Viele Betriebe benutzen zu diesem Zweck Nagelblechverbindungen. Diese Bleche mögen bei entsprechendem Entwurf in modernen Konstruktionen ihre Berechtigung haben. Im alten Dach sind sie nicht nur optisch, sondern vor allem technisch völlig fehl am Platz. Es ist ein grundsätzlicher Fehler, Balken mit diesen Verbindungsmitteln zu »reparieren«, weil niemals zugfeste, lagegenaue oder gar biegesteife Verbindungen zustandekommen können. Eine historische Dachkonstruktion soll deswegen so weit als möglich mit handwerklichen Techniken und den alten Konstruktionselementen wie Zapfen und Verblattung repariert werden. Es ist eine einfache Weisheit, daß eine gute Reparatur das vorgefundene System nicht verändert, sondern ergänzt. Alles andere ist fast immer Pfusch.

Die einfachste Methode einer handwerklichen Reparatur ist die **Beilaschung**. Der Balken wird bis in das gesunde Holz zurückgeschnitten und mit einem stumpf angestoßenen Holz im gleichen Querschnitt verlängert. Das alte und das neue Holz werden auf beiden Seiten mit starken Bohlen und Paßbolzen verbunden. Die Lösung ist technisch einwandfrei. Sie kann allerdings optisch nicht unbedingt befriedigen, weil das Erscheinungsbild nicht unwesentlich beeinträchtigt wird.

Im Gegensatz dazu wird das historische Erscheinungsbild einer alten Holzkonstruktion kaum beeinträchtigt, wenn der alte Balken und das Reparaturholz durch einen **Blattstoß** verbunden werden. Auch dazu wird der zerstörte Bereich – so sparsam wie möglich – bis ins gesunde Holz zurückgeschnitten und dann mit einem neuen Holz im gleichen Querschnitt wieder verlängert. Altes und neues Holz werden in einem Überlappungsbereich jeweils paßgenau bis zur Hälfte des Querschnitts zurückgearbeitet und zusammengefügt – die Überblattung. Das Blatt wird wiederum mit Paßbolzen gesichert. Je nach Situation ist die Form des Blattstoßes und die Anordnung der Paßbolzen ebenso unterschiedlich wie die Wahl des richtigen Verbindungsmittels. Hier ist eine exakte Vorgabe des Tragwerksplaners unerläßlich. Vom Handwerker erwartet der Denkmalpfleger keine technische Problemlösung, sondern die sorgfältige Ausführung der Arbeiten. Zur fachgerechten Ausführung gehört auch, daß die Querschnitte von altem und neuem Holz dort, wo eines der Bauteile waldkantig ist, aneinander angeglichen werden.

So erstaunlich diese Feststellung sein mag: Mit diesen wenigen technischen Vorgaben kann fast jedes Dach repariert werden, ohne daß der historische Bestand unnötig reduziert wird. Die Bauausführung ist einfach und kann von jedem Betrieb übernommen werden, der zu einer genauen Arbeit bereit ist und über Mitarbeiter verfügt, die eine solide handwerkliche Ausbildung haben. Schnell angelernte Hilfskräfte werden immer scheitern. Diese Bauausführung mag in einer Zeit, die auf paßgenaues Arbeiten nur noch wenig Wert legt, zunächst ungewohnt sein. Sie kann gleichwohl von jedem Zimmermann mit solider Ausbildung übernommen werden. Das alte Erscheinungsbild bleibt gewahrt, und der Bestand des Dachwerks ist über Jahrhunderte gesichert.

# Liste der dendrochronologisch untersuchten Gebäude in Thüringen
## Stand Juni 1996

Untersuchte Objekte. Es wird jeweils die Hauptbauphase, ggf. mit wichtigen Umbauten angegeben. Alle Datierungen beziehen sich in der Regel auf das Dachwerk. Die differenzierte Baugeschichte, wie sie sich häufig aus der dendrochronologischen Untersuchung ergibt, kann hier nicht dargestellt werden.

| Kreis | Stadt | Objekt | Entnahmestelle | 1. Bauphase | 2. Bauphase | 3. Bauphase | 4. Bauphase |
|---|---|---|---|---|---|---|---|
| ABG | Altenburg | Bartholomäikirche | Westdach<br>Ostdach<br>Turm | 1428<br>1441/42/43<br>1660 | 1441/42/43 | 1605 | |
| ABG | Altenburg | Rathaus | Dach | 1561/62/63/64 | | | |
| ABG | Altenburg | Schloßkapelle | Chordach<br>Langhausdach<br>Dachturm | 1439/40/41<br>1463/64/65<br>1566/67 | 1463/64/65 | 1472/73 | |
| APD | Klein-Romstedt | Kirche | Dach | in Bearbeitung | | | |
| ARN | Arnstadt | Kemenate | EG, OG, Dach | 1308/9 | | | |
| ARN | Arnstadt | Rathaus Markt 1 | Dach | 1585/86 | | | |
| ARN | Arnstadt | Untergasse 1-3 | Dach | 1520/21 | | | |
| ARN | Arnstadt | Franziskanerkirche | Dach | 1609/10 | 1724/25 | | |
| ARN | Arnstadt | Bachkirche | Dach | 1675/76 | | | |
| ARN | Reinsfeld | Kirche | Dach | 1354 | 1506 | | |
| ARN | Stadtilm | Zinsboden | Dach | 1349/50 | 1662/63 | | |
| ART | Bad Frankenhausen | Altstädter Kirche | Dach | in Bearbeitung | | | |
| BLZ | Bad Langensalza | Bonifatiuskirche | Chordach<br>Langhausdach<br>Dach über Nonnenempore | 1463/64<br>1512/13<br>1516/17 | | | |
| BLZ | Mittelsömmern | Edelhof | Dach, 1.OG, 2. OG | 1558/59 | | | |
| EF | Erfurt | Fischmarkt 27 | DB/Dach | 1242/43 | 1385/86 | 1476/77 | 1612/13 |
| EF | Erfurt | Kürschnergasse 7 | Dach | 1385/86 | | | |
| EF | Erfurt | Fischmarkt 6 | Dach | 1344 | | | |
| EF | Erfurt | Dominikaner Ostflügel | Dach | 1278/79 | | | |
| EF | Erfurt | Dom St. Marien | Dach | 1414/15 | um 1839 | | |
| EF | Erfurt | Clemenskapelle Dom | Dach | ZV 1473/74 | | | |
| EF | Erfurt | Severikirche | Dach | 1472/73 | 1497/98 | | |
| EF | Erfurt | Dominikanerkirche | Chordach<br>Langhausdach | 1272/73<br>um 1360 | 1365/66 | 1380 | |
| EF | Erfurt | Allerheiligenkirche | Dach | 1371/72 | R 1425 | | |
| EF | Erfurt | Lorenzkirche | Dach | 1414/15 | 1484/85 | | |
| EF | Erfurt | Michealiskirche | Dach | 1425/26 | | | |
| EF | Erfurt | Kaufmannskirche | DB Südturm<br>Langhausdach<br>Chordach | um 1300<br>ZV um 1300<br>1591/92 | 1364/65 | | |
| EF | Erfurt | Haus Vaterland | Dach | ZV 1495/96 | 1572/73 | | |
| EF | Erfurt | Futterstraße 17 | Dach | 1518/19 | | | |
| EF | Erfurt | Kornhofspeicher | Dach | 1463/64/65/66/67 | | | |
| EF | Erfurt | Kommandantenhaus | Dach | 1852/53 | | | |

| Kreis | Stadt | Objekt | Entnahmestelle | 1. Bauphase | 2. Bauphase | 3. Bauphase | 4. Bauphase |
|---|---|---|---|---|---|---|---|
| EF | Erfurt | Wachhäuschen | Dach | 1735/36 | | | |
| EF | Erfurt | Schirrmeisterhaus | Dach<br>DB EG | 1727/28<br>um 1530 | | | |
| EF | Erfurt | Reglerkloster | Dach | in Bearbeitung | | | |
| EIS | Eisenberg | Stadtpfarrkirche | Dach | in Bearbeitung | | | |
| EIS | Großfurra | Bonifatiuskirche | Dach | in Bearbeitung | | | |
| ESA | Eisenach | Wartburg | Palas<br>Elisabethgang<br>Margarethengang<br>Lutherhaus<br>Torhaus/Tor | 1157/58<br>1477+/-5<br>um 1476<br>1479/80<br>nach 1495 | 1162+/- 5<br>1666+/-5<br>um 1839 R<br>nach 1670 R | 1891/92 R | |
| ESA | Eisenach | Predigerkloster | Kirchendach | 1598 | | | |
| ESA | Eisenach | Münze | Dach | 1312/13 | | | |
| ESA | Eisenach | Schloßberg II | EG, OG, Dach | 1500 | 1655/56 | | |
| ESA | Eisenach | Klemenskapelle | Dach | 1498/99 | | | |
| HBN | Eisfeld | Stadtpfarrkirche | Chordach<br>Langhausdach | 1631/32<br>1633/34 | | | |
| HBN | Hildburghausen | Rathaus | Dach | 1594/95 | 1697/98 | 1776/77/78 | |
| HBN | Steinfeld | Coburger Str. 53 | EG, OG, Dach | 1645/46 | 1694/95 | | |
| HIG | Heiligenstadt | Martinikirche | Dach | in Bearbeitung | | | |
| HIG | Heiligenstadt | Ägidienkirche | Dach | in Bearbeitung | | | |
| HIG | Heiligenstadt | Marienkirche | Dach | in Bearbeitung | | | |
| IL | Martinroda | Kirche | Dach | 1551/52 | | | |
| J | Freienorla | Kirche | Dach | 1513/14 | | | |
| J | Jena | Rathaus | Grubendach | 1412/13 | | | |
| J | Lobeda | Kirche | Dach | 1481/82/83 | 1621/22 | | |
| J | Reinstädt | Wehrkirche | DB Turm<br>Langhausdach<br>Chordach | 1463/64<br>1472<br>1483/84/85 | 1507<br>1517/18<br>1533/34 | 1725/26 | |
| J | Ziegenhain | Kirche | Dach | 1421/22 | | | |
| KFF | Clingen | Kirche | Dach | in Bearbeitung | | | |
| KYF | Gorsleben | Kirche | Dach | 1496/97 | | | |
| LBS | Gahma | Kirche | Dach | 1505 | 1509 | | |
| LBS | Lobenstein | Neues Schloß | Dach | 1715/16 | | | |
| LBS | Lobenstein | Bayrische Straße 5 | DB | 1729/30 | | | |
| LBS | Lobenstein | Bayrische Straße 4 | DB, Dach | nicht datierbar | | | |
| LSZ | Bad Langensalza | Sperlingsgasse 1 | Seitengebäude | nicht datierbar | | | |
| LSZ | Bad Langensalza | Bergstraße 3 | Dach | 1403/04 | | | |
| LSZ | Bad Langensalza | Lindenbühl 24 | Laubengang, Dach | 1553/54 | | | |
| LSZ | Bad Langensalza | Lange Str. 51 | Dach | 1516/17 | | | |
| LSZ | Bad Langensalza | Neustädter Str. 21 | Dach | 1609/10 | | | |
| LSZ | Bad Langensalza | Lange Str. 27 | Dach | 1536/37 | | | |
| LSZ | Bad Langensalza | Entenlaich 8 | Dach | 1370/71 | | | |
| LSZ | Bad Langensalza | Bei der Marktkirche 7 | Dach | 1452 | | | |
| LSZ | Bad Langensalza | Siechenhof | Dach | ZV 1434 | | | |
| MHL | Mühlhausen | Ratsstraße 19, Rathaus | Deckenbalken Ritterkeller | um 1330 | | | |
| MHL | Mühlhausen | Petrikirche | Dach | 1401/02 | 1422/23 | | |

| Kreis | Stadt | Objekt | Entnahmestelle | 1. Bauphase | 2. Bauphase | 3. Bauphase | 4. Bauphase |
|---|---|---|---|---|---|---|---|
| MHL | Mühlhausen | Marienkirche | Chordach<br>Langhaus | 1343/44<br>R 1749 | 1366/67 | R 1883/84 | |
| MHL | Mühlhausen | Martinikirche | Dach | 1349/50 | | | |
| MHL | Mühlhausen | Nikolaikirche | Chordach<br>Langhaus | 1349/50<br>1352/53 | 1363/64 | 1837/38 | 1896/97 |
| MNG | Oephershausen | Beckengasse 47 | Dach | 1594/95 | | | |
| NDH | Bleicherode | Kirche | Dach | in Bearbeitung | | | |
| NDH | Nordhausen | Blasiuskirche | Dach | in Bearbeitung | | | |
| PN | Neunhofen | Kirche | Chordach<br>Langhausdach<br>Turmgerüst | 1348/49<br>1459/60<br>1477 | | | |
| PN | Neustadt / Orla | Kirchplatz 5 | Dach | 1582/83 | | | |
| PN | Neustadt / Orla | Kirchplatz 9 | Dach | 1485/86 | | | |
| PN | Neustadt / Orla | Markt 13 | Dach | 1527/28 | | | |
| PN | Neustadt / Orla | Am Markt 11 | Dach | 1467/68 | | | |
| PN | Neustadt / Orla | E.-Thälmann-Str. 39 | Dach | 1561/62 | | | |
| PN | Neustadt / Orla | Rodaerstr., Lutherhaus | Dach | 1489/90 | | | |
| PN | Neustadt / Orla | E.-Thälmann-Str. 68 | Dach | in Bearbeitung | | | |
| PN | Neustadt / Orla | Rodaerstr. 4 | Dach | 1599/1600 | | | |
| PN | Neustadt / Orla | Gerichtsgasse 1 | Dach | nicht datierbar | | | |
| PN | Neustadt / Orla | Kirchplatz 4 | Dach | 1550/51 | | | |
| PN | Neustadt / Orla | E.-Thälmann-Str. 66 | Dach | 1477/78 | | | |
| PN | Neustadt / Orla | Rathaus | Dach | 1468/69 | 1506/07 | | |
| PN | Neustadt / Orla | Arnshaugk 25 | Dach | 1592/93 | | | |
| PN | Neustadt / Orla | Johanneskirche | Dach | in Bearbeitung | | | |
| PN | Pößneck | Kirchplatz 14 | Dach | 1505/06 | | | |
| PN | Pößneck | Steinweg 18 | Dach | 1528/29 | | | |
| PN | Pößneck | Klostergasse 2 | Dach | in Bearbeitung | | | |
| PN | Pößneck | Rathaus | Dach | 1484/85 | | | |
| PN | Pößneck | Schuhgasse 4 | Wohnturm | in Bearbeitung | | | |
| PN | Pößneck | Steinweg 5 | Dach | in Bearbeitung | | | |
| PN | Pößneck | Breite Str. 8/<br>Weißes Roß | Dach | 1479/80/81 | | | |
| PN | Pößneck | Breite Str. 25 | Dach | 1603 | | | |
| PN | Pößneck | Stadtpfarrkirche | Dach | in Bearbeitung | | | |
| RU | Heilingen | Kirche | Dach | in Bearbeitung | | | |
| RU | Rudolstadt | Andreaskirche | Gerüsthölzer<br>Chor/Langhaus | 1511/12<br>1633/34 | | | |
| RU | Rudolstadt | Rathaus | Dach | 1524/25 | | | |
| SCZ | Schleiz | Bergkirche | Chordach<br>Langhausdach | 1494/95<br>1621/22 | | | |
| SCZ | Ziegenrück | Schloß Ziegenrück | Dach | um 1328 | 1499/1500 | | |
| SHL | Rohr | Pfarrkirche<br>St. Michael | Langhaus<br>Turm | 1439/40<br>ZV 1429/30 | 1467/68<br>1584/85 | 1584/85 | 1617/18 |
| SLF | Obernitz | Schloß Obernitz | Dach | 1532/33/34 | | | |
| SLF | Saalfeld | Köditzgasse 3 | Dach | 1518/19 | | | |
| SLF | Saalfeld | Franziskanerkirche | Dach | 1293/94 | 1313/14 | | |
| SLF | Saalfeld | Münze | Dach | ZV 1348/49 | | | |

| Kreis | Stadt | Objekt | Entnahmestelle | 1. Bauphase | 2. Bauphase | 3. Bauphase | 4. Bauphase |
|---|---|---|---|---|---|---|---|
| SLF | Saalfeld | Markt, Rathaus | Dach | 1532/33 | | | |
| SLF | Saalfeld | Töpferinnen | Dach | ZV 1348 | 1608/09 | | |
| SLF | Saalfeld | Köditzgasse 1 | Dach | nicht datierbar | | | |
| SLF | Saalfeld | Saalstr. 11, Apotheke | Dach | 1618/19 | | | |
| SLF | Saalfeld | Johanneskirche | Dach | in Bearbeitung | | | |
| SM | Schmalkalden | Altmarkt 6 | Dach | nicht datierbar | | | |
| SM | Schmalkalden | Altmarkt 2 | Dach | nicht datierbar | | | |
| SM | Schmalkalden | Altmarkt 5 | Dach | in Bearbeitung | | | |
| SM | Schmalkalden | Hoffnung 34 | Dach | in Bearbeitung | | | |
| SM | Schmalkalden | Kirchhof 3 | Dach | 1548/49 | | | |
| SM | Schmalkalden | Steingasse 11 | Dach | 1544/45 | | | |
| SM | Schmalkalden | Weidenbrunner Gasse 20 | EG, OG, Dach | 1363/64 | | | |
| SM | Schmalkalden | Hoffnung 19 | Dach | 1560/61 | | | |
| SM | Schmalkalden | Ziegengasse 2 | Dach | 1440/41/42/43 | 1572/73 | | |
| SM | Schmalkalden | Auergasse 16 | Dach | in Bearbeitung | | | |
| SM | Schmalkalden | Neumarkt 5 | Dach | 1552/53 | 1610/11 | | |
| SM | Schmalkalden | ehem. Schmiedhof 19, Nebengebäude | Dach | 1657/58 | | | |
| SM | Schmalkalden | Schmiedhof 19, Vordergebäude | Dach | in Bearbeitung | | | |
| SM | Schmalkalden | Schmiedhof 31 | Dach | 1565/66 | 1569/70 | | |
| SM | Schmalkalden | Neumarkt 9 | Dach | 1517/18 ZV | 1542 | | |
| SM | Schmalkalden | Kirchhof 2 | Dach | 1657/58 | | | |
| SM | Schmalkalden | Weidebrunner Gasse 24 | Dach | in Bearbeitung | | | |
| SM | Schmalkalden | Wilhelmsburg | Dach | 1536/1583 | 1848 | | |
| SM | Schmalkalden | Spitalkirche | Dach | in Bearbeitung | | | |
| SM | Schmalkalden | Georgskirche | Langhausdach Chordach | 1482/83 1495/96 | 1495/96 | | |
| SM | Schmalkalden | Weidebrunner Gasse 12 | Dach | 1579/80 | 1601/02/03 | | |
| SM | Schmalkalden | Hölzersgasse 5 | Dach | 1556 | | | |
| SM | Schmalkalden | Weidebrunner Gasse 13 | Dach | 1371 | 1639/40 | | |
| SM | Schmalkalden | Gillersgasse 2 | Dach | in Bearbeitung | | | |
| SM | Schmalkalden | Stumpfelsgasse 25 | EG Dach | in Bearbeitung | | | |
| SM | Schmalkalden | Lutherplatz 3 | Dach | in Bearbeitung | | | |
| SM | Schmalkalden | Altmarkt 1 | Gebäude | in Bearbeitung | | | |
| SM | Schmalkalden | Altmarkt 2 | Keller | in Bearbeitung | | | |
| SM | Schmalkalden | Altmarkt 5 | Gebäude | in Bearbeitung | | | |
| SM | Schmalkalden | Altmarkt 8 | Keller | in Bearbeitung | | | |
| SM | Schmalkalden | Auergasse 1 | Gebäude | in Bearbeitung | | | |
| SM | Schmalkalden | Auergasse 16 | Gebäude | in Bearbeitung | | | |
| SM | Schmalkalden | Gillersgasse 2 | Gebäude | in Bearbeitung | | | |
| SM | Schmalkalden | Haargasse 14 | Gebäude | in Bearbeitung | | | |

| Kreis | Stadt | Objekt | Entnahmestelle | 1. Bauphase | 2. Bauphase | 3. Bauphase | 4. Bauphase |
|---|---|---|---|---|---|---|---|
| SM | Schmalkalden | Herrengasse 6 | Gebäude | in Bearbeitung | | | |
| SM | Schmalkalden | Lutherplatz 1 Hinterbau | Gebäude | in Bearbeitung | | | |
| SM | Schmalkalden | Lutherplatz 4 | Gebäude | in Bearbeitung | | | |
| SM | Schmalkalden | Neumarkt 5 | Gebäude | in Bearbeitung | | | |
| SM | Schmalkalden | Neumarkt 8 | Keller | in Bearbeitung | | | |
| SM | Schmalkalden | Pfaffengasse 14 | Gebäude | in Bearbeitung | | | |
| SM | Schmalkalden | Schmiedhof 19 | Keller | in Bearbeitung | | | |
| SM | Schmalkalden | Schmiedhof 30 | Gebäude | in Bearbeitung | | | |
| SM | Schmalkalden | Steingasse 8 | Gebäude | in Bearbeitung | | | |
| SM | Schmalkalden | Weidebrunner Gasse 15 | Gebäude | in Bearbeitung | | | |
| SM | Schmalkalden | Weidebrunner Gasse 17 | Gebäude | in Bearbeitung | | | |
| SM | Schmalkalden | Weidebrunner Gasse 18-20, Nordostflügel | Gebäude | in Bearbeitung | | | |
| SÖM | Treffurt | Bonifatiuskirche | Dach | in Bearbeitung | | | |
| SÖM | Weißensee | Runneburg Palas | DB EG, 1.OG | 1450-55 | 1580/81 | 1617 | |
| SÖM | Weißensee | Stadtpfarrkirche St. Peter und Paul | Dach | in Bearbeitung | | | |
| WE | Weimar | Deutschritter Haus | Dach | 1564/65 | | | |
| WE | Weimar | ehem. Franziskanerkirche | Dach | 1476/77/78/79/80 | 1587/88/89 | | |

*Legende:*
Datierungen     Sommerfällung: nur eine Jahreszahl z.B. 1617
                      Winterfällung: z.B. 1588/89
                      mehrere Einschlagphasen pro Bauphase 1476/77/78/79/80
                      »um«: Abschätzung der Waldkante, wenn die äußeren Jahrringe während des Bohrvorganges abgebrochen sind, die Waldkante am Bauteil aber erhalten und die fehlenden Jahrringe abgezählt worden sind.
Abkürzungen:   ZV     Zweitverwendung
                  R      Reparatur
                  DB    Deckenbalken
                  EG    Erdgeschoß
                  OG    Obergeschoß

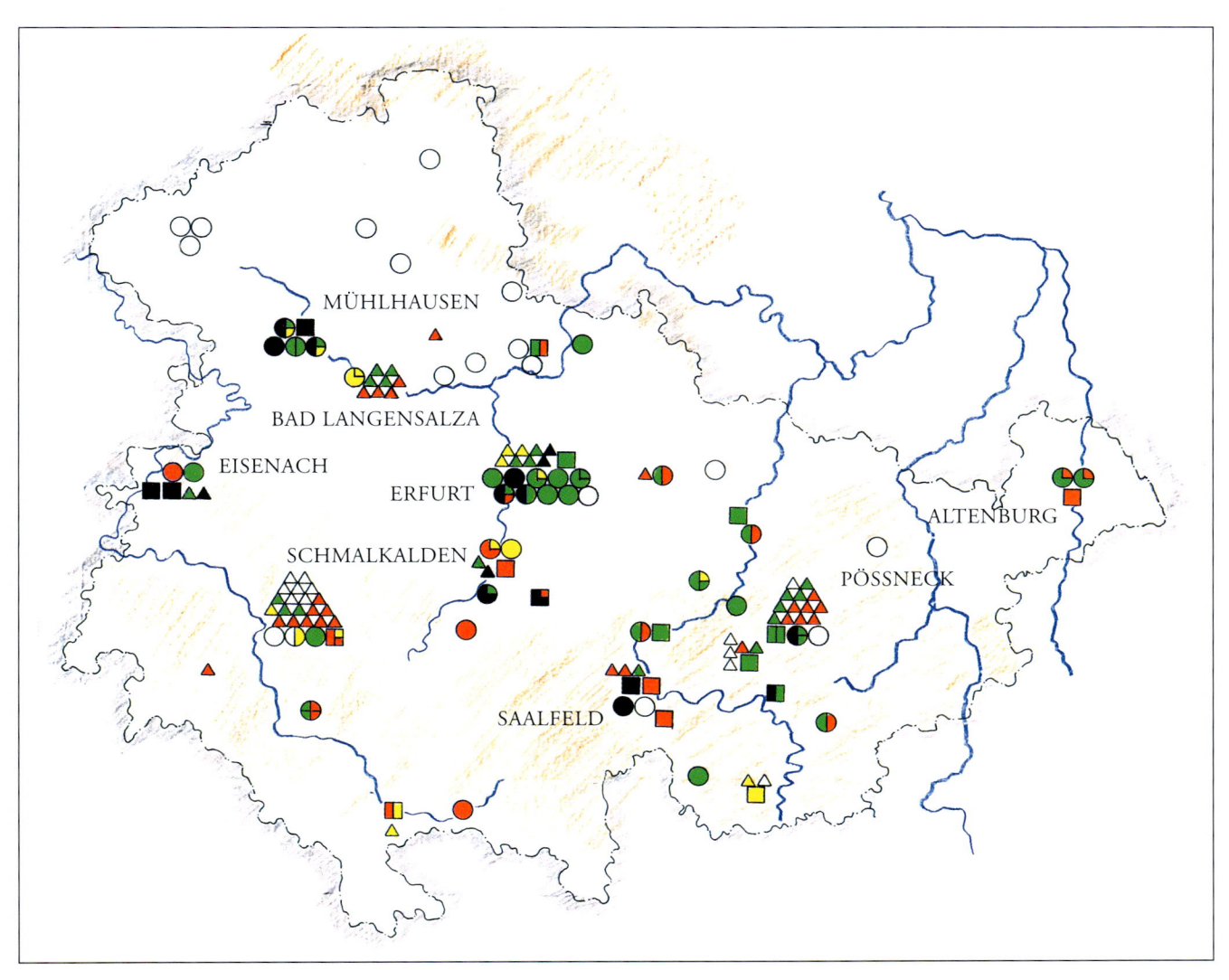

Übersicht zu den datierten Bauten mit Angabe der wesentlichen Bauphasen. Einzelangaben sind der Tabelle S. 98ff. zu entnehmen.

- ● vor 1350
- ● bis 1525
- ● bis 1648
- ○ nach 1648
- ○ in Bearbeitung

- ● Kirche
- ■ öffentliches Gebäude
- ▲ Bürgerhaus

# Faltpläne

zum Aufsatz »Kirchendachwerke in Thüringen« von Thomas Eißing mit den Bearbeitern der Pläne

**Tafel 1**
**Erfurt, Predigerkirche**
*(Nitz, Th., Eißing, Th.)*
Abb. 5    Grundriß
Abb. 6    Querschnitt, Schnitt A-A, Gespärre 8
Abb. 11   Fußpunkt, Gespärre 61
Abb. 12   Fußpunkt, Gespärre 8

**Tafel 2**
**Erfurt, Predigerkirche. Östlicher Klausurtrakt**
*(Högg, F., Eißing, Th.)*
Abb. 16   Grundriß
Abb. 17   Querschnitt, Schnitt A-A, Gespärre 8. Fußpunkt Schnitt B-B, Gespärre 48
Abb. 18   Detail Fußpunkt, Gespärre 40 West

**Tafel 3**
**Saalfeld, Franziskanerkirche**
*(Architekturbüro Spindler, Saalfeld; Prescher, A.; Eißing, Th.)*
Abb. 21   Querschnitt, Schnitt A-A, Gespärre 31
Abb. 22   Querschnitt, Schnitt B-B, Gespärre 16
Abb. 23   Grundriß

**Tafel 4**
**Erfurt, Kaufmannskirche**
*(Nitz, Th., Eißing, Th.)*
Abb. 25   Grundriß
Abb. 26   Langhaus, Querschnitt, Schnitt B-B, Gespärre 15
Abb. 27   Chor, Querschnitt, Schnitt A-A, Gespärre 5

**Tafel 5**
**Erfurt, Lorenzkirche**
*(Nitz, Th., Eißing, Th.)*
Abb. 29   Querschnitt, Schnitt A-A, Gespärre 18
**Erfurt, Michaeliskirche**
Abb. 48   Querschnitt, Schnitt A-A, Gespärre 20

**Tafel 6**
**Bad Langensalza, Bonifatiuskirche**
*(Eißing, Th.)*
Abb. 33   Grundriß
Abb. 34   Längsschnitt, Schnitt B-B
Abb. 35   Querschnitt, Schnitt A-A, Gespärre 6

**Tafel 7**
**Mühlhausen, Nikolaikirche**
*(Eißing, Th.)*
Abb. 37   Grundriß

**Tafel 8**
**Mühlhausen, Nikolaikirche**
*(Nitz, Th., Eißing, Th.)*
Abb. 38   Langhaus, Querschnitt, Schnitt B-B, Gespärre 17
Abb. 39   Langhaus, Querschnitt, Schnitt A-A, Gespärre 3
Abb. 49   Chor Querschnitt, Schnitt D-D, Gespärre 24
Abb. 50   Chor Querschnitt, Schnitt E-E, Polygongespärre 26

**Tafel 9**
**Erfurt, Allerheiligenkirche**
*(Nitz, Th., Eißing, Th.)*
Abb. 41   Grundriß
Abb. 42   Querschnitt, Schnitt A-A, Gespärre 14
Abb. 43   Querschnitt, Schnitt B-B, Gespärre 1

**Tafel 10**
**Erfurt, Dom Beatae Mariae Virginis, Chor**
*(Högg, F., Eißing, Th.)*
Abb. 52   Grundriß
Abb. 53   Querschnitt, Schnitt A-A, Gespärre 25
Abb. 54   Längsschnitt, Schnitt B-B
Abb. 55   Querschnitt, Schnitt C-C. Polygongespärre 26

**Tafel 11**
**Erfurt, Severikirche**
*(Nitz, Th., Eißing, Th.)*
Abb. 58   Grundriß
Abb. 59   Längsschnitt, Schnitt C-C

**Tafel 12**
**Erfurt, Severikirche**
*(Nitz, Th., Eißing, Th.)*
Abb. 61   Querschnitt, Schnitt A-A, Gespärre 12
Abb. 62   Querschnitt, Schnitt B-B, Gespärre 2

**Tafel 13**
**Bad Langensalza, Bonifatiuskirche**
*(Eißing, Th.)*
Abb. 69   Querschnitt, Schnitt A-A, Gespärre 9

**Tafel 14**
**Bad Langensalza, Bonifatiuskirche**
*(Eißing, Th.)*
Abb. 70   Grundriß
Abb. 71   Längsschnitt, Schnitt B-B
Abb. 72   Zweitverwendete Stuhlsäulen

**Tafel 15**
**Rohr, Michaelskirche**
*(Burmester, J., Eißing, Th.)*
Abb. 74   Grundriß
Abb. 75   Längsschnitt, Schnitt D-D

**Tafel 16**
**Rohr, Michaelskirche**
*(Burmester, J., Eißing, Th.)*
Abb. 76   Querschnitt, Schnitt C-C, Gespärre 1
Abb. 77   Querschnitt, Schnitt A-A, Gespärre 14
Abb. 78   Querschnitt, Schnitt B-B, Gespärre 22
Abb. 79   Isometrie des mittleren Dachabschnittes
Abb. 80   Rekonstruktion der Stuhlkonstruktion über dem Querhaus